TAKE YOU HOME TONIGHT

TAKE YOU HOME TONIGHT

ALSSYU

En application de l'art. L.137-2.-I. du code de la propriété intellectuelle, toute reproduction et/ou divulgation de parties de l'oeuvre dépassant le volume prévu par la loi est expressément interdite.

© Alssyu, 2024

Illustration de la couverture : Chocobred
Conception de la couverture : Alssyu

Édition : BoD · Books on Demand GmbH, In de Tarpen 42, 22848 Norderstedt (Allemagne)
Impression : Libri Plureos GmbH, Friedensallee 273, 22763 Hamburg (Allemagne)

ISBN : 978-2-3225-4214-7
Dépôt légal : Novembre 2024

Avertissements liés au contenu :

Cet ouvrage est destiné à un public averti (16 ans).

Présence d'escorting et de prostitution, d'agression.

Mention de jeux d'argent, décès, deuil.

Prenez soin de vous ♥

Ce roman s'inscrit dans le genre de l'Omégaverse, une exploration fictive de dynamiques sociales et biologiques inspirées des hiérarchies animales. Toutefois, il est important de noter que ma version de l'Omégaverse peut différer de celle représentée dans d'autres œuvres.

Certains aspects pourraient ne pas correspondre aux conventions habituelles du genre.

Lexique

Alpha : individus dominants dans la hiérarchie sociale. Ils sont souvent décrits comme plus forts, plus protecteurs, et ayant une capacité naturelle à diriger ou imposer leur volonté. Biologiquement, les alphas peuvent marquer les omégas et les faire tomber enceintes.

Oméga : individus situés au bas de la hiérarchie sociale, mais ils possèdent des capacités biologiques uniques. Ils peuvent entrer en chaleur, une période où ils dégagent des phéromones qui attirent les alphas, et sont souvent associés à la fertilité et à la sensibilité émotionnelle.

Bêta : individus neutres dans la hiérarchie de l'Omégaverse. Ils n'ont ni les caractéristiques dominantes des alphas ni les particularités biologiques des omégas. Leur rôle dans la société peut être celui de médiateur ou de pont entre alphas et omégas.

Chaleurs : période biologique que vivent les Omégas, au cours de laquelle ils sont particulièrement fertiles et attirent fortement les Alphas à cause de leurs phéromones. Cette période est souvent difficile à gérer et nécessite la présence d'un Alpha pour apaiser les instincts reproductifs.

Rut : période où les alphas ressentent une forte pulsion sexuelle et deviennent souvent plus agressifs ou possessifs. Ils sont attirés par les omégas en chaleur et ont besoin de satisfaire leurs désirs biologiques.

Phéromones : Substances chimiques produites par les Alphas, Bêtas et Omégas, qui jouent un rôle clé dans les interactions sociales et sexuelles. Elles peuvent renforcer l'attirance et modifier le comportement des individus de manière significative, en particulier entre Alphas et Omégas.

Suppressants : Médicaments ou substances que les Omégas peuvent utiliser pour contrôler ou supprimer leurs chaleurs. Existent sous plusieurs formes.

"Lorsque nous nous y attendons le moins, la vie nous lance un défi pour tester notre courage et notre volonté de changement ; à ce moment-là, il ne sert à rien de faire semblant que rien ne s'est passé ou de dire que nous ne sommes pas encore prêts. Le défi n'attendra pas. La vie ne regarde pas en arrière"

Paulo Coelho

CHAPITRE 1
♥ ♥ ♥

Un vent glacial sifflait entre les bâtiments de Times Square et les rêves de Joshua s'étiolaient un peu plus chaque soir, emportés par les bourrasques qui le frigorifiaient. Depuis des semaines, il s'efforçait de rester dans ce quartier où s'amoncelaient les magasins et restaurants qui, à l'heure où tout le monde terminait le travail ou les cours, se retrouvaient assaillis par la foule. Malgré le flot de passants qui animait les rues, il ne s'était jamais senti aussi seul. Il avait la sensation de ne pas exister, de n'être qu'un simple décor et encore, il semblait déranger celles et ceux qui étaient pressés. Nombreuses étaient les fois où il se faisait malencontreusement bousculer par quelqu'un qui préférait garder les yeux rivés sur son téléphone, ou par les groupes d'amis qui discutaient entre eux. Pour un oméga il était plus grand que la moyenne, mais pas bien épais. Un simple coup d'épaule pouvait lui faire perdre l'équilibre, et s'il s'agissait en plus d'un alpha à la carrure imposante, il pouvait se retrouver sur les fesses en un rien de temps.

Il soupira quand une femme l'ignora complètement alors qu'il lui présentait un flyer d'une main, l'autre servant à tenir son écharpe contre son visage. Plein de bonne volonté — et surtout appâté par le gain —, Joshua ne perdait pas espoir et tendait le bras avec entrain dès que quelqu'un passait à proximité. Parfois, quand il se sentait trop oppressé, il faisait quelques pas pour changer de place, comme si les gens allaient faire preuve d'un peu plus de considération quelques mètres plus loin.

Après un moment, il fit craquer ses cervicales douloureuses. Rester debout dans cette cohue et par des températures aussi basses lui faisait quelque peu tourner la tête. Et les différentes odeurs de ses congénères venaient ajouter davantage de difficultés à sa tâche. Certains effluves de ruts ou de chaleurs lui titillaient les narines et, bien qu'il fût sous suppressants pour faire taire ses hormones, il restait tout de même sensible à celles des autres. Après tout, il avait toujours des envies, des besoins, comme tout un chacun, et les parfums parfois prononcés des alphas avaient le don de l'émoustiller. Cependant, il n'y pensait pas bien longtemps et se concentrait à nouveau sur son travail.

Gagner de l'argent était devenu sa priorité, alors hors de question de se laisser perturber par son instinct primaire. Il avait besoin de travailler pour sa survie, mais aussi pour pouvoir payer ses études et son studio. Alors quitte à se fatiguer, à rester dans le froid malgré l'indifférence, il persistait pour ne pas se retrouver à la rue. Son objectif était de finir l'université avec un diplôme en poche, même s'il avait conscience qu'en tant qu'oméga, il devrait davantage faire ses preuves pour trouver une entreprise qui voudrait bien l'embaucher à la sortie de ses études.

Encore à ce jour, sa classe était moins bien considérée que les autres et il était plus compliqué pour eux d'obtenir une bonne place dans la société et dans le monde du travail. Pourtant, il était intelligent, il avait soif d'apprendre et faisait preuve d'énormément de détermination. Il voulait s'en sortir. Il voulait montrer qu'il était capable d'évoluer et surtout de ne pas ressembler à son père. En vérité, c'était plus un défi qu'il se lançait à lui-même plutôt qu'une volonté de prouver au monde sa valeur.

Emmitouflé dans son épaisse écharpe de laine, il marcha un peu comme s'il cherchait à se réchauffer, puis s'arrêta à proximité d'un magasin de baskets. Il jeta un coup d'œil à la vitrine, les modèles étaient magnifiques, mais hors de prix. Il avait déjà bien du mal à s'acheter de la nourriture ou même ses suppressants, alors espérer glisser ses pieds dans des paires aussi chères n'était qu'un doux rêve. Des chaussures confortables — pas forcément jolies — lui auraient été d'une grande utilité pour rester debout autant de temps, mais il se contentait de vieilles converses usées qu'il avait récupérées d'un cousin qu'il n'avait plus vu depuis près de trois ans. Depuis le décès de son père.

Sa situation, c'était à cause de lui. Même s'il n'était plus de ce monde, Joshua lui en voulait encore terriblement. Il l'avait lui-même mis dans cette galère en tombant dans des jeux d'argent qui avaient tout détruit. Sa santé, physique et mentale, sa famille, sa vie tout entière. Il en était mort, et avait laissé une veuve et un orphelin. Mais aussi d'importantes dettes. Et quand les huissiers étaient venus saisir tous leurs biens dans le petit appartement qu'ils louaient du côté de Chinatown, Joshua avait assisté à la décadence de son monde. Les meubles emportés un à un, les souvenirs de famille dispersés comme des feuilles balayées par le vent. Il se souvenait encore du regard désespéré de sa mère, tentant de cacher ses larmes, puis de son teint de plus en plus livide au fil des jours. Pendant quelques semaines, elle n'avait été que l'ombre d'elle-même et s'était mise à errer d'un coin à un autre de l'appartement, sans but.

Mais elle avait fini par se reprendre, pensant à son fils qui n'avait même pas terminé le lycée. Oméga elle aussi, elle avait eu l'opportunité de trouver un petit emploi chez une famille fortunée. Elle faisait le ménage, la cuisine, et quelques autres tâches qui lui permettaient de survivre. Elle assurait à Joshua un avenir un peu plus clément malgré les dettes et c'était pour cela qu'il avait décidé de faire des études, afin d'avoir un diplôme et un emploi qui leur permettrait d'avancer.

Mais sa mère aussi avait craqué sous le poids trop lourd de l'argent qui lui était réclamé. Tout cela avait eu raison d'elle. Bon nombre d'hommes s'étaient succédés à leur appartement, et elle s'était finalement enfuie avec l'un d'eux. Où, quand, comment ? Joshua l'ignorait. Lorsqu'il était rentré de sa semaine de cours, il n'avait trouvé qu'un simple mot sur un bout de papier accroché au réfrigérateur.

« *Je pars, j'ai besoin de souffler. Je ne sais pas quand je rentrerai. Prends soin de toi.* »

Aujourd'hui, ses études et son travail acharné étaient ses seules armes contre les épreuves qui avaient marqué son passé. Pourtant, même s'il s'efforçait de se concentrer sur l'avenir, les images de ce pan de vie compliqué le hantaient. Les regards condescendants de certains alphas, les obstacles supplémentaires auxquels les omégas faisaient face dans cette société, tout cela pesait aussi sur ses épaules. Mais la détermination dans son regard ne faiblissait pas.

Il secoua la tête, chassant ces pensées sombres qui revenaient bien trop souvent le perturber, et d'autant plus lorsqu'il se trouvait là, au milieu de cette foule qui semblait l'engloutir. Devant lui, les passants continuaient leur course effrénée, indifférents à son sort, n'imaginant même pas pourquoi il se tenait là dans le froid, chaque soir.

Joshua souffla, un petit nuage de fumée s'échappant d'entre ses lèvres pour s'évaporer. Il se redressa et resserra l'écharpe autour de son cou pour reprendre son activité. Il continua d'offrir des sourires chaleureux à qui voulait bien lui prendre un flyer. Chaque fois qu'il en distribuait un, c'était comme une victoire personnelle, une avancée vers un avenir qu'il s'efforçait de construire malgré les vents glaciaux de l'adversité.

Son téléphone sonna, interrompant brièvement ses pensées. C'était un rappel pour demain, un rendez-vous avec une autre entreprise, et un frisson d'excitation parcourut son corps. C'était peut-être une opportunité pour se faire un peu plus d'argent, car il en avait grandement besoin. Tant pis s'il devait cumuler les emplois ennuyeux et ingrats, il ne pouvait pas faire le difficile.

Il rangea son téléphone dans la poche de son blouson puis capta le regard d'un étudiant qui semblait intéressé par ce qu'il distribuait. Presque euphorique, il tendit le bras dans sa direction dans l'espoir de lui confier un flyer quand un homme passa au même instant et le heurta de plein fouet. Sous le choc, il ferma les yeux et lorsqu'il les rouvrit, il constata avec effroi que ses petits prospectus s'étaient éparpillés sur le sol, et que certains étaient déjà en train de s'envoler.

— Putain ! pesta-t-il.

Il se baissa tout en grommelant d'autres injures dans son écharpe et essaya de rassembler les feuilles qui cherchaient à s'échapper. Si son patron apprenait qu'il avait fait tomber quelques-uns de ses précieux flyers, il passerait un sale quart d'heure.

— Je suis vraiment navré.

Joshua ne prit même pas la peine de répondre ou de relever la tête. D'un geste brutal, il arracha simplement ce que l'homme qui venait de le bousculer lui tendait et continua à ramasser le reste. Une fois qu'il eut récupéré tout ce qu'il put, il se releva, non pas sans difficulté. Les douleurs horribles qui lui tiraillaient le dos à force de rester dans la même position le faisaient atrocement souffrir. Il eut un mouvement de recul quand il se trouva nez à nez avec une carrure imposante, des épaules larges et un visage mature encadré par des cheveux blonds comme les blés. Une bourrasque les fit virevolter, dévoilant son front et ses yeux d'un bleu perçant.

Un alpha, aucun doute possible. Et ce parfum entêtant de café corsé…

Joshua resta immobile durant quelques secondes, le regard planté dans celui de l'homme face à lui. La prestance qu'il dégageait le rendait intimidant, mais il y avait de la douceur en lui. Une douceur que l'oméga n'avait que rarement constatée chez les alphas qui l'entouraient. Certes, il n'en avait pas côtoyés beaucoup, et un seul intimement, mais ils étaient tous plus ou moins hautains et froids avec les personnes de sa classe. La vie était une jungle où la loi du plus fort — et aussi des plus fortunés — était toujours d'actualité.

Et dans ce regard céruléen duquel il ne parvint pas à se détourner, il aperçut une fêlure accentuée par le fait que l'homme semblait avoir pleuré. Ou était-ce le vent glacial qui lui avait tiré quelques larmes ?

Joshua secoua la tête pour se reprendre et il fronça les sourcils, toujours remonté contre l'alpha. Quelques prospectus jonchaient encore le sol et cela le rendait amer. Non seulement pour cette pauvre planète qui subissait déjà beaucoup trop la pollution, mais aussi car il avait à cœur de bien faire son travail — bien qu'il l'eut détesté.

L'alpha jeta un rapide coup d'œil à sa montre, un bijou qui devait valoir une petite fortune au vu de la marque que l'oméga réussit à capter sur le cadran.

— Je suis vraiment désolé, répéta l'homme en récupérant un autre flyer qui manquait de s'envoler.

Joshua soupira, agacé. Il ne savait pas à quoi il s'attendait de la part de son vis-à-vis, il n'allait pas non plus lui faire un laïus pour s'excuser en long, en large, et en travers. Et puis, un homme comme lui avait sûrement mieux à faire que de s'apitoyer sur le sort d'un pauvre oméga frigorifié.

Un dernier regard, l'alpha lui confia le papier qu'il venait de ramasser pour ensuite tourner les talons. En une fraction de seconde, la foule engloutit sa silhouette.

— C'est ça ! cria Joshua. Casse-toi !

Un frisson le secoua tout entier et il se renfrogna, la tête enfoncée dans ses épaules et l'écharpe dissimulant la moitié de son visage. Il renifla, saisit par la froideur de l'air. Avec son mince blouson sur le dos, pas de bonnet ou de gants, il commençait à avoir les doigts engourdis ainsi que les pieds congelés.

Il s'efforça tout de même de distribuer le reste des flyers.

La nuit était finalement tombée mais Times Square restait le théâtre d'une agitation humaine illuminée par les néons colorés des différentes enseignes. Ne pouvant plus supporter le froid, Joshua se dirigea vers le restaurant de *dim sum* dans lequel il avait quelques réductions grâce à son travail. Ça ne payait pas super bien, et il avait toujours du mal à joindre les deux bouts, mais il pouvait au moins se réjouir du rabais de quelques dollars sur certains plats. Les repas hors de son petit studio se faisaient rares, mais il en ressentait le besoin parfois, peut-être pour se donner l'illusion qu'il était comme tout le monde.

Et puis, cette cuisine lui rappelait les plats que sa mère avait l'habitude de préparer quand tout allait bien dans leur vie. Quand son père n'avait pas encore commencé à dilapider tout leur argent.

Joshua avala un *dim sum* tout rond et essaya de chasser ce passé qui venait constamment le narguer. Comment leur famille s'était-elle retrouvée dans cette situation ? Comment avait-il pu tenir bon alors que le monde l'avait abandonné ? Il s'était retrouvé livré à lui-même dans cette jungle impitoyable, avec des factures qu'il était désormais obligé d'assumer seul. Il n'avait pas eu le choix que de s'en sortir, de survivre, de se battre. Il s'était reposé sur sa volonté, ses ambitions, sa rage de vaincre et de prouver que même s'il n'était qu'un oméga, il pouvait réaliser ses rêves.

Cependant, plus le temps passait et plus il se demandait où tout ça allait le mener.

Il soupira en observant les passants se succéder devant la vitrine du restaurant ; des couples, des amis, des parents avec leur enfant. Parfois, il enviait tous ces gens, mais il savait mieux que quiconque que les sourires sur leurs visages n'étaient pas forcément sincères. Tout le monde avait son lot de problèmes, ses casseroles à traîner, et tout le monde essayait d'avancer malgré tout. Mais il arrivait que Joshua se dise qu'il avait lutté depuis trop longtemps, et il se décourageait.

Il ignorait de quoi son avenir serait fait et, même s'il ne voulait pas se laisser dominer par la peur, cela faisait plusieurs jours qu'il s'endormait en sachant pertinemment que seuls les cauchemars l'accompagneraient jusqu'à son réveil.

CHAPITRE 2
♥ ♥ ♥

Depuis deux longues semaines, Joshua attendait désespérément sa paie. Malgré les nombreuses fois où il était allé voir son patron pour récupérer divers flyers qu'il devrait distribuer, il n'avait toujours aucune nouvelle de son argent. Ça commençait à faire long, surtout qu'il ne lui restait que très peu d'économies pour acheter tout ce dont il avait besoin. Ses plus grosses dépenses étaient passées, il avait réussi à payer son prêt étudiant et son studio, mais s'il ne recevait pas la somme qui lui était due dans les jours à venir, il finirait dans une galère monstre. Et ce n'était pas envisageable. Il ne pouvait pas risquer ses études et son logement parce qu'un homme n'était pas fichu de lui verser son salaire en temps et en heure. Le travail, il l'avait effectué, et il se devait d'être rémunéré pour ce dernier. Cependant, il était trop fier pour réclamer, peut-être un peu trop timide aussi parfois. Il fallait dire que son patron était un alpha, et les alphas étaient — pour la majorité d'entre eux — très intimidants.

Se rabaisser à faire la mendicité, même pour quelque chose qui lui revenait de droit, n'était pas vraiment dans sa nature. De plus, son dernier entretien d'embauche n'avait mené à rien. L'homme qu'il avait rencontré ne l'avait pas rappelé, alors cela signifiait qu'il n'avait pas été retenu.

Traînant les pieds, Joshua arriva devant le local de l'entreprise pour laquelle il travaillait. Il était situé au rez-de-chaussée d'un petit immeuble pas très bien entretenu et le quartier était mal famé. Ce n'était pas le genre d'endroit rassurant, mais Joshua avait l'habitude de le côtoyer puisqu'il habitait à côté et qu'il passait tous les jours par là pour prendre le bus qui le menait à l'université. Faute de plus grands moyens, son studio se trouvait dans une maison divisée en plusieurs logements qui accueillaient une famille on ne peut plus bruyante, deux omégas en colocation qui avaient tendance à beaucoup faire la fête et un alpha qui puait les phéromones à dix kilomètres à la ronde. La cohabitation était compliquée, chacun avait ses habitudes et ses défauts, mais c'était tout ce que le jeune homme était en mesure de se payer.

Les colocations ne l'attiraient pas, et tant qu'il pouvait avoir son propre logement — même miteux — il préférait jouer les solitaires. Au moins, il n'avait de compte à rendre à personne. Encore une question de fierté sans doute.

Après une grande inspiration, Joshua ôta le bonnet qu'il avait finalement acheté dans une friperie et replaça doucement ses cheveux noirs de chaque côté de son front. Il poussa la porte vitrée du local et une petite clochette retentit pour prévenir de son arrivée. L'homme, accroupi devant des cartons de prospectus, se releva quand il l'aperçut. Il était grand et imposant, comme tous les alphas, mais bien loin d'être le genre de personne sur laquelle Joshua se serait retourné dans la rue. Il avait beau sentir le mâle et lui faire du charme de temps à autre, le jeune homme le trouvait répugnant. Peut-être était-ce pour cela qu'il ne réussissait pas à lui demander son argent, parce qu'il craignait qu'il lui fasse une proposition indécente. Il chassa cette pensée de son esprit et desserra son écharpe qui lui tenait beaucoup trop chaud. Il faisait bon dans le local, en tout cas bien meilleur que chez lui où il ne pouvait pas se permettre de mettre le chauffage.

— Bonjour, lança l'homme, je peux t'aider ?

Il acquiesça et avança d'un pas lent vers lui.

— Je suis venu récupérer quelques flyers pour la distribution de cette semaine.

— Hm. Le Red Garden m'a confié ça, il y en a pas mal donc tu auras de quoi faire. Pas besoin de revenir te réapprovisionner avant début de semaine prochaine.

L'alpha souleva un carton qui, à vue d'œil, ne semblait pas si lourd. Mais pour Joshua, ce fut une tout autre affaire. Il n'avait pas la même force que son patron et dès lors qu'il l'eut dans les bras, il étouffa un gémissement plaintif. Ça pesait une tonne !

Il déglutit avant d'humidifier ses lèvres. Il n'avait pas le choix, il devait lui réclamer sa paie avant de partir. Cette fois, il ne pouvait pas remettre ça au lendemain, c'était assez urgent. Puisqu'il ne quittait pas le local, l'homme fronça les sourcils.

— Un souci ?

N'en pouvant déjà plus, il reposa le carton au sol et hocha la tête. L'alpha semblait contrarié, et un poil impatient si l'on en croyait sa posture et ses traits tirés.

— En fait, je… je me demandais quand est-ce que vous alliez me payer.

— C'est quoi ton nom ? demanda-t-il en allant derrière son bureau où des papiers s'entassaient.

— Joshua Huang.

L'homme le détailla un court instant des pieds à la tête avant de s'asseoir sur son imposant siège en cuir craquelé par le temps. Il se concentra sur l'écran de son ordinateur tout en pianotant rapidement sur le clavier. Un lourd silence s'était installé dans la pièce et Joshua savait que son patron — qui visiblement n'en avait que faire de lui puisqu'il ne se souvenait même pas de son nom — ne pourrait pas lui apporter de bonne nouvelle. Pourtant, il avait besoin de cet argent, et vite.

— Je suis embêté, commença-t-il d'un ton faussement gêné. J'ai moi-même des soucis avec les différentes entreprises qui doivent me payer, et ça tarde un peu…

Joshua serra les poings et sa mâchoire se crispa. Qu'en avait-il à faire de ses problèmes ? Lui aussi en avait, lui aussi attendait son salaire et ce depuis deux semaines. Il avait travaillé, et ce n'était pas pour rien. Un sentiment de rage et d'injustice l'envahit, mais il ne pouvait tout simplement pas exploser. Sa survie était en jeu, et peut-être pourraient-ils trouver un terrain d'entente.

— J'ai des factures à payer, et je vais vraiment être tout juste ce mois-ci, dit-il.

— Je comprends, c'est pour tout le monde pareil.

La réponse l'obligea à ravaler le goût amer qu'il avait dans la bouche. Pour tout le monde pareil ? Plutôt facile à dire quand il savait que son patron roulait dans une belle berline qui avait dû lui coûter la peau des fesses. En plus, il le trouvait ridicule à l'intérieur. Un homme avec aussi peu de prestance, presque crasseux, dans une si belle voiture… C'était du pur gâchis.

— Et une avance peut-être…

— Écoute mon petit, s'exclama-t-il plus fermement, je comprends que tu traverses des difficultés, mais je peux rien faire pour le moment. Les choses sont compliquées de mon côté aussi.

Joshua sentit la frustration monter en lui et il eut peur de perdre son sang-froid. Mais il ne pouvait pas se le permettre.

— C'est vraiment très dur, j'aurai à peine de quoi me payer à manger et mes suppressants…

Tant pis s'il devait se rabaisser à ça, à exposer ses vrais problèmes, car il était dans une situation tellement critique qu'il ne pourrait même pas acheter les pilules qui empêchaient ses chaleurs de se déclarer. Et il ne pouvait pas les avoir maintenant, il avait des examens à assurer dans les semaines à venir, alors c'était hors de question de les rater.

L'homme l'observa un instant avant de soupirer. Il ouvrit un tiroir de son bureau et fouilla à l'intérieur avant de sortir quelques billets qu'il tendit à Joshua.

— Ça devrait suffire pour te dépanner en attendant, mais ce sera retiré de ta prochaine paie.

Il eut envie de rire, mais il les prit quand même. Fallait-il encore qu'il soit véritablement payé un jour pour qu'il les déduise de son salaire. Ça, c'était une autre paire de manches. Plein d'humilité, Joshua le remercia tout de même — bien qu'il n'irait sans doute pas très loin avec la maigre somme qu'il venait de lui donner. C'était au moins ça de gagné, il pourrait manger pendant quelques jours, deux ou trois s'il faisait attention aux produits qu'il achetait.

— Tu devrais demander à un ami de t'aider, tu as bien des amis, non ?

Pour ne pas le contredire, il acquiesça et glissa précieusement les quelques dollars dans la poche de son blouson. Bonnet sur la tête, écharpe nouée, il reprit le carton de flyers pour se diriger vers la sortie.

— Fais attention à toi, il va faire très froid cette semaine.

Joshua le remercia avec un sourire forcé et quitta le local.

Non pas sans peine il arriva chez lui, les bras engourdis et le dos douloureux. Son studio était tout ce qu'il y avait de plus sommaire ; une simple pièce à vivre et une petite salle d'eau, pas de décoration, pas de fioritures. De toute façon, Joshua n'avait pas envie de s'investir dans un endroit comme celui-ci. Il rêvait du jour où il pourrait s'en aller et trouver un logement un peu plus grand et accueillant, où le boucan ne serait pas constamment présent et où il se sentirait enfin chez lui. Malheureusement, plus le temps passait et plus il perdait espoir. Il avait l'impression qu'il ne serait jamais en mesure de s'en sortir, de trouver un bon travail qui lui permettrait d'avancer. Et il ne pouvait pas imaginer se retrouver en couple avec un alpha et enchaîner les grossesses parce qu'il ne serait « bon qu'à ça ».

Il frissonna de dégoût à cette idée. Ce n'était même pas envisageable. Si c'était pour se retrouver entouré de marmots comme la famille du deuxième étage et passer ses journées à crier… Non, il continuerait à se battre pour ne pas être dans une telle situation. Même si ses rêves semblaient de plus en plus lointains et inatteignables, il ne pouvait pas baisser les bras.

CHAPITRE 3

♥ ♥ ♥

Le lendemain, Joshua eut bien du mal à se réveiller. Il se sentait nauséeux et son ventre criait famine. La veille, il n'avait pas dîné pour économiser un repas et ainsi garder davantage d'argent s'il tombait à court de suppressants avant que son patron ne le paie pour de bon. Il aurait préféré ne pas avoir à faire un tel choix, mais si ses chaleurs se déclaraient, il serait vraiment dans de beaux draps. Personne n'allait pouvoir s'occuper de lui et il n'aurait probablement pas de quoi s'acheter des antidouleurs. Pour avoir eu ses chaleurs deux fois par le passé, il savait ô combien celles-ci pouvaient être atroces, alors très peu pour lui. Il ne pouvait pas se permettre de rester cloué au lit trop longtemps, il avait des cours et un travail à assurer. Et s'il ratait ces derniers, il serait embarqué dans un engrenage sans fin.

Il secoua la tête et passa une main sur son visage. Ce n'était même pas envisageable.

Après s'être étiré de tout son long tel un félin sorti d'une longue sieste, il pivota sur le côté et consulta l'heure sur son téléphone ; il devait vraiment se dépêcher. Il s'assit sur le lit et leva les bras bien haut vers le plafond, ses épaules étaient on ne peut plus tendues et chacune de ses vertèbres semblait déplacée. Mais pas le temps de s'apitoyer sur son sort.

La démarche lente, il rejoignit la salle de bain et se rafraîchit le visage afin de se réveiller davantage. Les quelques mèches qui tombaient sur son front se retrouvèrent mouillées, mais il s'en fichait. Aujourd'hui, il n'avait pas envie de s'attarder sur son apparence — bien qu'il lui eut toujours apporté une certaine importance. Il prit tout de même sa douche et s'habilla avec les premiers vêtements qu'il trouva dans sa commode : un jean et un sweat large dans lequel il se perdait. Avant de partir, il engloutit deux tartines d'un pain plus très frais, mais ça ferait l'affaire pour ne pas tomber dans les pommes. Il but quelques gorgées du jus de raisin qu'il avait eu à moitié prix dans une épicerie du coin, puis enfila ses chaussures et son blouson. Bonnet sur la tête, sac à dos sur une épaule, il quitta son appartement qu'il prit soin de bien fermer à clé.

— Salut !

Il sursauta à la voix fluette qui retentit alors qu'il descendait les escaliers. Un des omégas de la colocation lui adressait un signe de la main auquel il répondit en forçant un sourire, juste par pure politesse.

— Tu vas en cours ? Ça se passe bien ?

— Oui, et euh, désolé mais je suis en retard.

Il sourit encore, cette fois envahi par un sentiment de gêne.

— Ça marche, dit son voisin. Si ça te dit, tu peux venir boire un verre ce soir.

Joshua ravala difficilement sa salive.

— Je dois travailler, lança-t-il.

— Oh... Une autre fois alors. Tu sais où nous trouver.

Pour ne pas le contrarier, il hocha la tête avant de le saluer d'un bref geste pour annoncer qu'il devait vraiment s'en aller. Le jeune homme ne le retint pas plus longtemps, et heureusement.

Hors de la maison, Joshua grimaça et frissonna, et ce n'était pas à cause des températures négatives.

Ses voisins omégas s'obstinaient à l'inviter chez eux, mais il réussissait toujours à trouver une bonne raison pour ne pas y aller. Ils étaient peut-être sympathiques — bien que très bruyants —, mais l'un d'eux ne cessait de le draguer avec un peu trop d'insistance, et ça le mettait terriblement mal à l'aise. Il ne les trouvait pas à son goût et puis il n'avait pas de temps pour ça. Sa vie était déjà bien compliquée et remplie pour s'embêter avec un petit ami ou même une relation sans lendemain. Et même si ce n'était que pour s'en faire des amis, il n'avait pas envie. Il avait tendance à s'éloigner des gens, sans doute par peur d'être blessé ou de les blesser. Sa confiance, il ne l'accordait à personne. Ses propres parents l'avaient abandonné, comment pouvait-il croire que d'illustres inconnus pouvaient être meilleurs qu'eux ?

Bon, il y avait bien quelqu'un qui comptait dans sa vie, mais il ne savait pas s'il pouvait le qualifier de véritable ami puisqu'ils ne se côtoyaient qu'à l'université.

Asher était un oméga qui étudiait lui aussi les langues, et son sourire solaire l'avait tout de suite séduit. Non pas qu'il était attiré par ce dernier de manière romantique, mais c'était simple de discuter avec lui. Sa joie de vivre communicative et son dynamisme faisaient de lui une personne facile à approcher. Et puis, c'était plutôt lui qui allait vers les autres. Il n'avait pas des tonnes d'amis, plutôt de nombreuses connaissances, mais Joshua avait parfois l'impression d'être privilégié car il passait tout son temps avec lui sur le campus. Leurs vies n'étaient pas les mêmes, Asher avait une famille aimante et très présente pour lui, et il ne manquait de rien même s'ils n'étaient pas non plus très fortunés.

Parfois, Joshua avait honte de qui il était, alors il gardait certaines choses pour lui. Asher savait que son père était décédé, que sa mère était partie, mais il n'était pas aux faits de toutes les galères auxquelles il était confronté. Les dettes, le manque cruel d'argent, la faim qui le tiraillait, la peur, la solitude... S'il commençait à énumérer tous ses problèmes, il le ferait sans doute fuir.

Dans le bus qui le menait jusqu'à l'université, Joshua serra son blouson contre lui. Il était frigorifié, et il ne parvenait pas à se réchauffer. Il ferma les yeux et repensa à la douce chaleur de l'appartement dans lequel il vivait avant, quand tout allait bien. Ces instants étaient perdus à jamais, il ne retrouverait plus une telle quiétude, une telle insouciance. Maintenant, il était condamné à vivre avec de douloureux souvenirs, mais également avec les conséquences désastreuses des actes de son paternel.

Le trajet lui sembla durer une éternité, comme si le temps s'amusait à le tourmenter avec ses souvenirs.

Le bus arriva à proximité du campus, l'oméga en descendit. Son sac pesait une tonne sur ses frêles épaules, mais avec tous les manuels ainsi que les flyers qu'il avait emportés, rien d'étonnant. Chaque matin, il embarquait tout ce dont il avait besoin pour la journée afin de ne pas retourner chez lui. Ainsi, il pouvait tranquillement rejoindre Times Square après les cours et se mettre au travail sans attendre. Même s'il avait un abonnement pour les transports en commun, Joshua voulait économiser son temps de trajet. De ce fait, il rentrait chez lui plus tôt, même s'il savait qu'il devait encore réviser parfois jusque tard dans la nuit. Son quotidien était bien rempli, éreintant, mais s'il se laissait aller, il ne ferait que précipiter sa chute. Malgré tout ce qui lui arrivait, il avait encore un infime espoir de s'en sortir un jour. Et rien que pour cela, il tenait bon.

Il avança en direction du bâtiment où se tenaient ses premiers cours de la journée et, au loin, il aperçut Asher en grande discussion avec un alpha qu'il avait repéré quelque temps auparavant. Son camarade était bien plus avenant et loquace que lui, il n'avait de ce fait aucune difficulté à aborder d'autres étudiants même si cela pouvait prendre plus de temps qu'il ne l'avait voulu. Surtout quand il s'agissait d'un alpha sur lequel il fantasmait. Mais visiblement, il avait enfin réussi à sauter le pas.

Joshua ne put réfréner un petit rictus. Le voir si heureux, les yeux pétillants, lui donnait presque envie de tomber amoureux lui aussi. Mais c'était quelque chose qu'il s'interdisait, en tout cas pour le moment. Il avait déjà bien assez de tracas avec les études, le travail, et tous les frais à payer. Comme tout le monde, il avait besoin d'un peu d'affection. Cependant, s'engager dans une relation n'était pas dans ses projets immédiats.

Il s'assura que Asher ait bien terminé sa discussion avec le jeune homme pour le retrouver.

— Ça y est, c'est dans la poche ? demanda-t-il d'un ton curieux.

Asher lui asséna une petite tape sur le bras, toujours avec un sourire béat collé au visage.

— Je sais pas, on verra où ça nous mène. Mais ça à l'air bien parti, son odeur était hyper forte donc je crois que c'est bon signe. En plus il est carrément canon de près.

Il minauda, ses longs cils noirs battant comme des éventails. Joshua lâcha un rire. Son camarade semblait totalement sous le charme. Ses yeux noisette brillaient d'une lueur si singulière... Peut-être était-ce juste l'odeur de cet alpha qui le rendait tout chose, mais il était heureux pour Asher. Il lui arrivait de l'envier, mais pas d'être jaloux. Son camarade avait une vie bien différente de la sienne, bercée par l'insouciance. Il avait du temps pour lui, pour faire des rencontres, pour tisser des liens, pour ses passions et sa famille. Mais jamais Joshua ne s'autorisait à lui en vouloir pour ce que lui avait vécu. Ce n'était pas sa faute, et il avait le droit d'être heureux.

Un soupir lui échappa néanmoins. Pourquoi n'avait-il pas droit à une vie aussi douce ? Est-ce qu'un jour, il aurait enfin la possibilité de se reposer et d'avoir un quotidien plus serein ?

— Ça a pas l'air d'être la forme, fit remarquer Asher d'un air inquiet.

Joshua soupira encore et croisa les bras sur son torse, comme s'il voulait se fermer à la discussion. Cependant, il avait vraiment besoin d'évacuer et il sentait que c'était le bon moment. Il s'efforçait souvent de tout garder pour lui, de peur de déranger, mais il savait que s'il attendait davantage, il finirait par exploser.

— Je galère en fait, avoua-t-il.

— C'est-à-dire ?

Joshua essaya d'humidifier ses lèvres gercées par le froid, mais rien n'y faisait. Dès qu'il en aurait les moyens, il investirait dans un baume à lèvres.

— Mon patron m'a toujours pas payé ce qu'il me doit, du coup je sais même pas comment je vais faire pour payer mon loyer si ça continue comme ça. Ou même mes suppressants.

Ils arrivèrent dans le bâtiment où une chaleur agréable les enveloppa aussitôt. Asher proposa à Joshua d'aller au distributeur de boissons chaudes où il lui paya un chocolat.

— Je veux bien te dépanner si t'as besoin...

— Non, l'interrompit Joshua. Je t'ai pas dit ça pour faire la mendicité, mais...

Il marqua une pause et but une gorgée de sa boisson. Le liquide courut le long de son œsophage pour lui réchauffer les entrailles. La sensation lui fit le plus grand bien et il desserra son écharpe.

— J'ai juste besoin de me plaindre un peu.

— Tu sais, tu peux même te plaindre beaucoup, je suis là pour t'écouter. Et si t'as besoin d'aide, je suis là aussi.

D'un geste empli de bienveillance, Asher lui pressa l'avant-bras. Joshua lui déclara un petit sourire gêné en sentant que son odeur se décuplait dès que son camarade le touchait. Il n'était pas attiré par ce dernier mais cela faisait tellement longtemps que personne n'avait eu un peu d'attention à son égard qu'il avait peut-être tendance à s'emballer. Un parfum de caramel plus intense qu'à l'accoutumée flottait dans l'air et Joshua s'excusa d'une petite voix. Il ne voulait pas que Asher s'imagine qu'il en pinçait pour lui.

— Bref, tu veux que je te file un coup de pouce pour ce mois-ci ?

Joshua secoua négativement la tête.

— T'es sûr ?

— Oui, et en plus ce serait beaucoup trop demandé.

— C'est à ce point la merde ?

— T'as pas idée. Il me doit plus d'un mois de salaire là. J'ai réussi à avancer le loyer de ce mois-ci avec mes économies, mais le mois prochain ça va vraiment être compliqué.

— Si je peux faire quoi que ce soit...

Joshua ne voulait pas demander d'argent à son camarade car il n'était même pas certain de pouvoir le rembourser un jour, mais s'il avait de bons plans concernant du travail, ou même des aides qu'il pouvait obtenir, il était preneur. Tant pis s'il devait faire davantage d'heures, même les week-ends, il en avait besoin. C'était devenu vital.

— Je connais une association pour tes suppressants. Ils s'occupent des omégas sans-abri et leur fournissent des contraceptifs. Ça te coûte rien d'y faire un tour.

Asher sortit son téléphone afin de rechercher l'association en question sur les réseaux sociaux. Joshua nota le nom, il irait les rencontrer au plus vite pour ne pas tomber à court de pilules, en espérant trouver l'aide qu'il lui fallait. Il n'était pas à la rue, mais dans une situation telle que la sienne, ça ne saurait tarder s'il n'avait pas de solution.

— Merci, marmonna-t-il presque honteux.

Son camarade lui tapota le dos.

— C'est normal. En plus tu veux pas d'aide financière alors je fais ce que je peux.

— C'est pas à toi d'assumer ça.

— Peut-être, mais je suis ton ami, et les amis sont là pour s'épauler.

Joshua fut un peu surpris. Amis. Ils étaient amis.

Il s'était toujours empêché d'employer ce terme concernant Asher, car il ignorait si leur relation en était à ce stade, mais aussi car il peinait à accorder sa confiance à autrui. Mais le fait que ce soit le jeune homme lui-même qui ose se qualifier ainsi le rassura. Il était son ami, et il pouvait compter sur lui.

Ses épaules se relâchèrent, c'était un soulagement.

— Ah oui, et...

Asher reprit son portable et pianota dessus pendant quelques secondes avant de continuer :

— Tu connais cette appli ?

Joshua posa les yeux sur l'écran, curieux. L'interface était sobre et élégante.

— Non, c'est quoi ?

— Tu crées un profil et ça te met en relation avec des alphas du coin. En général c'est des mecs assez friqués. Bon, il y a aussi des femmes mais c'est plus rare.

Il fronça les sourcils, peu sûr de comprendre tout ce que cela impliquait. Avoir une relation n'était pas dans ses projets et Asher le savait. Alors pourquoi lui parlait-il d'une application de rencontres tout à coup ?

— Ça m'intéresse pas trop en ce moment...

— Pourtant ça te permettrait de te faire de l'argent rapidement.

Joshua resta immobile et muet, observant son ami avec une petite moue. Gagner de l'argent rapidement ? Oui, ça l'intéressait, mais en rencontrant des alphas ? Quel était le lien ? Son regard jongla du téléphone à son camarade.

— Attends, qu'est-ce que ça veut dire ?

— Je t'explique ! Des fois t'as des alphas qui veulent simplement de la compagnie ou qui ont besoin de quelqu'un avec qui se rendre à des dîners parce que ça fait toujours bien de se ramener avec un bel oméga.

Joshua déglutit. Il avait rapidement saisi les enjeux de ce genre de service, mais il trouvait ça tout de même étrange. Les omégas se battaient pour ne plus être considérés comme des objets, pour être mieux traités et avoir autant de reconnaissance que les autres classes. Cette application prônait tout le contraire.

Se vendre de la sorte à des alphas, juste pour leur offrir une compagnie ou n'être qu'un trophée qu'on baladait dans les soirées, c'était un sacré retour en arrière.

— Tu trouves ça bien toi ? demanda-t-il sans jamais lâcher sa grimace.

Asher haussa les épaules.

— Je pense que ça peut toujours servir. En plus t'es vraiment beau, le type d'oméga qui va forcément plaire.

Il passa outre le compliment de son ami et répondit :

— C'est un peu contradictoire avec ce pour quoi on se bat, non ?

— Pas vraiment. Je trouve que c'est récupérer ce qui nous revient, reprendre le contrôle et avoir une sorte de pouvoir sur les alphas.

Joshua fut surpris par son argument, mais il devait avouer qu'il n'avait peut-être pas tort. Après tout, les alphas présents sur cette application avaient besoin d'eux, des omégas. Ils les avaient tellement malmenés par le passé — et même encore maintenant — qu'ils ne parvenaient plus à les approcher aussi facilement, et d'autant plus les nouvelles générations. De ce fait, les alphas avec de bonnes intentions, sérieux et consciencieux, payaient pour les actions de leurs pairs, pour tous les mauvais comportements de ceux qui avaient voulu dominer les omégas et ne pas les considérer comme des êtres égaux à eux.

La plupart des gens n'avaient pas le temps pour faire des différences. Tout le monde dans le même panier. De toute façon, il y avait encore bien trop d'alphas en quête de pouvoir et assoiffés de domination pour s'arrêter en si bon chemin. Tant que la majorité d'entre eux n'auraient pas un comportement décent, ils continueraient de se battre.

— Hm, je sais pas, murmura Joshua. J'aurais un peu l'impression de profiter et…

— Parce que les alphas n'ont jamais profité de toi ?

Asher haussa un sourcil, attendant une réponse de sa part. Joshua ne comprenait pas comment son ami pouvait fricoter avec un alpha et être aussi remonté contre eux. Avait-il vécu une expérience choquante ? Il n'oserait jamais lui poser directement la question, mais ça l'intriguait.

— Si, avoua-t-il finalement, c'est sûrement à cause des alphas que je suis dans cette situation.

— Et ton patron ? C'est un alpha, non ?

Il acquiesça. Comment nier l'évidence ? Tout ce qui se produisait de mal dans sa vie actuelle était la cause de leur domination, de ce sentiment de peur qu'ils instauraient chez les plus faibles. Son père en avait fait les frais. Puis sa famille. Et désormais, il se retrouvait seul, à trimer pour un patron qui le considérait comme un moins que rien et qui ne lui donnait même pas ce qu'il lui devait. Il profitait de lui, de sa situation, du fait qu'il était un oméga et qu'il n'oserait pas se défendre au risque de tout perdre.

Joshua soupira. Cette idée d'application pouvait peut-être le sauver, mais il devait tout de même y réfléchir sérieusement.

— Pour le moment, je vais essayer de m'en sortir comme ça. On sait jamais, avec un peu de chance je serai payé cette semaine.

— Comme tu veux, lança Asher en rangeant son portable. Je te donnais juste une piste, ça peut toujours servir.

Il remercia son ami, heureux de constater qu'il y avait tout de même quelqu'un prêt à l'épauler dans les pires moments.

CHAPITRE 4

Plusieurs jours s'étaient écoulés depuis que Joshua avait parlé de ses problèmes financiers à Asher. Aujourd'hui, il était bien décidé à se rendre à l'association dont il lui avait parlé afin d'obtenir — il l'espérait — les suppressants qu'il lui fallait. En effet, il ne lui restait plus que deux cachets avant de tomber à court.

Il avait longuement hésité avant de prendre cette décision, sans doute par peur d'être jugé, mais aussi par fierté. Cependant, la situation devenait critique et sans trace de son salaire, il était bien obligé de faire un choix réfléchi. C'était ça ou demander de l'argent à son ami, chose qu'il voulait éviter à tout prix.

Les mains dans les poches, il arriva devant un petit bâtiment qui ne payait pas de mine. La devanture du local au rez-de-chaussée était entièrement vitrée, mais d'épais rideaux empêchaient de discerner quoi que ce soit à l'intérieur. Sur la porte d'entrée, un écriteau indiquait que c'était ouvert et une affiche de prévention dont le coin droit s'était légèrement décollé lui laissait entendre qu'il était bien arrivé au bon endroit.

Joshua serra les poings et renfrogna sa tête dans ses épaules. Il n'avait aucune envie d'entrer et d'expliquer son souci à de parfaits inconnus, de répondre à des questions et de se rabaisser à demander de l'aide. Mais c'était un besoin vital, alors il ne pouvait pas faire le difficile.

La porte s'ouvrit devant lui et une personne sortit du bâtiment. Il s'agissait d'une jeune femme aux grands yeux marron et à l'air un peu hébété.

— Oh, fit-elle, tu entres ?

Elle lui tint la porte tout en attendant une réponse. Pris de panique, Joshua resta stoïque pendant quelques secondes car il hésitait encore à passer la porte de cet endroit. Mais face au sourire qui illuminait désormais le visage de l'inconnue, il hocha la tête et elle se décala pour lui permettre d'avancer.

À cet instant, tous les regards se tournèrent dans sa direction et il se sentit submergé par un immense sentiment de honte et d'embarras. Il avait l'impression que tout le monde le jugeait, et il détestait ça.

— Bonjour ! s'exclama un jeune homme qui venait à sa rencontre.

Joshua posa les yeux sur le badge épinglé à son sweat et sur lequel le mot « Bénévole » était inscrit.

— Je peux t'aider ?

— Euh, oui…

— C'est la première fois que tu viens à l'association ?

Il déglutit et hocha la tête, impressionné par le ton enjoué et le sourire éclatant du jeune homme. Il devait avoir à peu près son âge, mais il se sentait terriblement intimidé. Ici, c'était comme si tout le monde était joyeux, et il se sentit encore plus mal à l'aise que lorsqu'il était entré. Pourquoi ces gens semblaient si heureux alors que la plupart d'entre eux étaient dans une situation similaire à la sienne, voire pire ?

— Je suis Marius, bénévole, et si tu veux on peut aller s'installer là-bas pour discuter.

D'un geste de la main, il lui indiqua un canapé dans un coin de la pièce. Joshua accepta sa proposition et ils traversèrent la salle. Finalement, plus personne ne le regardait. Il s'était peut-être mépris en s'imaginant que les autres le jugeaient. Après tout, ils étaient tous dans la même galère. S'ils en venaient à se rendre ici, ce n'était pas par plaisir, mais parce qu'ils n'avaient pas d'autres choix.

En prenant place dans le canapé, Joshua retira son bonnet et son écharpe pour les déposer sur l'accoudoir. Une douce chaleur enveloppait les lieux et il fut même obligé d'ouvrir son blouson. Marius attrapa une feuille et un stylo posés sur la table basse face à eux et se tourna vers Joshua.

— Alors je t'explique un peu comment on procède, dit-il avec un sourire. Je vais noter toutes tes informations, c'est pas grave s'il y a des choses que tu ne peux pas me fournir ou dont tu ne veux pas parler. Ici on respecte les décisions des omégas, il n'y a aucune obligation et si tu veux juste passer la question, tu n'as qu'à me le dire.

Les mains jointes sur ses cuisses, Joshua acquiesça. Il n'avait pas eu besoin de révéler pour quelle raison il était là, Marius devait forcément s'en douter.

Dans un premier temps, le bénévole lui posa des questions sur son identité ; nom, prénom, âge, son occupation dans la vie, s'il avait un domicile fixe, un numéro de téléphone. Il en prit note avec beaucoup de considération, ponctuant chacune de ses demandes d'un sourire compatissant. Joshua voyait bien que leur but était d'aider les personnes comme lui, qui étaient dans le besoin.

— Tu as déjà pris des suppressants ? Ou tu en prends peut-être encore en ce moment ?

— Oui, j'en prends actuellement.

— Sous quelle forme ?

— Pilules.

Marius acquiesça et l'indiqua sur la feuille.

— Est-ce que tu as des rapports ?

Joshua rougit, et ce n'était pas à cause de la chaleur qu'il faisait dans la salle. Il avait l'impression que tout le monde pouvait entendre ce qu'ils échangeaient alors qu'ils étaient eux aussi en conversation avec des bénévoles.

— Tu n'es pas obligé de répondre, lui rappela Marius.

Il secoua la tête pour se reprendre.

— Non, pas… pas en ce moment.

— Tu en as déjà eus ?

— Oui, mais pas récemment.

— D'accord. Donc je peux exclure tout risque de grossesse, surtout avec les suppressants en plus…

Le jeune homme mordilla l'extrémité de son stylo et Joshua baissa la tête, le regard pointé vers la feuille qui se remplissait peu à peu. Il comprenait l'importance de ce genre de questions, même s'il était toujours un peu gêné d'y répondre. Par le passé, il avait déjà rencontré des médecins pour se faire prescrire des contraceptifs, mais cela faisait un bon moment que ce n'était pas arrivé. Il préférait encore se procurer ses suppressants en déboursant une certaine somme tous les mois plutôt que d'enchaîner les consultations qui, à elles seules, lui coûtaient bien plus cher. De plus, il n'était pas friand de ces interrogatoires constants pour savoir quelle était sa situation sentimentale, et surtout sexuelle.

Marius posa d'autres questions, sur ses chaleurs, sur ses désirs pour l'avenir, son envie ou non d'avoir des enfants, et il lui demanda ce qu'il attendait de l'association. Non pas sans une certaine honte, Joshua lui expliqua qu'il n'avait plus assez de suppressants pour finir la semaine et qu'il ne pouvait pas se permettre d'avoir ses chaleurs.

— Hm, je vais avoir ça en stock, y'a pas de souci.

Un poids s'envola de ses épaules. C'était un véritable soulagement de savoir qu'il allait obtenir ce dont il avait besoin. Ça lui sauvait la vie. Sans ça, il aurait dû manquer les cours et le travail, et ce n'était pas envisageable. Même s'il se demandait pourquoi il continuait à se tuer à la tâche en distribuant des flyers dans le froid puisqu'il n'obtenait pas son salaire en temps et en heure.

— Je vais te donner une boite pour ce mois-ci, et tu n'auras qu'à revenir au besoin. Disons une semaine avant de ne plus en avoir, d'accord ?

Joshua hocha la tête et Marius se leva pour disparaître derrière un rideau. Il en profita pour observer les personnes qui se trouvaient dans la salle. Les odeurs plus ou moins fortes de chacun se mêlaient et il retroussa le nez. Ça faisait beaucoup à assimiler et il se demanda comment les bénévoles réussissaient à travailler là sans en avoir la tête qui tourne. À certains parfums plus prononcés, il put facilement en déduire que des omégas étaient sur le point d'avoir leurs chaleurs, ou qu'elles venaient tout juste de se terminer.

À l'université, très peu de personnes avaient leurs chaleurs ou leurs ruts pour ne pas perturber l'ensemble des étudiants et le bon déroulé des cours. Et puis, les salles étaient bien plus spacieuses que celle dans laquelle ils se trouvaient actuellement, alors c'était tout de suite moins oppressant.

Marius revint avec une petite boite et il la confia à Joshua. Ce dernier le remercia d'une toute petite voix emplie de gratitude.

— N'hésite surtout pas à revenir si tu as un quelconque souci, nous sommes en relation avec d'autres associations qui s'occupent des omégas en situation précaire. Et s'il te faut des suppressants, nous t'accueillerons encore à bras ouverts.

— Merci c'est… vraiment gentil.

Le bénévole afficha un sourire et Joshua se leva, tenant sa précieuse boite contre lui. Il était tellement reconnaissant envers ce que ces gens faisaient pour lui. Pour eux. Cela lui redonnait espoir et foi en l'humanité. Il y avait encore du chemin à parcourir pour que les omégas soient bien mieux considérés et aidés dans la société, mais c'était déjà une bonne chose que ce genre d'endroit existe.

Il reprit son bonnet et son écharpe, puis salua brièvement toutes les personnes autour de lui avant de repartir. À l'extérieur, il lâcha un lourd soupir et se couvrit du mieux qu'il put. Une fine pluie s'était mise à tomber et si les températures baissaient encore, il neigerait. Ses suppressants en poche, Joshua décida qu'il était temps de rentrer chez lui.

Une fois arrivé, il jeta un coup d'œil dans sa boite aux lettres et fut surpris d'y trouver une enveloppe. Il déglutit. Recevoir du courrier ne lui arrivait que très rarement et depuis tous les problèmes que sa famille avait rencontrés à cause des dettes de son père, il avait toujours une certaine crainte. La peur de recevoir une lettre des huissiers ou un avis d'expulsion le rongeait parfois. En tout cas, il s'imaginait toujours le pire.

D'une main pleine d'hésitation, il prit l'enveloppe et entra dans la maison pour se diriger vers son logement.

Il abandonna le courrier sur la table basse et retira ses affaires qu'il jeta sur le canapé, même s'il faisait considérablement froid dans son studio. Son sweat suffirait pour le moment et si ça devenait trop insupportable, il pouvait toujours s'enrouler dans son plaid douillet. Sans être capable de se détourner de cette fameuse lettre plus de cinq secondes, Joshua se prépara du thé noir. L'idée de découvrir ce que contenait l'enveloppe l'obsédait et le terrifiait en même temps. Mais pour l'instant, il voulait seulement oublier et déguster sa boisson, installé sur son canapé-lit avec un plaid sur les genoux.

Il ferma les yeux, profitant du calme ambiant qui régnait et auquel il n'était pas habitué. La famille bruyante s'était sans doute absentée et c'était presque agréable si l'on oubliait qu'il faisait un froid de canard.

Joshua lâcha un profond soupir et se laissa tomber contre le dossier. Maintenant qu'il avait trouvé une solution pour ses suppressants, il se demandait ce qui allait lui tomber sur la tête. Il avait l'habitude d'enchaîner les problèmes alors il était persuadé que sa situation catastrophique ne pouvait pas se régler aussi facilement. Il ne manquait plus que son employeur le licencie sans même lui verser ce qui lui était dû et il pouvait dire adieu à son logement, mais aussi à ses études. Déjà qu'il avait du retard dans le paiement de son loyer…

Il prit une grande inspiration pour se donner du courage et il attrapa l'enveloppe. Avec beaucoup d'appréhension, il l'ouvrit. Son cœur battait à tout rompre si bien qu'il eut l'impression qu'il pouvait sortir de sa poitrine.

Une feuille pliée en trois se trouvait à l'intérieur et il dut encore prendre sur lui afin d'aller plus loin. La crainte d'obtenir une mauvaise nouvelle lui donnait des sueurs froides, mais il ne pouvait pas faire l'autruche indéfiniment. Ce n'était pas en ignorant ses soucis qu'ils allaient miraculeusement disparaître.

Son cœur tambourina un peu plus fort, un peu plus vite, et sa respiration se fit elle aussi plus rapide. Il n'en pouvait plus. S'il ne lisait pas cette lettre maintenant, il allait faire une syncope. Peut-être se mettait-il dans tous ses états pour rien. Il la déplia, les mains tremblantes et ses yeux se posèrent sur les premiers mots.

Avertissement avant expulsion.

Joshua déglutit. Son souffle se coupa net. Il eut l'impression que tout s'était arrêté autour de lui et que le monde était sur le point de s'effondrer. Non, ça ne pouvait pas être réel. Son propriétaire ne pouvait pas le menacer de le mettre dehors comme ça. Il l'avait pourtant prévenu de son retard et s'était platement excusé. Quand l'homme l'avait appris, il lui avait paru compatissant et arrangeant. Mais en fait, il n'en pensait pas un mot.

Sa gorge se noua et il sentit les larmes lui monter. S'il se retrouvait à la rue, il allait vraiment mourir de froid et de faim. Où pouvait-il aller ? Il n'avait pas de famille pour l'accueillir et son seul ami vivait encore chez ses parents. Et puis, il ne voulait pas se rabaisser à retourner à l'association aussi rapidement. Il se sentait déjà coupable de profiter de leur gentillesse, même s'ils étaient là pour l'aider, et il n'avait aucune envie de subir une nouvelle humiliation. Tout ce qu'il vivait en ce moment le plongeait dans un profond sentiment d'échec. Il n'était pas assez bien pour cette vie. Il n'était pas assez fort, pas assez débrouillard. Il n'était qu'un oméga brisé par son passé et qui n'arrivait même pas à construire son futur.

Les larmes dévalèrent ses joues et il les estompa avec la manche de son sweat. Il abandonna la lettre sur le côté et bascula la tête en arrière. Son quotidien ne rimait à rien. À quoi bon continuer s'il n'avait aucun espoir de s'en sortir un jour ? Cela faisait des mois qu'il luttait, qu'il essayait de garder la tête haute pour se prouver qu'il pouvait y arriver. Mais aujourd'hui, il n'avait plus la force. Il avait essayé de trouver un autre emploi, mais personne ne semblait vouloir lui laisser une chance. Alors il se contentait du minimum, parce qu'il avait l'impression de ne mériter que ça.

Tout ça à cause des alphas. Tout ça à cause de leur volonté à dominer les plus faibles et à profiter d'eux.

D'un seul coup, Joshua arrêta de pleurer et se redressa. Mais oui, c'était ça ! Il devait reprendre ce qui lui revenait de droit. À son tour, il devait profiter d'eux. Et pour ça, il savait que son ami Asher avait une solution à lui offrir.

CHAPITRE 5
♥ ♥ ♥

— Donc tu veux que je t'aide à te créer un compte ?

Joshua hocha la tête et Asher haussa un sourcil, toujours aussi surpris par la demande de son ami. Sa situation était tellement catastrophique qu'il n'avait pas d'autre choix. Il pouvait toujours tenter l'expérience, ça ne lui coûtait rien — à part un peu de son temps peut-être. Mais s'il décrochait quelques rendez-vous et que ces derniers s'avéraient bien payés, il espérait récolter assez pour vivre décemment un ou deux mois. Il ignorait si ces rencontres allaient lui plaire et l'idée de sortir avec des alphas pour leur servir de faire-valoir le mettait un peu mal à l'aise, mais si ça pouvait le sortir de la galère, alors il n'allait pas faire de manières.

— Donne-moi ton téléphone, faudrait déjà télécharger l'appli.

Assis dans la cafétéria de l'université, bien au chaud, les deux amis venaient de terminer leur déjeuner et ne reprenaient les cours que dans une heure. Après un moment d'hésitation, Joshua s'était lancé et avait parlé de sa décision à Asher. Il devait admettre que son idée n'était pas si mauvaise, et que la raison qu'il lui avait évoquée était un bon argument. C'était à lui, pauvre oméga désespéré, de prendre sa revanche sur ces alphas qui se croyaient supérieurs. Sur tous ces hommes qui profitaient de leur condition et de leur faiblesse.

Une fois le téléphone de son ami en main et l'application installée, Asher lui demanda toutes ses informations. Il devait choisir un pseudo, entrer sa date de naissance, son genre et sa classe.

— J'ai aucune idée de pseudo, souffla Joshua.

— Tu peux juste mettre ton prénom aussi, ça sert à rien de chercher compliqué.

Il soupira encore et logea le menton dans la paume de sa main. Son regard se fit fuyant, et il profita d'un instant de silence pour observer les gens autour de lui. Et si quelqu'un par ici découvrait son profil ? Il n'avait pas très envie qu'on le reconnaisse et d'être pointé du doigt. Ce genre d'application, pour rencontrer des alphas contre de l'argent, c'était sans doute quelque chose qui ferait parler, et il ne voulait pas être la cible de moqueries. Il ne voulait pas qu'on le juge.

D'un seul coup, il n'était plus sûr de rien.

— Joshua ?

Asher secoua la main devant son visage pour le ramener à lui.

— Désolé, c'est… Je sais pas en fait.

Il se mordit la lèvre inférieure, tiraillé entre le besoin urgent d'obtenir de l'argent et la peur de voir son quotidien chamboulé par ces rencontres. Mais que pouvait-il faire ? Il n'était plus en mesure d'attendre que son patron veuille bien lui verser son salaire. Cela faisait des jours, des semaines, que l'homme lui faisait miroiter quelque chose qui n'arrivait pas, et qui n'arriverait probablement jamais. Il n'avait pas le temps d'espérer plus longtemps. Il n'avait pas le temps de trouver un autre travail et d'encore une fois prier pour être payé. Son logement était sur le point de lui être retiré, et s'il se retrouvait à la rue, toute sa vie allait être bien plus compliquée qu'elle ne l'était déjà.

Il ferma les yeux, inspira et expira profondément. Malheureusement, il était dans une situation où il ne pouvait pas faire la fine bouche. Juste une ou deux rencontres, pas plus. Une ou deux soirées, juste assez pour rembourser le propriétaire de son studio.

— Non, en fait c'est bon.

Asher fronça les sourcils et reposa le téléphone sur la table après l'avoir verrouillé.

— Qu'est-ce qui se passe ? Tu peux tout me dire, tu le sais.

— Je sais Ash, mais…

Il secoua la tête et déglutit avant de reprendre :

— J'ai peur que quelqu'un de la fac découvre mon profil sur ce site et que ça me cause des problèmes.

— Quels problèmes ? Tout le monde s'en fiche, et tu seras pas le premier de l'université à t'inscrire là-dessus, crois-moi.

Joshua eut un petit mouvement de recul et balaya la salle d'un regard.

— Tu en connais ? murmura-t-il.

Asher acquiesça. Ça pouvait être n'importe qui. Ça pouvait être le mec intelligent et studieux installé deux tables plus loin, ça pouvait être la jeune femme qui riait à gorge déployée avec ses amis. Ça pouvait être le petit oméga timide qui essayait par tous les moyens de passer inaperçu. Ça pouvait aussi être celui qui draguait ouvertement tous les alphas du campus. Et puis, ça pouvait être lui, le jeune homme banal qui rêvait de s'en sortir et qui se battait déjà depuis des années pour sa survie.

Il avait le droit de s'en sortir et devait saisir sa chance maintenant, avant qu'il ne soit trop tard.

— T'as pas à avoir honte, y'a plein d'étudiants en galère qui on recourt à cette appli. En plus, t'es beau, t'as un physique de rêve et pour un oméga t'es grand, ce qui est plutôt rare, alors ça va forcément plaire à beaucoup d'alphas. Je suis sûr que tu trouveras rapidement des clients.

— Des clients…

Asher leva les yeux au ciel.

— Ils payent pour t'avoir à leurs côtés, ils payent pour un service, ce sont donc bien des clients.

— Ouais, t'as raison. Mais quand même, c'est étrange.

— Tu avais l'air décidé, qu'est-ce qui te fait autant flipper maintenant ? Que quelqu'un découvre ton profil ou de devoir rencontrer des alphas ?

Joshua baissa la tête un court instant avant de la relever et de planter son regard dans celui de son ami.

— J'en sais rien. En fait, je crois que je veux me trouver des excuses parce que c'est quelque chose qui sort de l'ordinaire et que j'aurais préféré ne pas en arriver là. Et puis…

Il se pencha vers Asher et jeta un bref regard aux alentours.

— On dirait un peu que je vais vendre mon corps, c'est bizarre, non ?

— Tu vas juste accompagner des alphas à des événements, tu vas pas coucher avec eux contre de l'argent, rit le jeune homme.

— Me dis pas que ça n'arrive jamais.

Un silence s'installa pendant lequel Joshua et Asher restèrent immobiles, les yeux dans les yeux. Le mutisme de son camarade en disait long, et il comprit qu'il avait mis le doigt sur quelque chose. Bien sûr, ce type de service n'était pas mis en avant sur l'application, ce n'était même pas proposé d'ailleurs, mais il n'était pas dupe et se doutait bien que les prestations pouvaient aller un peu plus loin une fois en privé. Et cette idée lui faisait froid dans le dos.

Il n'avait pas beaucoup d'expérience, à part une seule et unique relation sérieuse et quelques flirts. Sur le plan sexuel, il n'avait eu qu'un partenaire et même s'il avait apprécié leurs rapports, il n'était pas certain d'être prêt à recommencer.

Il grimaça à l'idée de se retrouver avec un vieux pervers rabougri qui laisserait courir ses doigts fripés sur son corps. Jamais de la vie ! S'il s'inscrivait sur cette application de rencontres, c'était seulement pour proposer sa compagnie, et rien de plus.

— Je te préviens, je veux pas faire des trucs pareils, dit-il sur un ton déterminé.

— Personne ne t'y oblige, rétorqua Asher.

Joshua ravala sa salive. Son ami semblait tellement détaché par rapport à tout ça qu'il en était déstabilisé. Des tonnes de questions se bousculaient dans son esprit et il en vint à se demander s'il avait lui-même testé cette application. Peut-être n'était-ce pas de simples connaissances dont Asher parlait, peut-être était-ce sa propre expérience. Mais Joshua n'avait pas vraiment envie de savoir, et il estimait que cela ne le regardait pas.

Une fois son profil créé, son cœur se mit à tambouriner dans sa poitrine. Il avait choisi d'utiliser son prénom comme pseudonyme, cela ferait l'affaire.

— Il te faut une photo aussi. Plusieurs ce serait encore mieux.

Asher dégaina son propre téléphone et Joshua se cacha le visage à l'aide de ses mains lorsqu'il vit qu'il était prêt à le photographier.

— Arrête, je suis pas présentable !

— Tu rigoles ? T'es le genre de mec à rien faire et à être hyper photogénique. T'as pas besoin de chercher le bon angle ou la bonne lumière pour avoir l'air canon, tu l'es naturellement. J'en serais presque jaloux.

Le jeune homme ponctua sa phrase d'un rire. Joshua se sentit rougir suite à ses mots. C'était vraiment le genre de compliments qu'il avait du mal à accepter, car il ne se trouvait pas spécialement beau ou attirant. À vrai dire, il n'avait pas le temps de penser à son apparence et n'y accordait que peu d'importance. Certes, il aimait avoir une hygiène irréprochable et une coiffure impeccable, mais il estimait que c'était une attitude normale. Il n'en faisait pas des caisses, il ne passait pas trois heures dans la salle de bain chaque matin pour parfaire sa tenue ou son maquillage. Il faisait juste le minimum syndical. Alors oui, peut-être était-il juste agréable au naturel finalement.

— Allez, croise les bras sur la table et fixe l'objectif.

Soucieux de bien faire, il obtempéra. Il pencha légèrement la tête sur le côté et ne bougea plus, le temps que Asher prenne un ou deux clichés.

— Nickel. T'as l'air à la fois sympathique et mystérieux. Attends…

Il se redressa et vint replacer une mèche de cheveux sur le côté, dégageant davantage son visage. Joshua avait des yeux perçants et allongés. Quand il esquissait un mince sourire, cela lui donnait un petit côté séducteur qui attirait l'attention. Son ex petit ami lui répétait souvent qu'il adorait son expression, cette attitude sûre de lui alors que, dans le fond, il ne cessait de douter. Joshua aimait se montrer fort, parce qu'il n'avait pas le choix. Et même dans l'intimité, il se sentait obligé de prouver sa valeur et sa témérité. C'était sa manière à lui d'embellir la réalité, de contrer sa condition d'oméga et de prendre le dessus sur sa situation.

S'il tremblait, s'il pleurait, s'il se comportait comme une petite chose fragile, c'était perdu d'avance.

— Vas-y, souris légèrement. Oui, comme ça !

Asher semblait plus emballé que lui, mais son enthousiasme était communicatif. Joshua l'adorait pour cela, car en sa compagnie, il faisait le plein d'énergie.

— Tu pourrais aussi avoir l'air détaché… dit-il en réfléchissant. Par exemple, tu poses le coude sur la table et tu tiens ta tête en regardant ailleurs.

Sous ses directives, il prit quelques poses. La petite séance photo improvisée dura presque un quart d'heure et Joshua enchaîna les mouvements avec habileté, sans jamais rechigner. Asher savait ce qu'il faisait. Ils arrêtèrent leur choix sur les clichés qui le mettaient en valeur, et qui présentaient différentes facettes de lui. Souriant, ténébreux, joueur, Joshua savait faire passer beaucoup d'émotions dans un simple regard. Il se sentait toujours un peu embarrassé par rapport au fait d'avoir son profil sur une telle application, mais s'il voulait sortir la tête de l'eau rapidement, il n'avait pas d'autre solution miracle.

— Tu crois vraiment que ça va fonctionner ? demanda-t-il.

Asher hocha la tête.

— Je connais pas un oméga qui n'a jamais eu de demande via cette appli.

— Ouais mais avec tous ceux qui y sont inscrits…

— Justement, les alphas aiment la diversité. Certains vont rechercher un oméga plus conventionnel, petit, chétif, qui va rester discret. D'autres vont vouloir quelqu'un plus atypique, qui sort des standards et qui va avoir une grande gueule.

Joshua se renfrogna, le dos courbé et la tête rentrée dans ses épaules.

— Je suis aucun des deux.

— Toi t'es l'oméga beau gosse qui sera parfait pour des soirées mondaines ou des cocktails dans des galeries d'art.

Il fut obligé de rire, Asher voyait un peu grand pour lui. Et puis, il n'était pas certain d'avoir vraiment sa place dans de tels événements. Le doute persistait dans son esprit, mais il était pris au piège de sa propre détresse. Asher, quant à lui, semblait confiant dans cette démarche et faisait preuve d'une assurance déconcertante face à la situation délicate de son ami. Il voyait toujours le positif, il était toujours optimiste et avait foi en l'avenir. Il croyait en Joshua, et ce dernier avait bien besoin que quelqu'un croie en lui en ce moment.

Alors qu'il était sur le point de tout perdre, les encouragements de son camarade avaient le pouvoir de le tenir debout, tout comme la perspective d'un avenir un peu plus clément.

— Tu vas voir, ça va marcher. Et puis, même si tu te sens pas à l'aise, tu n'as qu'à fixer des limites claires dès le départ, histoire de ne pas te retrouver dans des situations inconfortables, suggéra Asher.

Joshua acquiesça malgré ses pensées encore tumultueuses. Fixer des limites serait une manière de conserver un semblant de contrôle sur cette expérience. Il devrait sans doute se montrer ferme parfois, et continuer à prouver qu'il était fort. S'il réussissait déjà à gagner un peu d'argent en accompagnant des alphas à des soirées, pourquoi aurait-il besoin de faire plus que cela ?

Asher termina la création de son profil avec entrain ; il rédigea une courte description qui mettait en avant la personnalité chaleureuse et mystérieuse de Joshua. Une fois tout en ordre, il posta les photos et remit le téléphone à son ami.

— Voilà, c'est fait. Maintenant il ne te reste plus qu'à attendre de recevoir les premières demandes. Et puis s'il y a un rendez-vous que tu ne sens pas, tu peux toujours refuser.

— Oui, c'est vrai. Je ferai attention à pas dire oui au premier venu.

Il rit, mais une lueur d'angoisse persistait dans ses yeux. La perspective de devenir une sorte de « compagnon payé » l'inquiétait, mais il était prêt à essayer, ne serait-ce que pour garantir un toit au-dessus de sa tête et de quoi se nourrir.

Le choix qu'il venait de faire pouvait être salvateur.

CHAPITRE 6
♥ ♥ ♥

Les premières demandes de rendez-vous ne s'étaient pas fait attendre. Le soir même, après la création de son profil, Joshua avait reçu plusieurs messages de la part d'alphas qui étaient intéressés. En consultant leurs photos, il avait tout d'abord grimacé. Ces hommes devaient avoir au moins dix ans de plus que lui, voire plus pour certains, et ça ne l'enchantait pas. Il n'avait jamais éprouvé d'attirance pour des personnes plus âgées, en général dans sa tranche d'âge alors là, c'était un peu trop.

Il souffla un bon coup et se cala plus profondément dans le canapé. Pourquoi se prenait-il autant la tête ? Ce n'était pas un rendez-vous galant, bien au contraire, et ses clients n'avaient pas besoin de lui plaire physiquement. Tant qu'ils étaient respectueux, un minimum sympathiques et qu'ils payaient, avait-il le droit d'avoir d'autres exigences ? Il devait faire avec, même s'ils n'étaient pas à son goût. De toute façon, sa priorité était de gagner de l'argent et, dans sa situation, il ne devait pas être trop regardant sur l'apparence ou l'âge des hommes avec lesquels il serait mis en relation.

Désormais, avec quelques messages en attente d'une réponse de sa part, il était certain qu'il pouvait intéresser. Lui qui, ce matin encore, doutait malgré les compliments de Asher, il en avait désormais la confirmation. Et c'était plutôt bon signe.

Il décida de consulter une première demande, l'homme avait un dîner d'affaires important dans un restaurant gastronomique et il complimentait son physique qu'il jugeait « en tous points parfait ». Joshua se surprit à rougir. Il trouvait cela un peu réducteur, il n'était pas juste un corps ou un beau visage, il était aussi un être humain avec des sentiments, des passions, des rêves... Mais sur cette application, ce n'était pas ce qui importait à la plupart des utilisateurs.

Non seulement cela lui permettrait de manger à l'œil, mais en plus il serait payé. C'était du pain béni. Lui qui devait parfois se priver d'un ou deux repas pour économiser nourriture ou argent, il ne pouvait pas refuser une telle proposition. Ce serait sûrement gênant au début, se retrouver en compagnie d'un inconnu le rendait déjà nerveux, mais c'était pour une bonne raison. C'était pour sa survie.

Il pensa à Asher, à son sourire solaire et à sa façon si naturelle d'aller vers les autres. C'était si facile pour lui, il se serait sans doute bien mieux débrouillé dans une situation similaire.

Joshua prit une grande inspiration et consulta les autres demandes. Elles étaient plus ou moins similaires, mais certaines lui demandaient de s'absenter deux jours, pour des séminaires. Il fronça les sourcils, cela signifiait dormir avec un homme qu'il ne connaissait pas, et il n'aimait pas cette idée. Il se souvint du fait que certains omégas proposaient des services plus poussés qui n'apparaissaient pas sur l'application, et il frissonna. S'il réussissait à se faire un peu d'argent en allant à des soirées, il ne comprenait pas pourquoi il aurait besoin de faire plus. Se faire payer pour coucher... il n'était pas désespéré à ce point quand même ?

Il revint finalement sur la première proposition. L'homme n'était pas forcément à son goût, mais il avait au moins l'air sympathique, c'était déjà un bon point. Et puis, il était le plus jeune de tous. Vingt-six ans, chef d'entreprise, amateur de golf et de cinéma. Il posait aux côtés d'une sublime BMW blanche et était vêtu d'un polo beige ainsi que d'un jean, ce qui lui donnait à la fois une allure classe et décontractée. Il était un peu intimidant, mais Joshua devait se rendre à l'évidence : il avait besoin d'argent. Il prit le temps de lire sa demande avec beaucoup d'attention, ne voulant pas rater une quelconque exigence de sa part et, lorsqu'il remarqua qu'une tenue chic était de mise pour ce dîner, il déglutit. Il n'avait pas cela dans sa garde-robe. À part des sweats larges ou des t-shirts basiques, il ne possédait pas grand-chose. Il fallait dire qu'il n'avait pas les moyens pour se payer des habits à la mode, ou même neufs.

Mais il devait bien commencer quelque part, et s'il obtenait de l'argent avec ce rendez-vous, peut-être pourrait-il s'acheter quelques vêtements pour les prochains. Non pas sans une certaine appréhension, il décida de répondre favorablement à la demande. L'homme avait besoin de lui le temps d'une soirée, soit six heures au total, avec possibilité de rallonger s'il le fallait. Et lorsqu'il posa les yeux sur le montant qu'il devait débourser pour sa compagnie, Joshua crut bien s'évanouir.

Cent dollars de l'heure.

C'était un rêve, ce n'était pas possible autrement. Il secoua la tête et se frotta vigoureusement le visage. Il allait finir par se réveiller, retourner à sa triste réalité où l'argent ne tombait pas du ciel, et sûrement pas pour un simple rendez-vous avec un inconnu.

Plusieurs secondes s'écoulèrent pendant lesquelles le jeune homme garda son téléphone en main sans pour autant le regarder. Il était sous le choc. C'était une somme folle, surtout pour un débutant comme lui. Il avait compris que plus il avait de clients, plus il serait bien référencé sur l'application et plus il serait payé, mais il ne s'attendait pas à ça. Six heures, six cents dollars, c'était même un peu plus que ce qu'il touchait pour distribuer des flyers pendant un mois dans le froid. Avec ça, il pourrait payer son loyer sans crainte, et ça ne lui demanderait qu'une seule et unique soirée de sacrifice.

Sa décision était prise. Il accepta la proposition et envoya un message à son client, un certain monsieur Ivan Larsen. Il devait jouer cartes sur table, et il préféra tout de suite lui avouer qu'il n'était pas sûr d'avoir la tenue recommandée pour le dîner, mais qu'il avait très envie de l'y accompagner. Ni une ni deux, l'alpha lui répondit qu'il l'emmènerait faire les boutiques avant, et Joshua se sentit envahi d'un fort sentiment de toute-puissance lorsqu'il lui répondit qu'un magnifique jeune homme comme lui méritait de porter quelque chose à la hauteur de sa beauté. C'était plaisant d'être flatté de la sorte.

Ce soir, pour la première fois depuis bien longtemps, Joshua était serein. Une fois que son dîner serait passé et qu'il aurait touché son argent, il remercierait Asher pour son aide. C'était grâce à lui s'il s'en sortait.

***

Le lendemain, le rendez-vous de Joshua fut confirmé et l'alpha avait donc proposé de l'emmener s'acheter des vêtements. Quand il arriva à Times Square, emmitouflé dans son écharpe, son cœur se mit à tambouriner avec force dans sa cage thoracique. Les mains dans les poches, il serrait les poings pour tenter de faire passer son angoisse grandissante. Il ne savait pas vraiment à quoi s'attendre, et il avait un peu peur. Rencontrer un inconnu, dans ces conditions particulières, ça le rendait si nerveux qu'il aurait pu en vomir de stress. Pourtant, il savait pour quelle raison il le faisait, et aussi pour quelle somme. Et c'était cette raison qui lui permettait de tenir. C'était comme la carotte qui faisait avancer l'âne. Il n'avait pas forcément envie d'aller à ce dîner avec cet alpha, mais la récompense en valait largement la peine.

Il releva la tête pour observer les alentours, attendant l'arrivée d'Ivan. Son pouls résonnait dans sa tête, il avait l'impression que chaque seconde qui passait le rendait plus fébrile. Il avait besoin de rencontrer cet homme, et vite, afin que toute la tension en lui puisse redescendre. Il avait besoin d'être rassuré, de constater que l'alpha avec qui il allait passer la soirée était bien réel et qu'il était aussi avenant que sur les photos ou dans ses messages.

— Joshua ?

La voix grave et un peu éraillée le fit sursauter. Il était tellement occupé à chercher Ivan qu'il n'avait même pas remarqué qu'il était là, devant ses yeux. Il hocha la tête et se redressa autant qu'il put pour ne pas avoir l'air trop intimidé. Mais il devait bien avouer que ce regard plein d'assurance le déstabilisait. Et puis, il avait une odeur assez forte, un mélange de différents agrumes qui lui piquait le nez. D'une main, il desserra son écharpe et esquissa un sourire.

— Oui, c'est moi.

Le visage de l'homme s'illumina et, à cet instant, le jeune oméga dut bien admettre qu'il était charismatique. Son long caban noir lui donnait un air mystérieux et sérieux, mais il contrastait avec son expression joviale. Ivan Larsen avait un visage agréable et avenant, et Joshua n'eut plus aucune crainte vis-à-vis de lui.

— Tu vas bien ? Désolé de t'avoir fait attendre, j'étais dans un embouteillage monstrueux !

Et en plus il était poli. Quelle bonne surprise !

— Pas de souci, rétorqua Joshua d'une petite voix.

L'homme sembla rassuré par sa réponse, mais un silence prit place entre eux. Durant quelques secondes, ils restèrent là, l'un devant l'autre, à se fixer comme s'ils attendaient que l'un d'eux se décide à briser la glace. Ivan avait l'allure d'un homme très sûr de lui, mais il avait l'air de dissimuler une part de timidité sous ses beaux habits et son regard confiant. Il finit par se racler la gorge et Joshua sortit de sa contemplation. Tout autour d'eux redevint mobile. Dans le regard profond de cet alpha, il s'était perdu le temps d'un instant. Il était à la fois impressionné et surpris par sa douceur.

À force, il ne remarquait plus la bonté qui pouvait émaner de certaines personnes, car il s'était enfermé dans son monde et dans ses a priori. Pour se protéger avant tout. Mais Asher avait raison, les alphas payaient tous pour leurs semblables, et les plus conciliants, les plus humains, peinaient à trouver un compagnon ou une compagne. Surtout parmi les omégas.

Pourtant, cet homme paraissait sérieux et respectueux. Il avait une bonne situation, un physique et un charme qui ne devaient pas laisser les autres indifférents. Mais il se retrouvait là, à payer pour être accompagné à un dîner.

— Allez viens, on va aller te chercher des vêtements pour ce soir.

Il invita Joshua à le suivre, ce qu'il fit sans une once d'hésitation. Ivan l'avait mis à l'aise avec ses sourires et son timbre de voix désormais plus suave. C'était étrange, mais il avouait volontiers qu'il se sentait bien en sa présence.

Ils avancèrent dans les rues commerçantes et l'alpha s'arrêta devant une première boutique. Joshua écarquilla les yeux et manqua de s'étouffer quand il aperçut les tarifs d'une tenue en vitrine. Tout était hors de prix. Pour un simple pantalon noir et un pull à col roulé, agrémentés d'une ceinture et d'une paire de chaussettes des plus basiques, le total s'élevait à six cents dollars. Soit le montant qu'Ivan allait déjà débourser pour l'avoir à ses côtés ce soir. C'était beaucoup. Beaucoup trop.

— Ça te plaît ? Tu veux y entrer ? proposa l'alpha.

Joshua resta coi. Il ne pouvait pas accepter en sachant que les vêtements étaient si chers. D'accord, il lui fallait quelque chose à se mettre sur le dos pour la soirée à venir, il ne pouvait pas rester avec son sweat défraichi et son jean délavé aux genoux, mais il pensait seulement obtenir de nouveaux vêtements plus chic, pas d'une marque de luxe.

— Que se passe-t-il ? s'inquiéta Ivan.

— C'est que... c'est vraiment beaucoup.

L'homme fronça les sourcils.

— Beaucoup ?

De son index, Joshua pointa le petit écriteau où étaient indiqués les prix des différents articles. Ivan releva la tête et l'observa curieusement.

— Tu trouves ?

Il acquiesça et l'alpha esquissa un petit sourire.

— Je veux te faire plaisir, et que tu sois le plus beau ce soir. Je veux que les gens se retournent sur ton passage, même si tu es déjà magnifique ainsi.

Cette fois, Joshua se sentit furieusement rougir. Ses joues étaient brulantes et même le froid glacial de l'hiver ne fut pas en mesure d'atténuer cette fichue sensation de chaleur. Ces compliments sur son physique n'étaient pas déplaisants, mais il n'avait pas l'habitude d'être traité ainsi. Il avait l'impression de ne pas mériter toute cette attention de la part d'un homme comme Ivan.

— Merci, bredouilla-t-il tout de même.

Sentant son malaise, l'alpha posa une main réconfortante sur son épaule.

— Je sais que c'est ton premier rendez-vous, ça peut être un peu déstabilisant au départ, mais je veux le meilleur pour toi. Ne sois pas impressionné par les prix et laisse-moi te gâter. Sache que ça, ce n'est absolument rien pour moi. S'il le fallait, je pourrais acheter le magasin entier sans aucun problème.

Joshua ne sut quoi répondre à cela. Cet homme était richissime, il n'en avait plus aucun doute. Si lui payer tout ça lui faisait plaisir, pourquoi refuser ? Il n'avait pas à culpabiliser, même s'il trouvait ça un peu indécent de dépenser autant alors qu'hier encore, il avait à peine de quoi acheter de la nourriture. Pour une fois, il devait profiter de la générosité d'un alpha. S'il était prêt à faire chauffer sa carte bancaire pour lui, ce n'était pas son problème. Et puis, ça faisait partie du jeu. Le temps d'une soirée, il serait le petit trophée de monsieur Larsen, et s'il souhaitait qu'il porte des vêtements coûteux, il n'allait pas le contredire.

— Oui, désolé je... C'est intimidant pour un étudiant comme moi.

Une fois de plus, l'homme lui adressa un sourire sincère et empli de bienveillance.

— Je comprends tout à fait, ne t'inquiète pas.

Il tira la porte vitrée du magasin et de sa main libre, il l'invita à entrer. Joshua le remercia d'un petit signe de tête et avança à l'intérieur. Aussitôt, il fut enveloppé par la chaleur agréable du lieu qui, pourtant, paraissait froid et austère de par sa sobriété et ses murs d'un blanc immaculé. Ivan le suivit et ils furent très vite accueillis par une jeune femme en tailleur noir, perchée sur des talons hauts.

— Bonjour monsieur Larsen ! s'exclama-t-elle. J'espère que vous allez bien.

— Parfaitement bien, dit-il d'un ton enjoué. Je suis venu avec mon ami pour lui trouver une tenue pour un dîner d'affaires.

— Quelque chose de chic, je suppose ?

— Oui, mais pas non plus trop guindé. Il faut que ça le mette en valeur et que ça lui aille au teint. Vous pouvez faire ça pour nous ?

La jeune femme détailla Joshua avec attention avant de hocher vigoureusement la tête.

— Bien entendu ! Suivez-moi.

D'un pas décidé, elle rejoignit un rayon composé de différents pulls. Chaque modèle était disposé sur cintre pour ne pas avoir à tout déplier, puis quelques-uns étaient entassés sur les étagères du dessus. Elle en sortit un premier de couleur kaki avant de se reculer pour le remettre en place.

— Vous permettez que je vous débarrasse de vos affaires ?

Joshua, un peu sonné par l'ambiance singulière de la boutique, ne comprit pas tout de suite de quoi elle voulait parler. Ce ne fut que lorsque l'homme qui l'accompagnait entreprit de lui ôter sa grosse écharpe qu'il réagit.

— Oui, désolé.

Il retira son blouson et la jeune femme disparut un instant pour le déposer sur un fauteuil en velours un peu plus loin. Lorsqu'elle revint, elle reprit le pull et le plaça devant lui.

— Relevez le menton s'il vous plaît.

Joshua obtempéra.

— Avec son teint de porcelaine et ses cheveux noirs, il faudra opter pour ce genre de coloris. Kaki, vert sapin, ou même bordeaux, dit-elle.

— Je vous fais confiance, répondit Ivan.

Elle sourit à l'homme, visiblement sous le charme, et Joshua s'en sentit presque un peu jaloux. Ivan Larsen n'avait pas l'air indifférent à cette vendeuse, alors pourquoi ne lui demandait-il pas de l'accompagner à son dîner, et gratuitement en plus ? Ah oui, sans doute car elle n'était pas une oméga. Les bêtas étaient peut-être plus nombreux, mais ils n'avaient pas la côte auprès des alphas, surtout auprès d'alphas du rang social de cet homme.

Joshua inspira et ferma les yeux un court instant. C'était ridicule de penser ainsi, il n'était rien pour Ivan, et Ivan n'était qu'un client. Il n'avait pas le droit de se sentir spécial à ses yeux. S'il ne l'avait pas réservé pour la soirée, il aurait réservé un autre oméga. Même s'il le trouvait beau, ça ne voulait rien dire.

Cela faisait si longtemps que personne ne s'était intéressé à sa personne qu'il s'emballait, et que son instinct se manifestait. Ça n'était plus arrivé depuis... il ne savait même pas. En présence de cet alpha, il avait l'impression que ses hormones se réveillaient, et c'était à la fois agréable et terrifiant. Et s'il perdait le contrôle ?

— Le bordeaux est merveilleux ! s'extasia Ivan. Qu'en penses-tu ?

Joshua, toujours immobile, cligna des yeux à plusieurs reprises. Son corps était là, presque ancré dans le sol, mais son esprit divaguait. Il se tourna vers le miroir à sa gauche, le pull devant son buste, toujours tenu par la vendeuse. Avec attention, il observa son reflet et dut admettre qu'elle savait parfaitement ce qu'elle faisait. Cette couleur lui allait à la perfection. Elle contrastait avec sa peau laiteuse et venait faire un rappel à ses joues légèrement rosées. Il n'avait plus qu'à l'essayer pour être sûr.

— Oui, c'est vraiment joli.

— Avec ça, je verrais bien un pantalon de costume slim, noir et taille haute, ajouta la jeune femme. Quelle taille pour le pull ?

Joshua jeta un regard à Ivan, comme s'il savait mieux que lui sa propre taille. À vrai dire, il n'en avait aucune idée car il récupérait des vêtements çà et là. Tant qu'il rentrait dedans, il ne faisait pas de manières, et il se retrouvait la plupart du temps avec des habits beaucoup trop larges pour sa carrure.

— Vous ne savez pas ? demanda-t-elle.

Il secoua la tête et elle se recula encore une fois pour l'analyser avec attention. Machinalement, elle se frotta le menton, puis reposa le pull et se leva sur la pointe des pieds pour en sortir un d'une des piles de l'étagère.

— À vue d'œil, je pense qu'on peut partir sur un S. Vous semblez plutôt mince. Il faut que le pull soit près du corps, mais pas moulant non plus. Allons regarder pour le pantalon maintenant.

Elle en présenta un qui, selon elle, allait parfaitement coller avec le haut, et Joshua ne la contraria pas car c'était elle la professionnelle. Il n'avait pas l'habitude de porter ce genre de tenue, alors il lui faisait confiance. Et puis l'alpha avait l'air emballé par sa composition. Ils se dirigèrent donc vers les cabines d'essayage, une grande salle carrée avec en son centre deux grands canapés en cuir installés dos à dos. La vendeuse déposa les articles dans une des cabines et, non pas sans être impressionné, Joshua y pénétra et elle referma le rideau.

Planté devant le grand miroir, il demeura immobile, le souffle coupé par tant de luxe. Il peinait vraiment à réaliser qu'il était là, dans cette boutique, et qu'il allait se voir offrir des vêtements onéreux. C'était fou. Il lâcha un petit rire, toujours aussi abasourdi par ce qui l'entourait et par la situation. Jamais il n'aurait cru cela possible. Jamais il n'aurait pu imaginer qu'un jour, il se retrouverait accompagné d'un riche homme d'affaires et que ce dernier serait prêt à payer le moindre de ses désirs. Tout ce à quoi il aspirait était une vie tranquille, où il n'aurait plus de soucis d'argent, où il pourrait juste manger à sa faim et ne plus craindre d'être mis à la porte. Là, c'était inespéré.

Il se reprit, il devait essayer les vêtements maintenant. Après avoir ôté son sweat et son jean, il jeta un bref coup d'œil à son reflet, mais s'en détourna bien vite. Il était mince, peut-être même un peu trop mince. Avec les repas qu'il s'efforçait de manquer, il avait perdu pas mal de poids, c'était une des raisons pour lesquelles il ne s'observait jamais à moitié nu. Un sentiment de honte et de dégoût se manifesta et il se détourna de ce qu'il ne supportait pas. Il enfila le pull, puis le pantalon qui était encore un peu trop large pour sa taille fine. En revanche, la longueur semblait parfaite.

Il ouvrit le rideau et les yeux de la jeune femme et d'Ivan se posèrent sur sa silhouette. Les mains jointes devant lui, le dos légèrement courbé, il chercha à fuir leur regard. Se retrouver là, ainsi vêtu, le mettait quelque peu mal à l'aise.

— Wouah, souffla l'alpha. Magnifique.

— Oui ! renchérit la vendeuse en s'approchant de Joshua. Cette tenue est sublime sur vous !

Elle lui attrapa les avant-bras pour l'empêcher de se cacher et elle lui demanda de sortir de la cabine. Rapidement, elle tourna autour de lui et s'en alla sans rien dire. Joshua resta devant Ivan, ce dernier le contemplait avec une certaine admiration et il fut à la fois flatté et gêné. Ses phéromones s'excitèrent et un parfum de caramel alourdit l'atmosphère. Comment ne pas perdre pied devant un alpha comme Ivan ? Le regard qu'il lui portait le rendait tout chose.

— Tu es vraiment très, très beau, dit-il.

— Merci. J'ai pas l'habitude de… de ça.

L'homme sourit.

— Des compliments ou de porter ce genre de vêtements ?

— Les deux, avoua l'oméga.

— Je pense que tu y prendras très vite goût.

Il n'en doutait pas, et ça lui faisait un peu peur. Lui qui était dans la galère depuis bien trop longtemps, il se retrouvait propulsé dans un monde totalement inconnu, où l'argent coulait à flots, où il était mis en avant et complimenté pour sa beauté. Il ne s'était jamais senti aussi important qu'à cet instant. Il jeta un regard par-dessus son épaule pour tomber sur son reflet, et finalement, il se trouva plutôt mignon comme ça.

La vendeuse revint avec une ceinture en sa possession.

— Je pense qu'avec le pull rentré dans le pantalon et un accessoire un peu plus original pour souligner votre taille, la tenue semblera plus chic.

Elle aida Joshua à parfaire l'ensemble et les yeux d'Ivan furent encore plus brillants de satisfaction.

— Il ne manque plus qu'une belle paire de boots, ajouta la jeune femme. Qu'en pensez-vous ?

Elle tourna vers l'alpha qui, désormais, avait croisé les jambes et s'était détendu dans le dossier du canapé. Doucement, tout en continuant de détailler Joshua, il acquiesça.

— Un vrai mannequin, murmura-t-il. Je suis subjugué, c'est impressionnant.

Ils passèrent encore près d'une demi-heure dans la boutique pour essayer d'autres vêtements, comme si ce n'était pas déjà assez. Une demi-heure où Joshua ne parvint pas à contrôler son odeur ou son oméga intérieur qui commençait à bouillir d'impatience. Depuis le temps que personne ne s'était occupé de lui…

À la caisse, Ivan Larsen déboursa près de mille dollars, ce qui représentait une somme complètement irréelle pour Joshua. À sa tenue, il avait ajouté une paire de chaussures ainsi qu'un manteau beaucoup plus chaud que son blouson. Il avait déjà tout enfilé, pour ne pas avoir à se changer il ne savait où. Ainsi, ils pourraient arriver au dîner déjà prêts.

Dans la voiture de l'homme, il se remit à douter. Était-il en train de faire le bon choix en accompagnant un alpha contre de l'argent ? Il n'avait pas de bonne réponse à apporter car il savait que c'était une question de survie. S'il avait pu éviter d'en arriver là pour espérer avoir une vie meilleure, ou tout du moins une vie où il pouvait vivre décemment, il l'aurait fait volontiers. Mais ce n'était pas possible. Et ce n'était pas faute d'avoir essayé à s'en sortir, mais il devait se rendre à l'évidence : ses tentatives étaient vaines. Là, il allait au moins pouvoir repartir du bon pied et se mettre à l'abri de la galère pendant un moment. Ce n'était que temporaire. Il n'allait pas passer son temps à rencontrer des hommes. Avec des sommes pareilles, il pouvait faire ça deux ou trois fois par mois, ça ne lui demandait pas trop d'investissement.

Il se cala plus profondément dans le siège en cuir, il était confortable et chaud. Jamais il n'avait eu l'occasion de grimper dans un véhicule aussi beau. Ses trajets se résumaient au bus dans les meilleurs cas, sinon à pied. Et même si l'ambiance était étrange du fait du silence qui régnait dans l'habitacle, Joshua était content de vivre une telle expérience.

Quelques minutes plus tard, Ivan ralentit et tourna dans une rue adjacente pour pénétrer dans le parking souterrain d'un grand hôtel. Ils se trouvaient dans un des plus beaux et riches quartiers de New York, autant dire que c'était un endroit où Joshua ne mettait jamais les pieds pour un dîner.

Une fois garé, l'alpha coupa le moteur mais ne descendit pas pour autant. Il consulta son téléphone et inspira, puis se tourna vers Joshua. Ce dernier cligna des yeux à plusieurs reprises, ne sachant pas comment mettre un terme à ce silence.

— Surtout, ne te laisse pas impressionner par ce qui t'entoure. J'ignore de quel milieu tu es issu, mais je veux que tu te sentes à l'aise.

L'oméga hocha la tête, même s'il savait que ce serait compliqué. C'était son premier rendez-vous et bien qu'Ivan ait réussi à le détendre, il appréhendait.

— Dois-je faire quelque chose de spécial ? préféra-t-il demander.

— Sois le plus naturel possible. Tu as déjà une certaine retenue et de très bonnes manières, je ne me fais aucun souci sur le fait que tu sauras très bien te comporter.

Il sourit, mais il avait la légère impression d'être traité comme un bon petit chien obéissant. Cependant, Ivan était son client, il venait de débourser une somme folle pour l'habiller et il allait encore devoir payer son service après cette soirée. Alors s'il voulait le traiter ainsi, il n'allait sûrement pas le contredire.

— Personne ne te posera de questions, tant que tu restes à côté de moi, tout ira bien.

— Merci de me rassurer autant.

— Tu en as besoin, c'est normal.

Ils échangèrent un sourire et Ivan invita Joshua à sortir de la voiture. Il devait se rappeler pourquoi il était là, à chaque pas qui le rapprochait un peu plus du but.

Dans l'ascenseur, il prit le temps d'inspirer et expirer pour calmer son palpitant complètement fou et ses instincts qui lui donnaient du fil à retordre. Un alpha, si proche, qui lui portait de l'intérêt, ça mettait ses hormones sens dessus dessous.

Une fois arrêté, les portes s'ouvrirent sur un grand hall au carrelage si lustré que Joshua pouvait y voir son reflet. L'endroit était spacieux et respirait l'argent à plein nez. Des hommes et des femmes, tous vêtus de somptueuses tenues, se retrouvaient pour se saluer avec de larges et faux sourires collés au visage. Les parfums se mélangeaient, des odeurs fortes et entêtantes d'alphas, et d'autres bien plus douces d'omégas. Certains bêtas venaient équilibrer le tout, offrant aux narines sensibles de Joshua un peu de repos.

Sur la droite, une grande arche permettait d'accéder à un restaurant où les tables étaient tirées à quatre épingles et où les lustres en cristal parsemaient le plafond. C'était éblouissant. Si éblouissant que Joshua ralentit inconsciemment le rythme.

— Ça va aller, murmura Ivan.

Il lui adressa un petit signe de tête. À l'entrée du restaurant, l'homme sortit un carton d'invitation de la poche intérieure de sa veste pour le présenter au maître d'hôtel. Ce dernier les convia à se diriger vers les vestiaires pour qu'ils se débarrassent de leur manteau, puis un serveur arriva pour les conduire à leur table. Là,

Ivan salua chaque personne présente avec plus ou moins de sympathie. Certaines lui offraient des accolades amicales, d'autres lui serraient simplement la main. Joshua se contentait de leur déclarer des sourires polis. Il était impressionné par ces hommes et femmes si bien habillés, parés de bijoux en or et de montres clinquantes. Costumes et robes semblaient tout droit sortis de magazines de mode et il fut bien heureux que son client l'eût emmené faire les boutiques avant le dîner.

Ils prirent place à table, Joshua coincé entre Ivan et une jeune oméga tout aussi silencieuse et intimidée que lui. Elle sentait bon la jacinthe et, à sa main gauche, elle portait une jolie bague surmontée d'un diamant.

Le dîner débuta avec un apéritif, Joshua n'avait pas vraiment l'habitude de boire de l'alcool, mais il devait avouer que le cocktail sucré était délicieux et se mariait parfaitement avec les amuse-gueules proposés. D'une oreille, il écoutait les discussions autour de lui, les gens parlaient de leurs entreprises respectives, d'argent, de voiture et de voyage. Il comprit que toutes ces personnes faisaient partie d'un groupement où plusieurs prestataires se réunissaient pour présenter leurs offres à des clients. Ils évoluaient tous dans le domaine du bâtiment, certains vendaient des matériaux de construction, d'autres proposaient leurs services d'architecte. Monsieur Larsen gérait une entreprise qui réhabilitait de vieilles bâtisses et à en croire la manière avec laquelle tout le monde s'adressait à lui, c'était un homme très respecté.

Les entrées arrivèrent et Joshua restait spectateur de ce monde qui lui était jusqu'alors inconnu. Parfois, les regards se dirigeaient vers lui, mais jamais personne ne lui posait de questions. Il était là comme un accessoire, rien de plus. Et au final, ce n'était pas si déplaisant. Être payé pour manger des mets gastronomiques et être beau, ce n'était pas le travail le plus horrible qu'il eut connu. À choisir, il préférait ça à la distribution de flyers dans le froid.

Les plats s'enchaînèrent, tout comme les discussions professionnelles. Plus la soirée avançait et plus l'oméga obtenait d'informations sur son client. Cet homme lui paraissait vraiment être quelqu'un de bien et il était heureux d'être tombé sur lui pour un premier rendez-vous. Il faisait partie de la rare catégorie des « bons alphas », ceux qui payaient pour le comportement détestable des autres. Alors Joshua ne regrettait pas d'avoir sauté le pas et d'avoir accepté sa proposition. Si un jour, Ivan avait encore besoin de ses services, il n'hésiterait pas à sortir une nouvelle fois avec lui.

Quand le repas se termina aux alentours de vingt-trois heures, Ivan et Joshua retournèrent aux vestiaires afin de récupérer leurs manteaux. Ils quittèrent le restaurant et, dans le hall de l'hôtel, l'alpha sortit son téléphone et ralentit le pas.

— Je te remercie pour la soirée, dit-il.

Joshua esquissa un petit sourire et lui adressa un signe de la tête pour lui notifier que ce n'était pas grand-chose. Après tout, il avait été bien traité et allait s'en sortir avec une jolie somme.

— Je vais passer la nuit ici, à l'hôtel, car j'ai un séminaire dans le coin demain. Je peux t'appeler un taxi pour rentrer ou…

L'homme laissa sa phrase en suspens.

— Je vais prendre le bus, ne vous en faites pas.

— Non, ce n'est pas ce que je voulais dire.

Joshua pencha la tête sur le côté, peu sûr de comprendre où il voulait en venir. L'alpha s'éclaircit la voix et jeta un rapide coup d'œil aux alentours. Son parfum d'agrumes était soudain devenu plus puissant, plus acidulé, et Joshua déglutit avant d'être secoué d'un violent frisson. Il venait de saisir la proposition tacite, et ça faisait palpiter son cœur beaucoup plus fort. Une douce chaleur était venue se loger au creux de ses reins, l'instinct prenait le pas sur la raison. Son oméga intérieur se sentait terriblement désiré et ses phéromones se mirent à bouillir si fort que son parfum de caramel explosa.

Un alpha. Un alpha le voulait, et cela faisait bien trop longtemps qu'il n'avait pas obtenu un peu de tendresse et de chaleur humaine.

— Tu n'es pas obligé d'accepter bien sûr, nous pouvons en rester là si tu le souhaites.

Joshua se mordit la lèvre quand il sentit que son odeur se décuplait encore. Ivan avait les pupilles dilatées, signe que le parfum lui était parvenu aux narines et ne le laissait pas indifférent.

— Si tu acceptes, ne t'en fais pas, tu seras payé le triple. C'est normal.

Ce n'était même plus une question d'argent, mais de désir. Ivan n'était pas vraiment son type d'homme, mais il avait un charme non négligeable. De plus, il était doux et bienveillant, sa présence était rassurante et Joshua savait qu'il serait un bon amant. Il ne l'expliquait pas, mais il le sentait. Ses phéromones vibraient dans l'atmosphère et le guidaient vers cet homme. Pourtant, il était parti à ce rendez-vous en se convainquant qu'il n'irait pas plus loin qu'un dîner, mais tout son être frémissait de désir. Un désir qui s'était enflammé en une fraction de seconde.

Il déglutit, l'esprit embrouillé par sa propre odeur, incapable de raisonner autrement qu'avec son instinct. Il avait besoin de l'attention de cet alpha. Il avait besoin qu'il comble un vide en lui qui le faisait souffrir depuis bien trop longtemps.

Joshua ravala sa salive, mais il était prêt à se jeter dans la gueule du loup.

— C'est d'accord.

L'alpha fut tout d'abord surpris, mais face à la détermination dans le regard du jeune homme, il redevint on ne peut plus sérieux.

— Tu m'en vois ravi.

Il lui tendit une main que Joshua accepta volontiers. Sa peau était douce et chaude, et prometteuse d'une longue nuit.

CHAPITRE 7
♥ ♥ ♥

Depuis plusieurs semaines, Joshua s'était inscrit sur l'application qui le mettait en relation avec des alphas. Il avait déjà obtenu pas mal de rendez-vous très concluants, et les avis positifs sur son profil se multipliaient. Il était consciencieux dans son travail, mesuré et répondait toujours du mieux que possible aux demandes de ses clients. Et ils le lui rendaient bien. Beaucoup d'entre eux lui donnaient des extras, il avait des cadeaux hors de prix et cela lui permettait de mettre de l'argent de côté sans se soucier du lendemain. Il payait son loyer en temps et en heure, mangeait à sa faim et n'avait plus à s'inquiéter pour ses suppressants.

De plus, il avait enfin pu démissionner de son emploi. Adieu les flyers et les passants indifférents ! Il était bel et bien libéré de ce quotidien compliqué où il était épuisé sans savoir s'il allait un jour s'en sortir pour de bon. Aujourd'hui, il pouvait continuer ses études sereinement, plonger dans ses révisions sans avoir l'esprit parasité par ses inquiétudes.

Asher l'avait beaucoup aidé. Grâce à lui, il ne luttait plus constamment pour sa survie. Il ne manquait plus de rien, il avait même trop parfois, mais il avait pris goût à cette vie.

— Tu veux sortir ce soir ? proposa Asher alors qu'ils prenaient leur déjeuner à la cafétéria.

La bouche pleine, Joshua acquiesça vivement. Cela faisait bien longtemps qu'il ne s'était pas octroyé un moment de détente ou une sortie avec son ami. Certes, il se rendait souvent dans de beaux restaurants de Manhattan et était invité à des banquets, des galas de charité, mais il ne prenait plus le temps pour les choses simples comme flâner, aller manger sur le pouce ou se rendre au cinéma. Il n'y avait pas été habitué, faute de moyens, mais désormais il pouvait se le permettre et profiter de sa jeunesse.

— Tu veux aller où ?

— Comme tu veux, c'est moi qui invite, annonça Joshua.

Son camarade secoua négativement la tête.

— Hors de question.

— J'insiste. C'est grâce à toi si je m'en sors aujourd'hui, alors je te dois au moins ça.

Asher esquissa un sourire.

— J'ai pas fait grand-chose, je t'ai juste montré une appli.

— T'imagines même pas, soupira le jeune oméga. Sans ça, je serais peut-être à la rue à crever la dalle.

— Je t'aurais jamais laissé dans la galère. T'es mon ami et les amis doivent s'entraider.

Joshua lui adressa un regard plein de reconnaissance. Il lui devait beaucoup, même s'il semblait penser le contraire.

Les cours de l'après-midi se déroulèrent tranquillement. Joshua se sentait beaucoup plus enclin à écouter et à participer activement depuis qu'il n'était plus sans cesse tourmenté par toutes les questions qu'il se posait encore quelques semaines auparavant. Sa situation s'était tellement améliorée qu'il n'avait plus peur de l'avenir. Il pouvait avancer et se détacher de toutes ces craintes que le décès de son père avait soulevées en lui. Bien sûr, il était touché émotionnellement par sa perte, tout comme l'abandon de sa mère le faisait souffrir, mais il avait au moins la sécurité financière. Parfois, il se demandait si elle allait bien, si elle était heureuse avec ce nouvel alpha, si elle l'avait complètement oublié ou si elle pensait encore à lui. Il était son fils, son seul et unique enfant, et il avait tout de même mal au cœur d'avoir été ignoré comme s'il n'était rien au final.

Plus de famille, et un seul ami. Heureusement qu'il avait le soutien et les encouragements de Asher. Sans lui, il aurait abandonné. Et désormais, même s'ils n'étaient ni ses amis, ni vraiment ses amants, les alphas qu'il rencontrait avaient une place importante dans sa vie. Sans eux, sans leur besoin de compagnie et leur argent, son quotidien ne serait pas aussi paisible. C'était parfois fatigant de les satisfaire, de n'être qu'un faire-valoir, mais Joshua y avait pris goût. Parce que cela lui apportait la sécurité. Et puis, ça flattait son égo. Les rendez-vous lui avaient redonné confiance en lui. Il se sentait beau, désirable et désiré. Il plaisait. Bon nombre de ses clients ne résistaient pas à ses charmes, à sa bouille adorable, son sourire ravageur et sa silhouette des plus parfaites. Il n'avait pas besoin de parler, tout se passait dans le regard. En une fraction de seconde, il suscitait l'envie chez ces alphas en manque d'attention. Il avait pris goût à leurs compliments et à leurs cadeaux, coûteux et nombreux. Et puis, il aimait les voir fondre sous son toucher, sentir leur odeur se décupler.

La soirée se transformait parfois en nuit. Joshua savait que ce n'était pas très correct de vendre son corps de la sorte, mais son oméga intérieur était en demande de tendresse. Obtenir les faveurs de ces hommes lui permettait d'être vivant. Il était emporté dans un engrenage qu'il ne parvenait pas à stopper. C'était enivrant, exaltant même. Tout allait si vite, tout était si facile. Il aimait que ces alphas s'occupent de lui, ils étaient toujours respectueux à son égard et le payaient grassement. Ils ne lui demandaient pas systématiquement de coucher avec eux, certains s'en tenaient à un simple rendez-vous et repartaient sans rien de plus. Et pour le jeune homme, c'était aussi très bien ainsi.

— Tu veux aller à quel restaurant ? demanda Joshua lorsqu'ils sortirent du bâtiment.

Asher rentra la tête dans les épaules quand un coup de vent les heurta de plein fouet.

— Aucune idée, tant que c'est avec toi je m'en fiche.

Joshua leva les yeux au ciel, un petit sourire aux lèvres. Il tenait beaucoup à lui, et il avait parfois l'impression de ne pas mériter son amitié tant il avait douté de sa sincérité pendant très longtemps. Il avait toujours pensé que Asher ne le voyait que comme un camarade de fac et rien de plus, mais il pouvait vraiment compter sur lui. Plus que sur n'importe qui.

— La semaine dernière je suis allée dans un excellent restaurant italien, ça te va ?

Le jeune homme hocha vivement la tête.

— Ça fait une éternité que j'ai pas mangé italien, alors volontiers.

Ils empruntèrent le bus pour arriver jusque dans une rue commerçante bondée de monde. Joshua retroussa le nez, les différents parfums se mélangeaient et depuis un moment, il avait remarqué qu'il était de plus en plus sensible aux phéromones des alphas. À force de passer du temps avec eux, il en avait plein les narines et ça devenait parfois compliqué à gérer. Il éternua trois fois d'affilée, ce qui fit rire Asher.

— Enrhumé ?

— J'en peux plus de ces odeurs ! se plaignit Joshua.

Son ami lui donna un petit coup d'épaule, un sourire en coin étirant ses lèvres.

— C'est ça de collectionner les conquêtes.

— N'importe quoi.

Joshua niait, mais il avait bien entendu tout raconté à son ami. Il préférait être honnête, et il savait qu'il n'était pas du tout du genre à juger ses choix. De toute façon, Asher n'était pas le plus puritain des deux. Lui aussi avait déjà proposé ses services sur cette application, non pas par manque d'argent, mais par pure envie et curiosité. Il avait lui aussi eu des rapports sexuels contre de l'argent, et même s'il l'avait avoué à demi-mot, Joshua n'était pas dupe et avait compris. Ça l'avait un peu surpris au départ, car son ami était un véritable rayon de soleil quelque peu naïf sur les bords et il n'avait pas vraiment le profil pour faire ça — bien qu'il fût très mignon. Mais il lui avait expliqué vouloir essayer, et tirer une certaine satisfaction de la condition de ces alphas désespérés. Cependant, il avait vite tout arrêté, conscient que ça ne lui apportait pas grand-chose finalement. Et comme il avait des vues sur un alpha de l'université, il avait préféré se concentrer sur cette mission plutôt que de perdre son temps ailleurs.

Ils slalomèrent entre les passants, se frayant un chemin jusqu'à l'enseigne qui les intéressait. Devant la vitrine recouverte de buée du restaurant, ils s'arrêtèrent pour que Asher puisse fumer une cigarette avant de rentrer. Joshua en profita pour sortir son téléphone portable et consulter ses derniers messages quand une notification attira son attention. Son application de rencontre lui avait transmis une demande d'un client, et il écarquilla les yeux quand il se rendit compte qu'elle était pour ce soir.

— Eh merde ! jura-t-il les dents serrées.

Asher fronça les sourcils et se pencha vers lui.

— Un problème ?

Joshua soupira lourdement, un nuage de vapeur montant dans les airs pour se mêler à la fumée de cigarette de son ami.

— J'ai complètement oublié de mettre à jour mes disponibilités avec les cours, du coup un mec a réservé un truc pour ce soir. En plus j'étais tellement content qu'on sorte à deux pour une fois que j'ai zappé. Je suis un boulet, c'est affligeant !

Asher lâcha un rire et lui tapota le dos en guise d'encouragement.

— Vas-y !

— Mais notre sortie…

— C'est pas grave, l'interrompit-il, on peut remettre ça.

— Il abuse aussi, il vient de réserver il y a cinq minutes. Il pouvait s'y prendre encore plus tard !

Il roula exagérément des yeux, si bien qu'il en eut mal. La demande du client stipulait qu'il s'agissait d'un repas au restaurant avec un certain Roy Atkins, rien de plus. Le point de rendez-vous n'était pas si loin à en croire la carte, et il ne lui restait que peu de temps pour valider sa présence. Il n'était pas obligé d'accepter, mais son ami insistait en lui assurant qu'il n'y avait aucun problème.

— T'es sûr que ça va pas te vexer ?

— C'est bien mal me connaître, rit Asher.

Non, il savait bien qu'il ne lui en voudrait jamais, il n'était pas rancunier pour un sou. Mais il était tout de même penaud de mettre un terme à cette sortie que lui aussi attendait tant.

— C'est que partie remise. En plus j'ai vraiment proposé à la dernière minute, la prochaine fois on prévoira quelques jours à l'avance et selon ton emploi du temps, d'accord ?

Joshua hocha la tête.

— T'es le meilleur ami qui soit.

Il l'attrapa dans ses bras pour le serrer contre lui, chose qu'il ne faisait pour ainsi dire jamais. Asher fut tout d'abord pris de court par son geste soudain, mais il l'enlaça en retour et lui caressa le dos.

— En plus, j'aurai même pas le temps de passer chez moi pour changer de fringues.

— Tu vas assurer, et t'es beau comme un cœur.

Les mots de son ami le firent rougir, comme toujours. Pourtant il avait désormais l'habitude de recevoir ce genre de compliments, mais de la part de Asher c'était toujours bien plus spécial. C'était dénué d'intérêt, c'était juste sincère et sans arrière-pensée, sans rien attendre en retour.

— Merci. Et je te promets que la prochaine fois on le fera ce resto italien.

Ils échangèrent un dernier regard complice, puis un sourire, avant de se séparer.

Le vent se levait de plus en plus, il était glacial et Joshua remonta son écharpe jusqu'à son nez. Portable en main, il valida le rendez-vous de ce soir tout en maudissant les passants qui manquaient de lui rentrer dedans. Lui-même ne pouvant pas faire attention aux personnes sur son passage, il attendait des autres qu'ils se poussent pour lui laisser la voie libre. Il avait plus important à faire que d'éviter les gens qui arrivaient face à lui.

Quand il faillit heurter une jeune femme sur le côté, il s'arrêta net et fronça les sourcils, prêt à débiter quelques injures. Mais un détail attira son attention et il se figea. Dans sa main tendue vers lui se trouvait un prospectus. Il cligna des yeux à plusieurs reprises, elle attendait désespérément qu'il ne prenne son bout de papier. Son cœur se serra et il ne fut pas en mesure de l'ignorer. Il lui adressa un petit signe de la tête accompagné d'un sourire et attrapa le flyer avant de continuer son chemin d'un pas un peu moins rapide.

Il n'y avait pas si longtemps, lui aussi était dans cette situation. Il avait sûrement eu le même regard que cette jeune femme, celui d'un pauvre oméga en détresse qui ne demandait qu'à survivre dans cette jungle sans pitié. Les alphas — pour la plupart — n'avaient pas à se résoudre à avoir de tels emplois juste pour gagner une misère. Du fait de leur classe, ils étaient directement promus à des postes plus élitistes. Hors de question de les balancer dehors dans le froid pour faire le sale boulot, et ce même s'il s'agissait d'étudiants.

Joshua essaya de ne plus y penser, car il avait désormais mieux à faire que de s'apitoyer sur son passé difficile. Les sourcils froncés, il reprit sa route en direction de l'endroit que lui indiquait la carte. Il n'était qu'à quelques mètres de son point d'arrivée, là où l'alpha de ce soir devait le rejoindre. La somme qu'il obtiendrait lui permettrait de faire des économies pour son futur appartement. Il trépignait d'impatience car il en avait assez de son studio mal isolé. Enfin il pourrait obtenir quelque chose de décent, avec un bien meilleur lit et peut-être plusieurs pièces. Il rêvait d'une grande pièce à vivre avec une cuisine ouverte, d'une baignoire où se prélasser et d'un bureau pour travailler sur ses cours. Il avait déjà repéré quelques résidences sympathiques, il ne restait plus qu'à faire des visites.

Quand il arriva à destination, il jeta un regard à droite, puis à gauche, les sourcils froncés. Un alpha blindé de fric n'allait pas passer inaperçu. Deux minutes s'écoulèrent avant qu'un gros Range Rover blanc s'arrête juste devant lui et Joshua fit un pas en arrière lorsque la vitre côté conducteur se baissa. Ce visage ne lui était pas inconnu, mais il ne parvenait plus à se rappeler qui était cet homme. Pourtant, ce regard céruléen presque inexpressif soulevait en lui de forts sentiments.

Un frisson courut le long de son échine, et ce n'était pas à cause de l'atmosphère glaciale qui régnait encore en cette saison. Il ressentait un besoin viscéral d'aller vers lui, de le séduire et d'en faire son partenaire. Ce n'était pas purement sexuel, c'était bien plus que cela.

— Joshua ?

Cette voix. Il l'avait déjà entendue, et elle résonna si fort au plus profond de lui que sa respiration s'accéléra. Comme emporté dans un tourbillon d'émotions, il vacilla légèrement et battit des cils pour espérer se reprendre. Son oméga intérieur était en alerte et ses phéromones frémissaient d'une force saisissante.

— Oui, c'est moi, dit-il d'une voix tremblante.

— Tu montes ?

Il hocha la tête, toujours un peu sonné par cette rencontre qu'il n'avait pas imaginée si perturbante. Il contourna la voiture afin de grimper sur le siège passager. Dans l'habitacle, il faisait chaud, et il desserra son écharpe pour profiter de l'ambiance réconfortante, bien qu'une tension étrange émanait d'eux. Roy redémarra doucement pour à nouveau s'engouffrer dans le trafic.

Un morceau de jazz brisait le lourd silence qui régnait dans le véhicule, et Joshua gardait les yeux rivés sur le tableau de bord. Le parfum de café corsé venait de le frapper de plein fouet. C'était lui. C'était l'homme qui l'avait bousculé quelques semaines auparavant à Times Square. L'avait-il reconnu lui aussi ? Peut-être était-il tombé sur son profil et avait décidé de se racheter en payant ses services pour une soirée ? Pour il ne sut quelle raison, son cœur se mit à tambouriner davantage dans sa poitrine, comme s'il cherchait à s'en échapper. Oserait-il lui poser la question ? Il le devait. Il ne pouvait pas passer un moment avec lui sans connaitre la vraie raison derrière ce rendez-vous. Il se racla la gorge et tourna la tête vers Roy.

Son palpitant s'emballa de plus belle quand il se mit à observer le profil de l'homme. Il était harmonieux, un nez bien droit, des lèvres pulpeuses, une mâchoire forte et des yeux qui semblaient avoir vu tant de choses que Joshua avait envie de tout découvrir de lui. Roy Atkins était à la fois intrigant et intimidant. Il transpirait l'expérience, le charisme, mais une douceur fragile émanait également de cette stature imposante.

— Est-ce que…

Joshua se figea quand l'alpha lui lança un bref regard. Ses deux orbes l'avaient transcendé, si bien qu'il eut l'impression que son souffle s'était coupé net.

— Oui ?

— Vous… vous m'avez reconnu ?

Roy haussa un sourcil, concentré sur la route, puis passa la langue sur ses lèvres.

— Les flyers.

Cette fois, c'était sûr. Il savait qui il était, et c'était sans doute pour cette raison qu'il avait souhaité le rencontrer ce soir. Ce n'était pas forcément parce qu'il lui plaisait, mais plutôt pour se racheter. Et à cette pensée, une moue s'éprit des lèvres du jeune oméga. Non pas qu'il se sentait déçu par la démarche, mais il avait espéré autre chose. Après tout, il ne pouvait pas nier que Roy était bel homme et qu'à choisir entre tous ses précédents rendez-vous et lui, il n'avait aucune hésitation.

Joshua commença à se poser d'autres questions, à savoir s'ils devaient rejoindre d'autres personnes. Il n'avait pas vraiment pris le temps de s'attarder sur la demande de l'alpha, trop surpris d'avoir oublié de mettre à jour ses disponibilités. Mais le destin faisait bien les choses.

Cependant, Roy restait très discret et très peu bavard. Joshua n'était pas habitué à ça, même les alphas les plus calmes qu'il avait eu l'occasion de rencontrer essayaient un minimum de le mettre à l'aise et de lui poser des questions. Il déglutit et se renfrogna dans son siège, peu certain de la manière dont il devait agir. Devait-il simplement profiter de cette soirée en pensant à l'argent qu'il allait toucher ? Il espérait que son client du jour se montrerait un peu plus loquace au fil des minutes.

Mais le trajet se passa en silence et Joshua se demanda sérieusement s'il n'avait pas commis une erreur en acceptant ce rendez-vous. Le gain était attrayant, l'homme aussi, mais ça ne s'annonçait pas forcément être une partie de plaisir.

Ils arrivèrent aux abords d'une rue illuminée par de nombreuses enseignes et Roy gara sa voiture le long du trottoir. Dans le miroir du pare-soleil, il vérifia son apparence et Joshua eut envie de lui dire qu'il n'avait pas à s'en faire : il était parfait. Mais il se tut, intimidé par l'aura imposante de l'alpha.

— Allons-y, annonça l'homme d'une voix monotone.

Il descendit de la voiture et Joshua soupira avant de l'imiter. Roy venait de faire le tour du véhicule pour lui ouvrir la portière, l'attention le surprit, mais ne lui déplut pas. Il le remercia d'un signe de tête et, d'un pas décidé, l'alpha les guida jusqu'à une belle devanture en pierre crème décorée de lierre et de petites loupiotes.

L'endroit semblait très chic, mais cosy, presque intimiste. S'il n'était pas là dans le cadre de son travail, Joshua aurait pu s'imaginer en plein rendez-vous avec son compagnon pour la Saint-Valentin. Il secoua la tête pour chasser ces idées étranges quand Roy l'invita à entrer dans le restaurant. Il n'avait pas vraiment eu le temps de consulter sa demande plus en détail, il savait seulement qu'il s'agissait d'un dîner mais ignorait les circonstances. Affaires ? Détente ?

Une jeune femme arriva vers eux pour saisir leurs manteaux et les conduisit à travers les tables. Une légère musique venait accompagner les différentes conversations qui s'élevaient dans la salle. Joshua en profita pour observer les alentours ; tous les clients portaient des habits élégants, comme il avait l'habitude d'en voir lors de ses différents rendez-vous. Il n'y avait pour ainsi dire que des couples, comme si le lieu était propice à ce genre de soirée. Les lumières tamisées, les chandeliers et les gros bouquets de roses sur certaines tables ne manquèrent pas de lui nouer l'estomac. Où était-il tombé ? Ça ne ressemblait en rien à ce qu'il avait déjà pu expérimenter, et ça commençait à l'angoisser. Il était peut-être en compagnie du plus bel homme qui lui avait été donné de rencontrer, mais il se ne s'était jamais senti aussi peu à sa place qu'à cet instant.

— Voilà messieurs, dit la jeune femme en leur indiquant leur table.

Roy esquissa un sourire poli avant qu'elle ne s'en aille, puis il alla tirer la chaise de Joshua. Ce dernier prit place sans un mot, toujours un peu secoué par cette rencontre atypique. Un dîner en tête à tête, c'était spécial, et surtout du jamais vu pour lui. Même lors de sa relation sérieuse avec un alpha, il n'avait pas eu l'occasion d'expérimenter quelque chose d'aussi romantique. Ils n'étaient tous les deux pas très aisés financièrement, et ils s'étaient contentés de sorties à moindre coût comme un film chez l'un, une nuit chez l'autre, ou un déjeuner dans un fast-food.

La serveuse revint avec deux cartes qu'elle leur confia tout en demandant s'il souhaitait commencer par un apéritif. Roy répondit favorablement et commanda une bouteille de Champagne. Avec un sourire, la jeune femme hocha la tête avant de les laisser pour leur permettre de choisir ce qu'ils allaient manger.

Joshua survola rapidement la carte, jetant un coup d'œil de temps en temps en direction de Roy qui demeurait silencieux. Son comportement le troublait, tout autant que le fort parfum de café qu'il dégageait. C'était si entêtant qu'il avait l'impression de ne sentir que ça, d'être seul avec l'alpha alors qu'ils étaient entourés de dizaines de couples. Il tenta de se reprendre pour se concentrer sur le menu. Il avait désormais l'habitude des intitulés pompeux et connaissait les mets d'exceptions qui étaient mis en avant ici. Cependant, il ignorait s'il devait tout d'abord choisir une entrée, ou passer directement au plat de résistance. Et avec un homme muet comme une carpe face à lui, ça ne lui facilitait pas la tâche. Il se racla la gorge pour attirer son attention, l'alpha releva la tête. Son regard captivant se planta directement dans celui de Joshua, ce qui déstabilisa ce dernier.

— Oui ?

Le jeune étudiant ravala sa salive. Sa propre odeur était en train de prendre le pas sur celle de son client.

— Nous prenons une entrée ou non ?

Roy cligna des yeux à plusieurs reprises, sans doute aussi surpris que l'oméga par la fragrance de caramel qui emplissait l'air autour d'eux. Mais il laissa un fin sourire étirer ses lèvres et hocha la tête.

— Nous pouvons, si quelque chose te fait envie.

Joshua le fixa. Lui. C'était lui qui lui faisait envie. Mais il ne pouvait sûrement pas lui balancer une telle information sans aucun filtre. Et puis, il n'était pas là pour ça. Sa mission était d'accompagner cet homme au restaurant, de partager un repas avec lui et rien de plus. En tout cas pour l'instant. S'il lui demandait de passer la nuit en sa compagnie, par contre, il n'hésiterait pas une seule seconde.

Finalement, ils optèrent pour un menu gastronomique et les plats s'enchaînèrent, arrosés d'un verre de vin rouge, puis d'un verre de blanc. Joshua n'était pas adepte de ce genre de boissons, mais il avait appris à les apprécier avec le temps. Il essayait toujours de s'intégrer dans les univers de ses clients, de s'intéresser à leurs goûts et à leurs passions. Mais avec Roy, c'était différent, et surtout très compliqué de lui décrocher quelques mots. Le repas se passa sans qu'ils n'échangent une parole. Quelques regards par-ci par-là, mais rien de plus. Et quand le dessert arriva, la gêne envahit Joshua. Une boule d'angoisse lui noua la gorge et l'empêcha d'avaler ne serait-ce qu'une bouchée du fraisier qu'il avait sous les yeux. Pourtant, la part était magnifique, un parfait équilibre de crème, de génoise et de fruits.

— Tu n'as plus faim ?

Joshua inspira à pleins poumons, comme si entendre la voix de Roy lui permettait de respirer à nouveau.

— Non, pas vraiment.

— Hm, ne te force pas alors.

Un énième silence s'imposa, mais le jeune homme ne pouvait pas en supporter davantage. Il ne comprenait pas le but de cette soirée et ça le tiraillait de connaître la véritable raison derrière ce rendez-vous.

— Vous n'êtes pas très bavard, dit-il.

Roy le fixa droit dans les yeux sans même répondre.

— C'est plutôt embarrassant, avoua Joshua d'une petite voix.

— Désolé. Je n'ai pas l'habitude de faire ça.

— De faire « ça » ?

L'homme attrapa la serviette en tissu qu'il avait déposée sur ses genoux pour tapoter les coins de sa bouche et en essuyer toute trace de crème fouettée. Il la plia soigneusement pour la placer à côté de son assiette.

— D'inviter un oméga que je ne connais pas au restaurant.

Joshua fronça les sourcils et dégagea une mèche de cheveux qui tombait sur son œil droit afin de la mettre derrière son oreille. Il avait lui-même été sur cette application de rencontre, personne ne lui avait mis un couteau sous la gorge pour qu'il le fasse.

— Et moi je n'ai pas l'habitude des dîners en tête à tête. C'est même la première fois depuis que je suis inscrit sur cette appli.

Roy détourna le regard, visiblement troublé par la révélation du jeune homme. Joshua soupira lourdement, il ne tirerait rien de cet alpha, il en avait désormais la certitude. Mais puisqu'il était sur sa lancée, il avait d'autres questions à poser à son client.

— Est-ce que c'était une manière de vous racheter pour les flyers la dernière fois ?

— Peut-être.

Il s'en trouva à moitié déçu. L'intention de Roy était noble, mais il aurait aimé qu'il lui dise qu'il lui plaisait également. Cependant, il l'avait reconnu et ça pouvait signifier qu'il lui avait tapé dans l'œil. Toute cette histoire était étrange, trop belle pour être vraie.

— Mais si vous êtes inscrit sur cette application c'est pour passer du temps avec des omégas…

— C'est… un ami qui m'y a inscrit, souffla-t-il.

Le cœur de Joshua se serra légèrement.

— Et j'ai été surpris de tomber sur toi, continua Roy. Je t'assure que tu es le premier oméga que je contacte, je n'ai jamais osé me lancer avant ce soir. Je pense qu'on peut appeler ça le destin.

Cette réponse le satisfaisait un peu plus et il ne put réfréner un sourire. C'était flatteur d'être le premier d'un alpha aussi charismatique et mystérieux. Tous ses autres clients étaient des habitués, ils avaient essayé pas mal d'omégas avant lui, et en essaieraient sans doute d'autres après. Bien sûr, certains étaient fidèles et faisaient appel à ses services plusieurs fois, mais d'autres aimaient tester de nouveaux profils.

Roy consulta sa montre et sortit son portefeuille avant d'appeler la serveuse pour l'addition. La soirée touchait à sa fin, les trois heures prévues s'étaient écoulées à la fois lentement et bien trop vite. S'il avait pu passer encore un peu de temps avec l'alpha, Joshua n'aurait pas hésité. Dans le Range Rover, il se laissa bercer par l'odeur de café qui s'était faite plus suave et sucrée.

— Tu habites dans quel coin ? Je vais te raccompagner.

— Non, c'est pas…

— J'insiste.

Joshua déglutit avant qu'un frisson ne coure le long de son échine. S'il tenait tant que ça à le raccompagner, c'était probablement pour continuer la soirée chez lui. Même s'il était emballé par l'idée de prolonger leur petite escapade, il avait terriblement honte de l'endroit dans lequel il vivait. Un studio aussi minable et mal entretenu, avec des voisins bruyants au possible, ça ferait assurément fuir l'alpha. Il n'avait aucune envie que l'homme découvre sa situation et lui pose des questions sur sa misérable vie qui relevait plus du passé que du présent désormais. Ce n'était plus qu'une question de temps avant qu'il déménage. Alors il était tiraillé entre le désir de passer une nuit torride avec Roy, et celui de le voir repartir une fois qu'il serait arrivé à bon port.

À contrecœur, il lui donna son adresse qu'il entra dans le GPS. Le trajet fut accompagné de morceaux de jazz qu'aucun d'eux n'osa interrompre. Lorsque le véhicule s'arrêta devant la maison, Joshua jeta un regard presque suppliant au conducteur. Même s'il ne voulait pas qu'il voie l'état pitoyable de son logement, il mourait d'envie que Roy lui demande plus qu'un simple repas. Son téléphone vibra dans sa poche et il le sortit pour constater que les trois heures s'étaient écoulées et qu'il avait également reçu son paiement automatique. Mais il n'était pas trop tard pour que Roy allonge leur temps passé ensemble.

— Merci de m'avoir raccompagné. Et merci pour le virement aussi.

— Je t'en prie.

C'était tout ? Joshua se mordit la lèvre inférieure, frustré par cette réponse. Décidément, l'alpha était bien différent de tous les autres et pour une fois, il aurait davantage apprécié un petit extra de sa part. Tant pis, il n'allait pas se mettre à genoux non plus. Et puis il respectait son choix, tout comme les hommes qu'il avait déjà rencontrés le respectaient.

— Passez une bonne nuit, dit-il avant d'ouvrir la portière.

— Merci, toi aussi.

L'oméga attendit encore quelques secondes avant de quitter le véhicule. Sur le trottoir, il le regarda filer sur la route pour disparaître au coin de la rue un peu plus loin. Il prit une grande inspiration, ses habits étaient imprégnés de l'agréable odeur de Roy. Mais c'était bien tout ce qu'il lui restait de cette soirée.

CHAPITRE 8

Joshua sortait de son dernier cours de la journée, et sans Asher à ses côtés. En effet, le jeune homme avait un rendez-vous avec l'alpha qui lui avait tapé dans l'œil et il était parti en quatrième vitesse dès que leur professeur avait commencé à ranger ses affaires. Leur relation partait plutôt bien, ils se côtoyaient de plus en plus et Joshua s'en réjouissait. Voir son ami toujours aussi souriant lui mettait du baume au cœur car il méritait d'être heureux. Et si cet alpha venait à lui faire du mal, il serait le premier à aller lui botter les fesses. Mais Asher avait l'air confiant quant à l'avenir et il s'imaginait déjà en couple.

Son sac à dos sur une épaule, Joshua quitta le bâtiment pour traverser le campus d'un pas décidé. Il avait hâte d'aller à son rendez-vous avec l'agent immobilier qu'il avait contacté quelques jours auparavant, car il savait que le temps était enfin venu pour lui de quitter son studio délabré et bruyant. Ce soir, il allait visiter un bel appartement dans une petite résidence. Ce n'était pas le plus luxueux des biens, mais c'était déjà mieux que ce dans quoi il vivait actuellement. En plus, elle était connue pour accueillir essentiellement des étudiants comme lui et ça le rassurait un peu. Il n'avait aucune envie de se retrouver dans un endroit huppé, même s'il avait pris l'habitude de fréquenter des lieux où se regroupaient les gens de la haute société. Il gardait à l'esprit qu'il restait un oméga aux revenus instables, qui avait vécu dans la misère et qui pouvait tout perdre du jour au lendemain. Il avait toujours des factures à payer et un prêt étudiant à rembourser. Même s'il pouvait désormais vivre décemment, l'équilibre qu'il avait trouvé restait fragile.

En une dizaine de minutes, il arriva à Union Square, là où se trouvait son — peut-être — futur appartement. L'avantage résidait dans la proximité avec son université, cela lui permettait d'éviter les transports en commun et aussi de pouvoir dormir un peu plus le matin. Avec ses journées prenantes, ses week-ends éreintants, il n'était pas contre quelques minutes de sommeil supplémentaires. Au pied de l'immeuble, il retrouva l'agent immobilier dont le sourire et l'aura sympathique lui laissèrent aussitôt penser qu'il s'agissait d'un bêta. D'un petit signe de tête suivi d'une poignée de main, Joshua le salua et l'homme l'invita à pénétrer dans la résidence. Elle était dotée d'un ascenseur, et c'était un plus puisque l'appartement se trouvait au cinquième étage. La concierge lui souhaita la bienvenue d'une voix chaleureuse.

Le hall était sobre et bien entretenu. L'oméga eut aussitôt l'impression d'être chez lui et il avait encore plus hâte de découvrir le bien qui lui était proposé. Une fois devant la porte, son cœur s'accéléra.

— Vous verrez, c'est un endroit parfait pour un étudiant.

L'homme tentait de le rassurer car il devait sentir sa nervosité. Il ne jouait pas sa vie, mais c'était tout de même une étape importante. L'occasion de prendre un nouveau départ, d'oublier totalement les galères qui imprégnait l'atmosphère de son studio. Il voulait tout recommencer, vivre sereinement dans un endroit qui lui ressemblait.

L'agent immobilier déverrouilla la porte pour entrer le premier. Il invita Joshua à le suivre, ce qu'il fit après avoir ravalé sa salive. Le couloir n'était pas très large mais disposait d'une grande penderie sur la gauche. Sur la droite, deux portes donnaient respectivement accès à une chambre et une salle de bain. Lorsqu'il découvrit la première pièce, Joshua fut surpris par sa taille.

— La chambre fait onze mètres carrés, ce qui est rare pour ce genre de bien. Ça vous permet d'avoir vos aises et de mettre un petit bureau si vous n'avez pas trop de vêtements.

Joshua acquiesça tout en observant les lieux avec attention. Outre la fenêtre qui donnait sur la rue et qui pouvait de ce fait amener un peu de bruit, il trouvait la pièce tout à fait à son goût. Il s'y voyait déjà, dans un lit deux places avec des guirlandes lumineuses au-dessus et de gros plaids douillets.

L'homme l'invita à continuer la visite et la salle de bain s'avéra être elle aussi une bonne surprise. Une baignoire, c'était tout ce dont il rêvait. Plus de douches froides et expéditives, il pourrait enfin se détendre et réaliser tous les soins qu'il voudrait. Parce qu'il voulait être le plus beau pour ses clients, que sa peau soit lisse et sans imperfections. Il pourrait passer des heures devant le miroir à traquer le moindre point noir, le moindre poil de sourcil rebelle.

— On continue ?

Joshua le suivit dans la pièce à vivre, elle était spacieuse et il imagina aussi où placer ses meubles. Enfin, les meubles qu'il comptait acheter. Les siens étaient dans un piteux état, il les avait déjà récupérés à d'autres personnes et, pour repartir du bon pied, il préférait tout changer.

Ils terminèrent par la cuisine ouverte sur la gauche, dans un renfoncement, et qui était déjà tout équipée. Un plan de travail servait à la fois de séparation entre les deux pièces et d'endroit pour manger avec ses deux tabourets hauts. Il y avait tout l'électroménager nécessaire et même si Joshua n'était pas un grand cuisinier, ça lui plaisait énormément. Tout était moderne, bien entretenu et sain. Pas de trace d'humidité, pas de bestioles qu'il ne savait nommer et surtout pas de bruit. Pas d'enfants turbulents. Pas de voisins surexcités. C'était reposant, et il en avait bien besoin.

Après que l'agent lui eut donné les conditions de location et toutes les informations nécessaires, ils quittèrent l'appartement pour retourner au rez-de-chaussée.

— C'est vraiment un bel endroit, avoua Joshua. Il m'intéresse beaucoup.

Le bêta esquissa un sourire.

— C'est vrai, et ce genre de bien ne reste pas disponible très longtemps, alors ne tardez pas.

— Je passerai demain à l'agence pour compléter le dossier, si ça vous convient.

L'homme acquiesça sans jamais abandonner son petit rictus satisfait. Ils prévinrent la concierge de leur départ et se quittèrent au pied de l'immeuble dans des salutations polies.

Joshua grimpa dans le bus pour rentrer chez lui avec l'appartement magnifique en tête. C'était son nouveau but à atteindre, et il savait qu'il en était tout près. Cette fois, ce ne serait pas difficile, il n'aurait pas à trimer comme un acharné pour obtenir ce qu'il désirait, et c'était terriblement revigorant. Depuis quelques semaines, il prenait enfin sa revanche sur une vie qui ne lui avait pas fait de cadeaux ces dernières années.

Avant de retrouver son studio, il passa à l'épicerie pour acheter quelque chose à grignoter, son réfrigérateur étant vide depuis plusieurs jours. Il avait peut-être les moyens pour faire des courses, mais il ne prenait pas le temps de faire le plein, surtout qu'il était souvent invité et qu'il en profitait pour manger à sa faim. Parfois même plus.

Plusieurs sachets de nouilles instantanées et quelques légumes frais — pour tout de même manger sainement — Joshua rentra chez lui

Il fila sous la douche avant de préparer le dîner qui fut expéditif. Il engloutit un bol de nouilles épicées et se précipita sous les couvertures pour regarder une série sur son téléphone. Mais alors que l'épisode venait de débuter, une notification apparut en haut de l'écran et elle provenait de l'application de rencontre avec des alphas. Il mit en pause la vidéo, curieux comme à son habitude de découvrir ce qu'un client pouvait bien lui vouloir. Quelques jours auparavant, il avait modifié ses disponibilités pour ne travailler que le week-end, car il avait des examens importants durant les semaines à venir. Il aurait pu n'en avoir que faire de ses études et se concentrer sur ces rencontres qui lui rapportaient un beau petit pactole, mais il ne voulait pas faire l'impasse sur son diplôme. Si son histoire lui avait appris une chose, c'était que l'avenir était incertain, et qu'il devait toujours assurer ses arrières. Les actes entraînaient des conséquences. S'il fermait les yeux sur ses études, il pourrait le regretter un jour.

Tout était fragile dans ce monde qui tournait à cent à l'heure, et Joshua ne voulait plus tomber aussi bas qu'il l'avait été.

Ses yeux s'écarquillèrent quand il constata que le message qu'il venait de recevoir provenait de Roy. Depuis leur étrange rendez-vous, Joshua n'avait pas eu de ses nouvelles, et ne pensait pas en avoir un jour. Il ignorait encore de quoi il s'agissait, mais le seul fait de voir le nom de l'alpha s'afficher sur son écran souleva en lui un sentiment si fort qu'il reposa son téléphone pendant quelques secondes. Il mentirait s'il disait que cet homme ne lui avait pas tapé dans l'œil, et ce malgré son attitude presque indifférente. Encore aujourd'hui, l'oméga était surpris qu'il ne lui ait pas demandé de prolonger la soirée. Et un peu déçu aussi. Il n'aurait pas été contre le fait de passer la nuit dans les bras d'un alpha comme lui, qui dégageait tant de charisme. Il n'était peut-être pas très bavard, même trop silencieux à son goût, mais

Joshua sentait en lui une fougue qui le rendait tout chose. Cet homme était forcément un excellent amant.

Il frissonna et ferme les yeux aussi fort que possible pour se débarrasser de cette sensation étrange qui le submergeait. Son instinct primaire n'avait jamais été aussi intense qu'en la présence de Roy. Et ça l'intriguait autant que ça le perturbait.

Après avoir inspiré et expiré, il décida d'enfin consulter son message.

« *Bonsoir Joshua, j'espère que tu te portes bien. J'ai beaucoup apprécié ta compagnie la dernière fois, et j'aimerais faire appel à toi pour une réception à laquelle je suis invité. Mais d'abord, j'aimerais que nous fassions plus ample connaissance, si tu es d'accord bien entendu.* »

Le jeune étudiant cligna des yeux à plusieurs reprises. Roy s'était montré distant et secret lors de leur dîner, alors il ne pensait pas l'avoir charmé au point qu'il fasse à nouveau appel à lui. Mais sa demande ne le laissait pas indifférent. Tout en relisant le message pour la deuxième fois, un petit sourire étira ses lèvres avant qu'il ne plaque son portable contre son torse. Son cœur battait à tout rompre, et son ventre se retrouva envahi d'une douce chaleur qui glissa jusqu'au creux de ses reins. C'était agréable, et c'était troublant. Il n'avait jamais ressenti cela auparavant, cette sensation de plénitude qui lui réchauffait le cœur. Roy n'était qu'un alpha parmi tant d'autres, mais il semblait tellement différent. En tout cas aux yeux de Joshua. Il avait tout pour plaire, même s'il ne le connaissait pas plus que ça. Il ne l'expliquait pas, mais il était irrémédiablement attiré par lui et sans aucune hésitation, il répondit favorablement à sa demande.

Cette fois, et plus que n'importe quand, il comptait user de ses charmes pour obtenir ce qu'il désirait.

CHAPITRE 9
♥♥♥

Les gros flocons de neige tombaient lentement pour tapisser le sol déjà bien blanc. Joshua tentait désespérément de les compter pour faire passer le temps plus rapidement, mais il y en avait tellement qu'il avait perdu le fil à peine avait-il commencé.

Les mains dans les poches, la tête rentrée dans ses épaules, le visage à moitié camouflé derrière son écharpe et le crâne bien au chaud sous un bonnet, il attendait patiemment l'arrivée de Roy. Il se faisait désirer, et cela n'avait jamais été aussi vrai. Le jeune oméga était déjà plein d'envie envers cet homme qu'il ne connaissait pas. C'était une sensation contre laquelle il ne pouvait pas lutter. Son être tout entier le réclamait.

Même s'il lui arrivait de plus en plus d'éprouver une attirance pour ses clients les plus intéressants et charismatiques, avec Roy tout était différent. Ça lui prenait aux tripes, la chaleur qu'il ressentait rien qu'en pensant à lui était agréable et le faisait sourire niaisement. Pourtant, lors de leur première rencontre, il n'avait pas été aussi bouleversé. Son regard céruléen lui avait coupé le souffle tant il était perçant, mais ça s'arrêtait là. Et puis, la situation à ce moment-là faisait que Joshua n'avait pas eu le temps de s'attarder sur l'apparence de l'homme. Distribuer des flyers dans le froid n'était déjà pas simple, alors se faire bousculer en prime l'avait plus agacé qu'autre chose.

Cependant, aujourd'hui il était tout excité à l'idée de revoir l'alpha. Bien que leur sortie précédente s'était avérée plutôt étrange de par le mutisme de Roy, Joshua était curieux de découvrir ce que l'avenir lui réservait. S'il l'avait recontacté, ce n'était pas pour rien, et il avait espoir que la prochaine réception se termine dans un bel hôtel de luxe, dans des draps soyeux qu'ils froisseraient de leurs corps en ébullition.

L'image qui lui traversa l'esprit lui permit de se réchauffer instantanément. Les températures négatives ne lui faisaient plus peur maintenant qu'il pouvait penser à Roy. Mais il n'arrivait pas et Joshua se demanda s'il ne lui avait pas posé un lapin finalement.

Les minutes défilaient sans qu'il ne le voie apparaître au coin de la rue. Pourtant, il n'y avait pas foule dans ce coin de la ville. C'était un endroit tranquille, un peu excentré, parfait pour se retrouver en toute intimité sans devoir affronter la cohue infernale de Manhattan. Joshua inspira l'air frais qui emplit ses poumons pour le relâcher dans une nuée blanche qui s'éleva dans l'atmosphère. La neige tombait encore et les centimètres sur le sol s'accumulaient. Heureusement qu'il était bien couvert, que son nouveau travail lui permettait d'acheter des vêtements chauds et des chaussures adéquates.

— Joshua ?

Il se tendit quand un frisson courut le long de son échine, son parfum de caramel se manifesta. La voix de Roy qui venait de retentir derrière lui avait un pouvoir si intense sur sa personne qu'il avait l'impression de se consumer. Lentement, il se tourna vers l'alpha et le détailla brièvement de la tête aux pieds avant de plonger dans son regard d'un bleu intense et profond. Il voulait seulement s'y noyer et ne plus remonter à la surface.

— Désolé de t'avoir fait attendre.

Les excuses embarrassées de Roy le tirèrent de sa contemplation et il esquissa un petit sourire compréhensif. Il avait peut-être patienté plus qu'il ne l'aurait dû, mais il se sentait incapable de lui en vouloir. Sa présence effaçait tout.

— Viens, on va aller se mettre à l'abri.

D'un geste, il l'invita à le suivre jusqu'à un petit café non loin de là. Joshua le trouvait différent du dîner, il semblait un peu moins réservé et distant, et il vit cela comme une opportunité à saisir le plus rapidement possible. Tel le gentleman qu'il semblait être, Roy tira la porte vitrée de l'établissement pour permettre à l'oméga d'entrer le premier. L'endroit était mignonnet, décoré de belles plantes vertes qui se mariaient parfaitement avec les meubles en bois clair. Ils prirent place à une table dans un coin sans personne autour et une jeune femme vint s'enquérir de leur commande.

Deux chocolats chauds accompagnés de muffins à la myrtille arrivèrent sans tarder alors qu'un silence paisible régnait. Joshua s'était débarrassé de tout son attirail servant à braver le froid et il observait attentivement Roy face à lui. L'homme restait muet depuis qu'ils s'étaient assis, et il posait à peine les yeux sur l'oméga, préférant détailler le café. Il attrapa son mug pour souffler sur la boisson avant de la porter à ses lèvres, puis il s'intéressa finalement à son vis-à-vis.

— Je suis content que tu aies accepté cette rencontre.

Joshua sourit et but à son tour une gorgée de chocolat.

— Pourquoi aurais-je refusé ? Vous êtes agréable, vous m'avez bien traité, alors je n'avais aucune raison de dire non.

Roy ne répondit pas, mais l'oméga l'entendit ravaler sa salive. Il n'était pas très loquace, alors il ne savait pas si leur sortie servirait à grand-chose, même si le but premier était de faire connaissance. Mais Joshua ne se laissa pas abattre et, si son interlocuteur se montrait secret, il irait à la pêche aux informations. Après tout, ils étaient là pour se découvrir, il fallait bien que quelqu'un fasse le premier pas. Et à force, Joshua ne se sentait plus intimidé par les alphas qu'il avait en face de lui.

— Qu'est-ce que vous voulez savoir de moi ?

L'homme se redressa sur sa chaise et replaça machinalement une mèche blonde derrière son oreille.

— Hm, eh bien, ce que tu fais dans la vie, quelles sont tes passions… Ce genre de choses.

Joshua hocha lentement la tête, mais un étrange sentiment de malaise s'était abattu sur lui. Pour la première fois, il prenait conscience qu'il n'avait pas l'habitude de parler de lui. Les clients qu'il rencontrait voulaient parfois savoir ce qu'il faisait à part se faire payer pour les accompagner, mais une fois qu'il disait être étudiant, ils ne posaient pas trop de questions. En réalité, sa vie ne les intéressait pas. Tout ce qu'ils souhaitaient était qu'il soit beau et poli, rien de plus. Son passé, son présent et son futur, ils n'en avaient que faire. À vrai dire, il n'avait jamais eu un rendez-vous comme celui-ci. Beaucoup d'alphas l'emmenaient faire les magasins pour lui payer de coûteux vêtements et accessoires, mais il n'avait jamais pris le temps de les rencontrer autour d'un chocolat chaud. C'était presque comme s'il sortait avec un ami, sauf qu'il ne connaissait pas Roy plus que ça et que ce dernier le payait.

— Je suis étudiant à l'université de New York et je…

Il marqua une pause et passa la langue sur sa lèvre avant de ravaler sa salive. Il n'avait aucune idée de ce qu'il pouvait bien lui raconter. Il n'avait rien d'intéressant, il le savait déjà, mais il s'en rendait d'autant plus compte à cet instant. Il baissa les yeux vers son chocolat chaud avant de le saisir pour en prendre une gorgée. Là, sous le regard perçant de cet alpha qui désirait apprendre à le connaître, il se sentait ridicule. Parce qu'il se perdait dans ses doutes, dans ses incertitudes qui le tourmentaient de nouveau. Cela faisait bien longtemps qu'il n'avait pas ressenti cela car avec ses autres clients, il n'était qu'un accessoire, pas vraiment un être humain, juste un bel oméga qui devait simplement se taire et faire bonne figure.

Avec Roy, il était plus que cela. Depuis la première fois, rien n'était pareil. Leur rencontre s'était faite par hasard, l'homme l'avait bousculé, mais il n'avait pu nier la sensation étrange qui l'avait saisi lorsque leurs regards s'étaient croisés. Et même s'il avait éprouvé une certaine colère à son égard, il l'avait trouvé spécial et son odeur de café corsé l'avait perturbé.

Il renfrogna la tête dans ses épaules quand il sentit son propre parfum se faire plus puissant. Il ne voulait pas, il devait se contrôler au risque de paraître bizarre, mais l'odeur sucrée du caramel emplit ses propres narines, et l'air autour d'eux.

— Tu n'es pas obligé, intervint Roy qui devait avoir capté son malaise.

Joshua soupira, mais un frisson lui parcourut la colonne vertébrale. La voix de l'homme l'électrisait, et il n'arrivait même pas à comprendre ou même à mettre des mots sur ce qu'il ressentait. C'était nouveau. Pour la toute première fois, en présence d'un alpha, Joshua se sentait bizarre. Il avait chaud, il avait froid, et il avait autant envie que ça s'arrête que ça continue. Ses sens en alerte, son oméga intérieur sur le qui-vive, prêt à fondre dans les bras de cet homme qui provoquait en lui des sensations inédites.

— C'est que… je n'ai pas grand-chose à dire, marmonna finalement le jeune homme.

Roy se redressa pour se laisser tomber contre le dossier de sa chaise. Joshua sentait son regard peser sur lui, mais il n'était pas malveillant, il n'était pas jugeant, bien au contraire. L'alpha dégageait autant de charisme que de douceur, une gentillesse si pure qu'il en fut déstabilisé. Alors quand il osa enfin lui refaire face, une agréable chaleur l'envahit. Les orbes de son vis-à-vis avaient le pouvoir de le réconforter.

— Il y a quelque chose qui te passionne ?

L'oméga acquiesça.

— J'aime beaucoup la photographie.

— Intéressant, sourit l'homme.

Joshua hocha la tête à nouveau, un léger rictus étirant ses lèvres. Un silence avait repris place, mais Roy s'empressa de le briser, soucieux de ne pas laisser le malaise s'installer davantage.

— Tu as des clichés à me montrer ?

— Euh, en fait… non, pas là…

Joshua ferma les yeux aussi fort que possible pour tenter de se reprendre. Il ne comprenait pas pourquoi il perdait autant ses moyens face à son client. Peut-être était-ce dû à son regard captivant, ou à sa voix qui glissait suavement dans ses oreilles, ou encore à son odeur qui devenait de plus en plus corsée au fil des secondes. Si Roy ne le laissait pas indifférent, il avait la sensation que c'était réciproque. Cependant, l'alpha était bien plus doué que lui pour garder son sang-froid, sans doute une question d'expérience. Et en parlant d'expérience, Joshua avait lui aussi des questions à lui poser sur sa vie. S'ils s'étaient rencontrés aujourd'hui dans le but d'en apprendre plus l'un sur l'autre avant leur prochaine sortie, il avait très envie de savoir qui était réellement Roy pour s'adapter au mieux à ses attentes. De plus, il n'avait pas envie de trop parler de lui et préférait rester évasif sur ses soucis d'argent et son passé. C'était le moment de retrouver cette confiance qui l'avait quitté depuis le début du rendez-vous afin de passer à l'attaque.

— Et vous, qu'est-ce que vous faites dans la vie ?

L'alpha sembla surpris à en croire ses sourcils qui venaient de se hausser. Il s'éclaircit la voix et répondit :

— Je suis gérant d'une galerie d'art.

Joshua se figea. Cet homme devait s'y connaître en photographie, et il eut encore moins envie de lui présenter les clichés qu'il avait eus l'occasion de prendre par le passé. En réalité, il ne les trouvait pas si bons, il n'était qu'un débutant et depuis qu'il ne possédait plus d'appareil photo, il avait été contraint de mettre sa passion en pause. Son téléphone lui permettait d'immortaliser certains moments, des paysages dont il voulait se souvenir, mais ce n'était pas aussi travaillé qu'il l'aurait souhaité. Et puis, il avait dû quitter le club de son université, faute de moyens pour se payer un tout nouvel appareil. Maintenant, il pouvait reprendre, il pouvait dépenser de l'argent s'il le souhaitait, mais il n'avait pas encore trouvé le temps pour se consacrer à nouveau à cet art. Entre les cours et le travail, ainsi que son déménagement qui ne saurait tarder, Joshua ne s'ennuyait pas.

— C'est aussi très intéressant, dit-il. Vous faites ça depuis longtemps ?

— J'ai ouvert ma première galerie il y a trois ans, elle était minuscule et j'y accueillais trois artistes à la fois. Des peintres, des photographes, ou même des sculpteurs, sourit-il. Et puis il y a un an, j'ai fait réhabiliter un vieux bâtiment et ma nouvelle galerie a vu le jour. Elle est bien plus grande et nous pouvons désormais y contempler de très grandes œuvres.

Quand Roy parlait de son travail, de ses galeries, une étincelle faisait briller son regard. Il était passionné, il était émerveillé par son activité, et Joshua le trouva encore plus charismatique. Sa froideur semblait s'atténuer, se transformer peu à peu en une chaleur réconfortante. Derrière ce visage qui pouvait se fermer en une fraction de seconde, il y décelait encore cette fragilité intrigante et cette sensibilité sans limite. L'alpha était compliqué à cerner, tantôt souriant, tantôt inexpressif comme si quelque chose de plus profond le rongeait de l'intérieur. Mais s'il décidait de le côtoyer plus souvent à l'avenir, Joshua était certain qu'il finirait par découvrir ce qu'il cachait, et peut-être même serait-il surpris de le voir craquer pour lui lors de leur prochaine soirée.

— Vous aimez votre métier on dirait.

— Je l'adore. J'y mets toute mon énergie depuis que...

Il marqua une pause et son expression passa par une infinie tristesse avant de redevenir joviale. Faussement joviale. Son changement d'humeur aurait pu passer inaperçue, mais l'oméga l'avait ressentie si puissamment que son cœur s'était serré dans sa poitrine. Et le parfum de café qui émanait de l'alpha devint amer, fort et entêtant. La colère, la rancœur, le chagrin. Joshua n'était pas dupe, l'homme était tourmenté.

— Depuis que je me consacre à ma nouvelle galerie, continua-t-il.

Il y avait autre chose derrière cet amour inconditionnel pour le travail, mais puisqu'il ne connaissait pas assez Roy pour lui poser des questions indiscrètes, il préféra acquiescer tout en souriant. Et puis, il restait son client, et Joshua ne cherchait jamais à trop en savoir à leur sujet. Chacun devait rester à sa place, et tout irait bien.

Ils continuèrent de discuter d'art, s'échangeant des avis sur certains artistes peintres, et Roy lui proposa de venir dans sa galerie un jour. Joshua accepta volontiers. Si c'était une occasion de le revoir en dehors de son travail, il n'allait pas s'en priver.

— À propos de la réception à laquelle j'aimerais que tu m'accompagnes, il s'agit d'un dîner avec d'autres galeristes de Manhattan.

— Oh, d'accord. Dois-je faire quelque chose en particulier ?

Roy fronça les sourcils, le regard ailleurs et les lèvres pincées.

— Pas spécialement. Enfin, tant que tu es bien habillé, que tu te comportes correctement... comme tu étais la dernière fois au restaurant à vrai dire, c'était parfait.

Parfait.

Joshua hocha la tête tout en essayant de faire bonne figure, mais son palpitant déjà un peu trop rapide à son goût s'emballa de plus belle. Il n'était pas du tout indifférent à son client, et c'était bien la première fois qu'il éprouvait quelque chose d'aussi intense. Roy le fascinait autant qu'il l'intimidait. C'était un homme dans la trentaine, avec une excellente situation, un physique de rêve et une voix qui transpirait la bonté. À bien y réfléchir, il avait l'air comme tous les hommes qu'il avait déjà pu côtoyer, mais il avait aussi ce petit truc en plus que Joshua ne savait nommer. Ce n'était pas physique, ce n'était pas l'attrait pour sa fortune, c'était purement spirituel. Il y avait une connexion étrange qui le poussait vers lui, qui le poussait à vouloir être près de lui.

Il avait déjà entendu parler d'histoires d'âmes sœurs, ou de coup de foudre entre un alpha et un oméga, mais il n'y avait jamais cru. Pour lui, c'était un mythe qu'on racontait aux enfants pour les faire rêver, pour leur faire croire au grand amour, pour rendre les relations entre ces deux classes plus romantiques alors qu'elles étaient bien souvent abusives et toxiques.

— En fait, plus que faire connaissance, je voulais me rassurer, avoua Roy.

— Vous rassurer ?

Le jeune étudiant pencha la tête sur le côté, en attente de plus d'explications.

— Je te l'ai dit mais je n'ai pas l'habitude de… de faire ça. Je veux dire, aller sur ce genre de site et payer pour être accompagné.

— Oh ! Je vois. Je suis donc vraiment le premier oméga ?

L'homme fit un petit mouvement de tête, puis il attrapa son muffin pour en prendre une maigre bouchée. Joshua l'observait, des tonnes de questions se bousculaient dans son esprit. Pourquoi Roy en était arrivé là ? Pourquoi l'avait-il emmené au restaurant rien qu'à deux lors de leur premier rendez-vous ? Pourquoi avait-il envie de le revoir et d'apprendre à le connaître ? Est-ce que lui aussi avait ressenti cette attraction spéciale lorsqu'ils se trouvaient l'un en face de l'autre ?

— Pourquoi vous êtes-vous tourné vers ce genre de service ?

Joshua était curieux. Il voulait profiter d'une perche tendue pour essayer d'en découvrir davantage sur Roy.

— Hm. Par facilité, je l'avoue. Et aussi pour le paraître.

Réponse légitime. Joshua n'en fut même pas étonné puisque c'était là les principales raisons pour lesquelles les alphas avaient recours à ce genre d'applications de rencontres.

— Je comprends.

— Et toi ?

La question de Roy lui glaça le sang. Il cligna des yeux à plusieurs reprises tout en cherchant à calmer sa respiration rapide. Il ne pouvait pas déballer sa misérable vie, ses problèmes d'argent et sa situation familiale désastreuse. Et même s'il vivait bien mieux en ce moment, il avait honte de son histoire.

— Pour mettre un peu de beurre dans les épinards, dit-il avec une assurance factice.

— J'imagine que pour un étudiant c'est plaisant d'avoir un petit supplément.

Toujours avec le sourire, Joshua valida les dires de l'homme. S'il savait que c'était désormais ce qui lui permettait de vivre décemment, de manger à sa faim et de payer ses suppressants sans craindre constamment de tomber à court… Ce n'était pas le travail le plus difficile, il avait connu bien pire lorsqu'il distribuait des flyers pour une bouchée de pain, et même s'il devait admettre que ce n'était pas toujours amusant de jouer les accessoires, il y trouvait un certain réconfort. Lorsque ses soirées se transformaient en nuits, il obtenait l'attention qui lui manquait dans son quotidien. Même si son ami Asher était présent, il y avait toujours ce vide immense dans son cœur. Il cherchait à combler le manque causé par l'absence de ses parents, et ces alphas faisaient très bien l'affaire. Dans leurs bras, dans leurs draps, il se sentait important, presque aimé.

Dans l'atmosphère agréable du petit café, Roy et Joshua continuèrent à discuter et l'homme lui donna encore quelques petites informations concernant la réception à venir. Ce n'était pas le genre de banquet pompeux auxquels il s'était déjà rendu, mais plutôt une soirée conviviale autour d'un verre où des affaires seraient conclues. Il n'avait pas un rôle important à jouer, il devait être lui-même, naturel et poli. Pas besoin de s'efforcer de passer pour le petit ami de Roy, il l'accompagnait en tout bien tout honneur. Et même si ce point le chiffonnait un peu car il aurait volontiers joué l'amoureux transi, il ne pouvait pas aller contre les demandes de son client. Il espérait juste que l'alpha se montrerait un peu plus tactile et familier avec lui une fois dans l'ambiance, ce ne serait pas pour lui déplaire.

Roy régla la note et ils quittèrent le café pour retrouver l'extérieur glacial et l'épais manteau de neige qui recouvrait le sol.

— Merci d'avoir accepté, dit l'alpha.

— Avec plaisir. C'était agréable.

L'homme ne répondit pas, il se contenta d'un léger rictus timide. Outre le fait qu'il allait être payé pour cette sortie, Joshua avait réellement aimé passer du temps avec lui autour d'un chocolat chaud.

— On se revoit bientôt pour le dîner. Je viendrai te chercher si tu veux.

— Ne vous en faites pas, ça ira.

— Sûr ?

— Certain.

Roy capitula.

— Je te donnerai l'adresse où nous devons nous retrouver. Mais si tu as un souci, si tu changes d'avis, n'hésite pas à me le faire savoir.

Le jeune homme accepta ce compromis et ils se saluèrent avant de se quitter. Mais pour Joshua, cette histoire ne faisait que commencer, car son cœur battait à tout rompre.

CHAPITRE 10

♥ ♥ ♥

Joshua trépignait d'impatience et ne cessait de regarder l'heure sur son téléphone tant il avait hâte de revoir Roy. Cela faisait un peu plus d'une semaine depuis leur rendez-vous au café et chaque jour il n'avait pu s'empêcher de penser à lui. Le parfum de l'alpha était encore dans ses narines, même s'il s'était bien atténué avec le temps. Il ne comprenait pas comment il avait pu garder cette odeur si longtemps imprégnée sur lui alors qu'ils n'avaient eu aucun contact. Il n'était même pas monté dans sa voiture ! C'était bien la première fois qu'une telle situation arrivait, et ça le perturbait. Parce que Roy était son client, et qu'ils ne jouaient pas dans la même cour. Mais il n'y avait pas que cela. L'homme était bien différent de ceux que Joshua avait pu rencontrer depuis son inscription sur l'application de rencontres. Il n'avait pas cherché à aller plus loin avec lui, à prolonger le temps pour quelque chose de plus intime. Et ça, l'oméga avait un peu de mal à l'avaler. Parce qu'il mourait d'envie de goûter à cette expérience avec Roy, pour une raison qui lui échappait. Avec lui, c'était comme un besoin vital. Alors il espérait simplement que cette soirée ne soit que les prémices d'une nuit chaude et agitée.

Installé dans le canapé, les minutes défilèrent et Joshua en profita pour envoyer quelques messages à Asher, juste pour se rassurer et aussi ne pas se liquéfier avant de devoir partir. Il n'avait pas manqué de discuter avec lui au sujet de Roy et de ce qu'il ressentait à son égard, et le jeune homme était formel : un lien spécial était en train de se créer. Même si Joshua avait toujours trouvé que les histoires d'âmes sœurs étaient ridicules et qu'il les pensait fausses, il devait admettre que ce n'était peut-être pas que des légendes. Ce n'était pas question de sentiments, d'amour ou d'admiration, mais d'une connexion profonde et inexplicable. Alors que l'heure des retrouvailles approchait, Joshua sentait son cœur battre la chamade, mêlé d'excitation et d'anxiété. Il se demandait comment Roy réagirait en le revoyant, s'il ressentirait la même intensité au fond de lui, s'il serait souriant ou s'il se montrerait timide et distant.

Il inspira et expira lentement, les yeux clos et la tête basculée en arrière. L'alpha lui plaisait beaucoup. Il lui plaisait tellement qu'il craignait que tout ceci ne mène à rien. Pourtant, il devait se rendre à l'évidence, il n'était qu'un de ses clients. Des hommes, il en avait connus beaucoup depuis quelques semaines, mais lui il voulait vraiment le mettre dans son lit. Ou plutôt entrer dans le sien.

Joshua secoua la tête, conscient que ce genre de pensées ne lui traversait pas souvent l'esprit. Depuis qu'il rencontrait des alphas, il avait bien sûr des désirs plus forts à cause des phéromones en grande quantité mais, là, il avait un besoin irrépressible de coucher avec Roy. Les suppressants avaient beau inhiber une partie de ses envies et annuler ses chaleurs, il ne parvenait pas à lutter contre cette sensation qui grandissait au creux de ses reins, dans son ventre. C'était étrange, mais loin d'être déplaisant.

Joshua se sentait vraiment oméga. Il avait besoin de sentir la chaleur d'un alpha se répandre en lui. De sentir la chaleur et l'extase de Roy le combler.

Il chassa une fois de plus les images qui venaient assaillir ses pensées. Ce n'était pas le moment de divaguer.

Quand l'heure arriva presque, Joshua enfila son manteau et ses gants en cuir, puis attrapa le grand parapluie qui gisait près de la porte d'entrée de son studio. Il n'enfilerait pas de bonnet pour ne pas gâcher la coiffure qu'il avait grandement soignée, mais il devait tout de même se protéger de la neige fondue qui tombait depuis maintenant le début d'après-midi. Il détestait ce temps. Il détestait l'hiver. Il détestait la froideur des rues, le vent glacial qui fouettait son visage et le manque de soleil qui jouait sur son énergie. Il détestait les souvenirs que cette saison faisait renaître en lui. La solitude, la peur, la faim, les longues nuits à grelotter sous sa couverture parce que sa mère n'avait pas été en mesure de payer les factures. Cette période semblait si lointaine maintenant, mais elle s'amusait à le narguer de temps à autre. Il n'oubliait pas ce qu'il avait vécu, car cela lui servait de moteur dans son quotidien.

De cette misère était née une force, et Joshua ne pouvait qu'avancer pour fuir ses vieux démons. Plus jamais. Il se l'était promis.

Parapluie au-dessus de la tête, il quitta la maison et se posta sur le trottoir, en attente de son taxi. Il refusait que Roy vienne le chercher, mais il n'était pas non plus prêt à prendre le bus pour se rendre au point de rendez-vous. Désormais, il avait assez d'argent pour profiter du confort d'une voiture plutôt que des sièges durs des transports en commun. Le véhicule se présenta à peine deux minutes après, cela ne lui avait pas laissé le temps de congeler sur place.

À l'arrière de la berline, il jeta un dernier regard en direction de son logement. Il espérait ne pas y rentrer avant demain et passer la nuit dans un bel hôtel, à boire du Champagne et à s'envoyer en l'air avec Roy. Il avait l'impression de ne penser qu'à ça — ou n'était-ce pas une impression au final ? —, mais l'alpha était toujours dans ses pensées, son parfum de café corsé dans ses narines, et il n'arrivait pas à s'en défaire. Alors il avait terriblement hâte de croiser son regard en sortant du taxi et peut-être que, cette fois, l'homme se montrerait plus ouvert. Après tout, il était sans doute de ceux qui voulaient prendre leur temps, qui aimaient connaître leurs partenaires avant de faire quoi que ce soit de plus intime. À y réfléchir, Joshua trouva cette hypothèse plausible.

Roy Atkins était bien plus posé que tous ses autres clients alphas. À aucun moment il n'était entré dans un quelconque jeu de séduction avec lui. Il restait sérieux, professionnel, et respectueux. Joshua en vint même à se demander s'il avait conscience qu'il pouvait lui proposer de coucher avec lui contre de l'argent. Il était le premier oméga qu'il côtoyait sur l'application, peut-être n'osait-il pas sauter le pas ? Peut-être attendait-il que Joshua se montre entreprenant ? Ce soir, c'était l'occasion. Le jeune homme trouva presque mignon le fait qu'un homme charismatique et riche comme Roy soit en réalité aussi réservé sur ce point. Une chose était sûre : l'alpha devait prendre des suppressants bien puissants pour résister autant.

Quelques minutes s'écoulèrent pendant lesquelles Joshua réfléchit à une tactique d'approche discrète, mais assez claire pour que Roy comprenne ses intentions. Il ne devait pas être trop rentre-dedans, mais il ne pouvait pas non plus se montrer trop détaché au risque de ne pas obtenir ce qu'il voulait. Si l'alpha n'était pas assez franc pour lui faire part de ses envies, ou tout du moins pour les lui faire comprendre, c'était à lui d'aller chercher des réponses.

Quand le taxi s'arrêta près d'une sublime devanture blanche éclairée par des spots et qui ressemblait à s'y méprendre à un immeuble haussmannien en plein cœur de Paris, le palpitant de l'oméga se mit à tambouriner avec force dans sa poitrine. Il paya la course et descendit, rouvrant aussitôt son parapluie pour que la neige ne vienne pas tremper ses cheveux.

D'un pas à la fois pressé et hésitant, il avança jusqu'à l'entrée du bâtiment pour se mettre à l'abri. Le maître d'hôtel l'observa d'un air curieux, presque dédaigneux, avant de lui demander son nom et s'il avait une réservation.

— Non, je… je dois accompagner quelqu'un…

— Je ne peux pas vous laisser entrer ainsi, votre nom s'il vous plaît.

Il déglutit pour se contenir, le ton de l'oméga face à lui lui hérissait les poils.

— Joshua Huang.

L'homme parcourut son carnet avant de secouer la tête de gauche à droite.

— Vous n'êtes pas sur la liste.

— Mais…

— Si vous n'êtes pas sur la liste, c'est que vous n'avez rien à faire ici.

Pendant un instant le jeune homme douta. Peut-être n'était-il pas allé au bon endroit, il avait pu confondre avec un autre lieu. Pourtant, il était certain d'avoir donné au taxi l'adresse que Roy lui avait envoyée. Il s'apprêtait à saisir son portable pour s'assurer qu'il n'avait pas fait d'erreur quand, un peu plus loin dans le grand hall, il aperçut l'alpha. Son visage s'illumina et son cœur loupa un battement tant il était soulagé et rassuré. Il ne s'était pas trompé.

L'homme avança dans sa direction, les yeux dans les yeux. Joshua était incapable de s'en détourner. Son regard était un océan dans lequel il voulait plonger pour ne plus jamais remonter à la surface. À cet instant, il aurait pu se laisser engloutir et s'y noyer.

— Il est avec moi, annonça Roy d'une voix plus rauque qu'à l'accoutumée.

— Toutes mes excuses, monsieur Atkins, je ne l'avais pas vu sur la liste, balbutia-t-il, visiblement embarrassé.

Le maître d'hôtel s'inclina légèrement, un mélange de respect et de surprise passant sur son visage avant de se retirer pour laisser à Joshua la voie libre. Une vague de soulagement submergea le jeune oméga, mais une tension sous-jacente persistait. Il n'avait jamais vu Roy aussi affirmé, presque possessif, et cela lui fit quelque chose. C'était comme si l'alpha avait soudainement décidé de marquer son territoire, de montrer que Joshua lui appartenait en quelque sorte, même si rien n'était encore clairement établi entre eux.

— Ce n'est rien, répondit Roy, d'un ton plus doux. Viens, Joshua.

L'alpha l'invita à avancer à ses côtés. Joshua se laissa guider, le cœur battant, essayant de décoder ce que cette soirée allait devenir. Ce changement d'attitude chez l'alpha le déstabilisait. Était-ce le signe qu'il attendait ? Ce soir serait-il enfin celui où Roy se dévoilerait complètement ?

Ils traversèrent le hall d'entrée, leur démarche résonnant sur le marbre immaculé et une femme vint à leur rencontre pour débarrasser Joshua de son manteau. Après cela, une serveuse les conduisit dans une salle privatisée pour l'occasion. Dès qu'elle poussa la porte coulissante, Joshua fut envahi d'un sentiment de nervosité qui lui hérissa les poils. Il n'y avait pas beaucoup de gens, une vingtaine tout au plus, et la pièce n'était pas très grande.

Aussitôt, tous les regards se braquèrent sur lui. Il fit un petit signe de tête pour saluer tout le monde, une sueur froide courant le long de sa nuque pour continuer dans son dos. C'était étrange comme un si petit comité pouvait le mettre aussi mal à l'aise. Ce n'était pas la première réception à laquelle il se rendait, il avait fréquenté de grands dîners d'affaires, des banquets mondains et des galas de charité prestigieux. Pourtant, à cet instant, il eut l'impression de vivre l'épreuve la plus difficile depuis qu'il accompagnait des alphas. Peut-être car, justement, il n'y avait pas foule. Peut-être parce que c'était impossible de se fondre dans la masse.

Une femme arriva dans sa direction et lui tendit la main, elle était grande, mince, une paire de lunettes rondes sur le bout du nez et des cheveux courts qui lui donnait un air sévère. Elle lui offrit une poignée de main assurée tout en le regardant droit dans les yeux, un mince sourire aux lèvres.

— Bianca Ferroni, dit-elle.

Joshua esquissa un petit rictus maladroit avant de jeter un regard perdu à Roy. Du menton, il lui indiqua de se présenter à elle en retour et le jeune homme déglutit.

— Joshua Huang, enchanté.

— C'est une très grande amie galeriste, spécialisée dans la photographie.

À cet instant, l'oméga comprit à qui il avait affaire, et aussi pourquoi Roy la lui présentait. Et si elle était aussitôt venue à sa rencontre, c'était sans doute parce qu'il lui avait parlé de sa passion. Mais Joshua ne savait pas comment réagir. C'était la première fois qu'il avait une véritable interaction avec quelqu'un d'autre que son client lors d'un dîner.

— Une coupe de Champagne ? lui proposa la femme.

— Oui, merci.

Il accepta volontiers, il avait besoin de boire pour espérer libérer son esprit de cette angoisse qui cherchait à l'engloutir. Roy était un alpha bien étrange, et il ne parvenait pas à le cerner. Il était discret, mais savait écouter et observer. Ça le gênait un peu qu'il le présente à Bianca sans même avoir vu ses clichés, mais ça le touchait aussi. Cela signifiait qu'il s'intéressait réellement à lui et à ce qu'il aimait. Dans ce geste, Joshua y vit une preuve de l'intérêt que l'alpha lui portait, et il espérait que ce soir, il se montrerait plus entreprenant à son sujet. Peut-être pas en public, car il avait bien compris que Roy ne serait pas aussi audacieux, mais une fois qu'ils seraient seuls, ou que la soirée toucherait à sa fin. Il rêvait qu'il l'invite à passer la nuit à l'hôtel, dans ses bras, dans ses draps. Il voulait humer son parfum de café corsé, le laisser envahir son esprit alors qu'il s'abandonnerait dans ses bras forts.

Il inspira pour canaliser ses pensées, conscient que son odeur allait devenir plus forte s'il se laissait emporter de la sorte. Mais c'était sans doute trop tard. Roy eut l'air de s'en rendre compte car il fronça les sourcils et se pencha vers lui.

— Tout va bien ? murmura-t-il à quelques centimètres de son oreille.

Les joues de l'oméga s'empourprèrent violemment à cause de la proximité. Il était déjà fébrile, mais ce fut encore pire à cet instant.

— Oui, je... j'ai juste un peu chaud.

L'homme ne répondit pas, son regard cherchait à l'apaiser. Silencieusement, il le rassurait, mais Joshua craignait d'en être encore plus perturbé. Les deux orbes bleus de son client avaient le don de faire battre son cœur plus vite, plus fort, et il se demandait comment il allait pouvoir finir ce dîner sans encombre alors qu'il n'avait même pas encore commencé. Les personnes présentes parlaient toutes entre elles, même les omégas et les bêtas, comme s'ils se connaissaient depuis toujours. Était-il le seul à avoir été payé pour se trouver là ? Il en avait bien l'impression.

— Alors comme ça, tu aimes la photo ?

Joshua inspira tout en acquiesçant.

— Enfin, ça fait un moment que je n'ai pas touché à un appareil. J'ai eu quelques soucis techniques avec le mien et...

Il marqua une pause, cherchant encore Roy du regard, mais ce dernier venait d'être alpagué par un autre homme. Il était seul face à Bianca, et il devait donc se débrouiller pour ne pas paniquer. Cette femme en imposait, c'était une alpha qu'il sentait extrêmement dominante, et ça l'impressionnait. Pourtant, sa voix était d'une douceur incomparable, et il savait qu'il n'avait pas à s'en méfier. C'était seulement son corps qui se mettait en alerte alors qu'il n'y avait aucun danger à l'horizon.

— Je n'ai pas encore eu l'occasion de le faire réparer.

Elle porta sa coupe de mousseux à ses lèvres avant de sourire.

— Roy m'a parlé de toi, et je suis toujours curieuse de découvrir de nouveaux talents.

Il cligna des yeux à plusieurs reprises. Il n'avait pas vraiment de talent, il avait juste exercé cette passion pour se vider la tête quand tout devenait ingérable dans sa vie, pour échapper à son quotidien en immortalisant celui des autres qu'il voyait à travers l'objectif. Il n'avait pas vraiment de technique, le club de son université lui avait bien appris quelques petites astuces, mais Joshua aimait seulement cette sensation qu'il avait quand il prenait un nouveau cliché. Ces bribes de souvenirs qui faisaient instantanément partie du passé et qui ne reviendraient plus jamais.

— Je n'ai rien à vous présenter et...

Elle posa une main sur son épaule pour l'interrompre.

— Tu as le temps. Je t'offre juste une opportunité de me montrer ce que tu sais faire, si tu en as envie, bien entendu.

Il hocha la tête. C'était vraiment inattendu et il ne se sentait même pas légitime de lui présenter ses travaux un jour. Après tout, il n'était rien. Il n'était personne. Ici, dans cet environnement, il ne faisait que jouer un rôle qui n'était pas le sien. Joshua Huang n'était pas cet oméga propre sur lui et souriant. Il n'était pas ce jeune homme qui côtoyait la haute société. Il était seulement un enfant que ses parents avaient abandonné, livré à lui-même, et qui devait jouer les accessoires pour survivre. À quoi bon s'investir, se faire passer pour ce qu'il n'était pas et tisser des liens ? Il sentait qu'il était différent, étranger à ce monde. Il pouvait bien profiter des alphas et empocher leur argent, il n'était pas grand-chose comparé à tous ceux qui l'entouraient.

Ce soir, plus que jamais, il réalisa que ce masque qu'il enfilait pouvait le détruire. Mais qu'il n'avait pas d'autre choix s'il voulait s'en sortir et avancer. Un jour, il arrêterait d'être le petit oméga souriant et bien obéissant. Mais pour le moment, il devait faire bonne figure.

La femme lui parla de ses affaires, de sa galerie et de son amour pour certains photographes des environs. Elle était passionnée, elle connaissait son sujet sur le bout des doigts et parfois, Joshua était désemparé face à tant de professionnalisme et d'entrain. Bianca était une femme forte, qui devait se montrer intransigeante. Elle devait être le genre de femme à ne pas abandonner, à aller au bout des choses. Plus elle parlait et plus Joshua voyait en elle la figure maternelle dont il avait besoin à cet instant précis. Elle parlait beaucoup d'elle, mais elle s'intéressait aussi à lui.

D'un geste à la fois assuré et tendre, elle lui tapota le bras en lui adressant un sourire qu'il lui rendit.

— N'hésite pas si un jour tu as envie qu'on regarde ça ensemble, dit-elle en lui glissant une carte de visite dans la main. Roy a aussi mes coordonnées si tu es trop timide pour me contacter directement.

Joshua acquiesça et la remercia d'une petite voix. Au même instant, l'alpha revint vers lui, la tête légèrement penchée sur le côté devant son air un peu perdu. Il posa les yeux sur la carte qu'il tenait dans la main.

— Bianca est une femme remarquable.

Le jeune homme retroussa discrètement le nez alors qu'un sentiment désagréable l'envahit. Le compliment de Roy à l'égard de son amie lui avait provoqué un pincement au cœur, et il ne comprenait même pas pour quelle raison il ressentait cela. Roy n'était pas à lui et puis il n'avait rien dit d'indécent. C'était tout simplement une vérité que Joshua avait lui aussi constatée. Alors pourquoi une bouffée de jalousie venait de l'envahir ? Il avala le reste de sa coupe de Champagne avant de la déposer sur une grande table à proximité. Les invités furent conviés à prendre place pour le dîner. Roy passa un bras dans son dos et, sans même le toucher, le guida jusqu'à sa place. Le jeune oméga s'assit et soupira, retrouvant peu à peu ses esprits. Il devait garder en tête qu'il était là pour travailler, pas pour un rendez-vous galant. L'alpha n'était qu'un client. Un client parmi tant d'autres, et il n'avait pas le droit de se l'accaparer comme s'il était sien.

Les plats se succédèrent, les conversations également, même s'il n'y participait pas et qu'il ne faisait qu'écouter avec attention. Il découvrit Roy plus détendu, plus expressif et souriant. Il était dans son élément, à l'aise avec les autres, mais toujours très professionnel et poli. Sa bienséance était une qualité que Joshua appréciait, mais qu'il espérait voir s'envoler après le dîner. S'il l'alpha pouvait lui proposer une nuit agitée où il mettrait sa courtoisie au placard, il ne refuserait pas.

Il frissonna rien que d'y penser et l'homme se tourna pour lui lancer un regard inquiet.

— Tu as froid ?

Joshua secoua négativement la tête ; il avait plutôt horriblement chaud.

— Quelque chose ne va pas ?

Roy semblait ennuyé par le comportement de l'oméga, mais ce dernier n'arrivait pas à se contrôler. Sa présence le rendait fébrile et cela faisait bien longtemps qu'il n'avait pas ressenti cela. Peut-être même jamais.

— Désolé, je…

D'un seul coup, Roy plaqua une main sur son front et toutes les paires d'yeux se figèrent sur eux. Joshua n'en fut que plus rouge de gêne.

— Tu es bouillant, dit l'homme d'un ton préoccupé.

Ça, il le savait déjà, et ça n'allait pas s'arranger si Roy continuait à se comporter ainsi à son égard. Sa gentillesse le rendait tout chose, tout comme son parfum corsé qui lui emplissait les narines. Il contint un nouveau frisson qui menaçait de le secouer et l'homme lui proposa de le raccompagner tout de suite chez lui.

— Ça va aller, merci.

— Tu n'as vraiment pas l'air en forme, murmura-t-il. Je préfère que tu rentres chez toi pour te reposer, je m'en voudrais si ton état s'aggrave.

Joshua tenta de le rassurer une nouvelle fois, mais Roy s'était déjà levé pour s'excuser auprès des convives. Il déglutit, embarrassé de lui faire écourter sa soirée alors qu'il lui avait assuré que tout allait bien. Ils saluèrent les autres personnes présentes, l'oméga submergé par un sentiment de honte sans précédent. Encore une fois, tous les regards s'étaient braqués sur sa personne et il eut envie de disparaître en un claquement de doigts. Pour qui allait-il passer ? Il devait se montrer professionnel et il venait de tout gâcher à cause du désir intense qu'il ressentait pour Roy. Ce dernier l'emmena jusqu'au vestiaire pour récupérer leurs affaires et ils quittèrent les lieux sans un mot.

Une fois à l'extérieur, Joshua s'arrêta.

— Je peux rentrer en taxi, dit-il.

L'alpha le considéra de bas en haut.

— Non, ce n'est pas judicieux.

— Mais vous avez un dîner et…

— Joshua. T'arrive-t-il de te montrer raisonnable et d'accepter l'aide des autres ?

Il déglutit, saisi par son timbre de voix à la fois ferme et bienveillant. Ses paroles montraient à quel point il l'avait parfaitement cerné, à quel point Roy était un homme perspicace et attentif aux moindres détails. Et cela le fit davantage tressaillir. Ce n'était pas souvent que les autres s'inquiétaient à son sujet ou remarquaient quand il n'allait pas bien.

En ce moment, la vie était plutôt clémente avec lui depuis qu'il rencontrait des alphas, mais il se sentait tout particulièrement touché par l'attention de son client. Roy n'était pas comme les autres, et c'était bien pour cela qu'il se sentait si bien en sa présence.

Il ne dit rien, baissant les armes, et l'homme lui indiqua de le suivre jusqu'à sa voiture. La neige avait cessé de tomber mais le froid persistait et le vent s'était levé. Joshua baissa la tête, l'écharpe jusque sur son nez alors que les bourrasques mettaient sa coiffure parfaite sens dessus dessous.

— Entre.

Roy lui ouvrit la portière pour qu'il grimpe dans le véhicule, ce qu'il s'empressa de faire. Le siège en cuir l'enveloppa aussitôt, tout comme le parfum de café qui flottait dans l'habitacle. Il inspira à pleins poumons, se laissant envahir par l'odeur agréable de l'homme qui lui faisait tourner la tête. S'il était déjà bouillant de désir pour lui, il n'en fut que plus fiévreux dans un endroit si petit et clos. Roy se plaça derrière le volant et démarra sans tarder. Il ne redemanda pas l'adresse du jeune homme et ce dernier fut étonné qu'il s'en souvienne. Ou bien l'emmenait-il ailleurs ? Dans un hôtel ou même chez lui ? Joshua frissonna d'anticipation et il sentit sa propre odeur se mêler à celle de son client. C'était agréable, à la fois fort et suave, amer et sucré.

Le trajet se passa en silence, mais dans une tension palpable qui rendait Joshua de plus en plus nerveux. Leurs fragrances mélangées étaient omniprésentes, et il se demanda si Roy ne le remarquait pas ou s'il faisait exprès de ne pas réagir. Mais dans le fond, il savait que c'était impossible qu'il passe à côté. C'était bien trop fort pour l'ignorer.

Il se renfrogna dans son siège, ne sachant pas s'il devait faire ou dire quelque chose pour que l'ambiance soit moins pesante.

— Tu ne te surmènes pas au moins ? lança Roy après quelques minutes interminables.

— Non, c'est juste que… je suis un peu fatigué avec les cours. Rien de grave.

— Hm, tu devrais peut-être prendre un peu plus soin de toi.

— Je prends soin de moi. Mais j'ai beaucoup de choses à penser en ce moment, avec mon déménagement qui approche…

— Tu déménages ?

Roy lui lança un bref coup d'œil avant de se reconcentrer sur la route.

— Oui, il était temps.

— Je comprends.

Il ne fit aucune remarque sur son lieu de vie, mais ces deux mots voulaient tout dire. L'alpha n'était pas dupe, il avait vu dans quel genre d'endroit Joshua vivait et devait bien se douter que ce n'était pas le studio le plus confortable et salubre qui soit.

— Si tu as besoin d'aide pour ton déménagement, ça me ferait plaisir d'être là.

Joshua déglutit, l'odeur de caramel se fit plus intense encore. Il n'était pas contre un petit coup de main, même s'il savait que son ami Asher serait là, il avouait volontiers avoir envie de revoir Roy. Et visiblement, c'était aussi dans les projets de ce dernier. Cette occasion serait un moyen de se rapprocher davantage de lui, il espérait toujours qu'il lui propose une nuit ensemble ou même qu'il lui montre un intérêt particulier, qu'il l'embrasse, qu'il le touche, qu'il l'enlace. Tout son être le désirait, et ça devenait insupportable de l'avoir si proche de lui. Pourtant, l'alpha ne semblait pas prêt à lui sauter dessus. Il se montrait sympathique, mais il y avait toujours une distance étrange entre eux.

— Ce n'est pas de refus.

— Super. Tu n'auras qu'à m'envoyer un message pour me communiquer le jour, je saurai me rendre disponible. Et si tu as un quelconque problème, que tu as besoin de camions ou d'autres bras forts, n'hésite pas. J'ai un ami pas mal baraqué, ça pourrait servir.

Joshua lâcha un rire et accepta sa proposition. Son aide était la bienvenue, et si cela lui permettait de le revoir, il n'allait pas faire la fine bouche.

Quelques minutes silencieuses s'écoulèrent avant que Roy reprenne la parole.

— Tu te sens mieux ?

— Oui, c'est... Ça va, assura l'oméga.

Il vit son client esquisser un mince sourire.

— Ton odeur était tellement forte que je devais m'empêcher d'éternuer, rit l'homme.

Le rouge jusqu'aux oreilles, Joshua cligna des yeux à plusieurs reprises. Il l'avait sentie, il en avait désormais la confirmation. Qu'allait-il penser ? Qu'allait-il en conclure ? Peut-être que cela lui permettrait de comprendre que Joshua était ouvert à bien plus qu'une soirée ou une sortie au café pour faire connaissance.

— Désolé, j'arrivais pas à contrôler.

— Si tu es malade ou fatigué c'est plutôt normal. Et je ne disais pas ça comme un reproche, ne t'en fais pas, j'étais juste inquiet de ton état.

— Vous auriez pu me laisser repartir seul, j'ai gâché votre réception.

— Tu n'as rien gâché du tout.

Une étrange sensation lui retourna l'estomac pour descendre jusque dans son bas-ventre. Ce n'était pas souvent qu'il était aussi bouleversé par la présence d'un alpha, et il ne savait pas comment agir. Devait-il clairement lui faire comprendre ses intentions et ses envies ? Ou attendre patiemment que Roy lui propose plus ? Lui-même était perdu face à toutes ces questions. Le désir de coucher avec l'homme était puissant, mais il y avait aussi autre chose qu'il ne savait nommer. Une attirance plus que physique.

Ils arrivèrent à proximité de la maison et Roy ralentit avant de se garer le long du trottoir.

— Ça va aller ?

Joshua sourit timidement.

— Oui, ne vous inquiétez pas.

— D'accord. S'il y a le moindre souci, tu peux m'appeler, d'accord ?

— Merci, c'est vraiment très gentil. Et je suis encore désolé pour ce soir, je pense que j'ai perdu mes moyens et je n'ai pas réussi à gérer mon stress.

Toujours avec beaucoup de bienveillance, l'alpha l'observa et fit un petit signe de tête.

— Je comprends, tu n'as pas à t'excuser.

— Vous pouvez stopper le rendez-vous sur l'application, comme ça vous ne paierez pas les heures où je ne suis pas resté.

— Je validerai comme si tu étais resté jusqu'au bout.

— Mais…

— Tu as besoin de cet argent, non ?

Joshua déglutit. Il n'en avait pas vraiment besoin avec ce qu'il avait mis de côté, mais il préférait toujours assurer ses arrières. Il avait un budget serré et avec tout ce qu'il avait à avancer comme frais pour son déménagement, il n'était pas contre davantage de revenus.

— Merci encore, dit-il dans un murmure.

Roy lui adressa un autre sourire, empreint de compréhension et de compassion. Il n'avait pas besoin de s'étaler sur sa vie, cet alpha se montrait plus humain que tous ceux qui l'avaient choisi auparavant sur l'application de rencontres. Et outre cette envie d'aller plus loin avec lui, il y avait un tout autre attachement qui se créait.

— On se revoit vite ? demanda Roy.

— Oui, je vous recontacte pour le déménagement.

Ils n'eurent pas besoin de plus que ces mots ou que le regard qu'ils échangèrent pour se comprendre, et Joshua quitta le véhicule. Il serra son écharpe contre son visage, le froid de la nuit mordant sa peau fragile, et il observa la voiture s'en aller. Il allait le revoir et cette fois, il allait tout faire pour que la situation avance.

CHAPITRE 11
♥ ♥ ♥

— Et donc t'es attiré par lui ?

Le ton de Asher sonnait presque accusateur. Joshua roula des yeux avant de soulever un carton dans la cuisine pour le porter jusqu'à proximité de la porte d'entrée de son studio.

— Je t'ai dit que c'était bizarre. Je le trouve vraiment beau, et il est super gentil aussi, mais j'arrive pas à savoir ce que c'est exactement.

Son ami se mit à réfléchir tandis qu'il continuait d'astiquer l'évier pour retirer toutes les taches tenaces de calcaire. Il avait parlé de Roy parce qu'il avait besoin d'un avis extérieur, et personne d'autre que Asher ne pouvait l'aider sur ce coup puisqu'il était le seul qu'il côtoyait en dehors de ses clients. Il lui faisait assez confiance pour lui faire part de ce qu'il avait sur le cœur, de ses doutes et de ses questionnements. Et le jeune homme était en général de bon conseil.

— C'est tes hormones je pense.

Joshua haussa un sourcil en revenant vers son camarade et celui-ci sourit.

— Tu crois que c'est juste ça ? demanda-t-il perplexe.

— Des fois, les phéromones des alphas sont si intenses qu'en tant qu'oméga on perd les pédales, même sous suppressants.

— C'est la première fois que ça m'arrive…

En guise de signe de compassion, Asher lui asséna deux tapes sur le haut du bras.

— Et sûrement pas la dernière. En plus, vu les photos que tu m'as montrées, je comprends que tu aies envie de lui sauter dessus.

L'oméga se mit à rougir sur le champ, une chaleur irradiant jusqu'au bout de ses oreilles. Il se mit à ranger le reste de la vaisselle dans un autre carton pour espérer se changer les idées, mais il n'y avait que Roy qui occupait son esprit. Cela durait depuis des jours et il ne parvenait pas à s'enlever le visage parfait de l'alpha. Même lorsqu'il fermait les yeux pour espérer s'endormir, il était comme imprimé sur ses paupières et cela l'empêchait de trouver le sommeil. C'était comme si Roy avait laissé une trace indélébile dans sa vie sans même l'avoir touché. Pourtant, son odeur était partout et bien tenace. Joshua la sentait constamment, sur ses vêtements, sur sa peau, sur ses cheveux, comme s'il en était imprégné.

Il soupira longuement, toujours aussi perturbé par le parfum de café qui lui titillait les narines. Depuis la réception, il n'avait pas eu de nouvelles de Roy, et il n'avait pas non plus eu le courage de le recontacter. Son déménagement était imminent et il aurait bien besoin d'un homme fort comme lui.

— Je sais pas quoi faire.

Il s'essuya le front d'un revers de la manche avant de s'appuyer dos au plan de travail.

— Dis-lui qu'il te plaît ?

Joshua manqua de s'étouffer avec sa salive. Non, il ne pouvait pas être si direct, ce n'était pas dans sa nature.

— Si tu ne te bouges pas, il risque de te passer sous le nez, lança Asher d'un air innocent.

— C'est pas si simple. C'est mon client.

— Et ? Tu n'as jamais rien fait avec tes clients ?

Cette fois, il détourna le regard. Asher savait qu'il avait déjà couché avec certains clients, il lui en avait parlé, mais qu'il lui renvoie cette information en pleine figure le piquait au vif.

— C'est différent.

— En quoi c'est différent ? Parce que lui il te plaît vraiment et que tu veux pas juste coucher avec lui ?

— J'en sais rien.

Joshua soupira lourdement, la tête baissée et les yeux rivés sur ses pieds. Il se sentait démuni par rapport à Roy, parce qu'il n'arrivait pas à mettre des mots sur ce qu'il ressentait réellement pour lui. En tout cas, c'était agréable.

— Je peux pas flirter avec lui alors que je rencontre d'autres alphas.

Cette fois, Asher esquissa un large sourire tout en lui assénant une pichenette sur le front afin de le faire réagir.

— Aïe ! Tu m'as fait mal !

— Tu as ta réponse.

L'oméga fronça les sourcils et son ami reprit :

— Tu veux pas flirter avec lui parce que tu vois d'autres mecs, ça veut dire que tu envisages plus qu'une simple nuit.

Il ne voulait pas l'admettre, parce qu'il savait que sa vie était encore bien compliquée et qu'il n'y avait pas de place pour quelqu'un d'autre pour l'instant. Et puis, il ne voulait pas se bercer d'illusions. Roy était gentil, il lui plaisait, mais il ne le connaissait pas si bien que ça. Même s'il était attiré par lui, il ne pouvait pas juste tout abandonner sur un coup de tête et se lancer dans une histoire qui pouvait très bien le mener nulle part. Il devait rester raisonnable au risque de souffrir et d'être déçu. Il pouvait revoir l'alpha, mais il devait éviter tout attachement tant qu'il n'était pas certain que ce qu'il ressentait pour lui était réciproque, mais aussi que l'homme en valait vraiment la peine. Combien d'alphas se montraient sous leur meilleur jour pour ensuite se révéler être des pervers manipulateurs ? Ils étaient nombreux, une majorité même. Joshua avait conscience qu'il y avait beaucoup de choses à régler et à prendre en compte avant d'envisager quoi que ce soit avec quelqu'un.

— Bon, on va peut-être finir de tout débarrasser ? lança Asher.

— Je vais l'appeler.

Le jeune homme attrapa son portable posé à proximité et s'éloigna de son ami. Les sonneries se succédèrent avant que Roy ne décroche enfin. Dès qu'il entendit sa voix résonner dans son oreille, tout son corps se crispa.

— Tu vas bien ? demanda l'homme.

— Oui, je… ça va. Je voulais vous parler de mon déménagement, comme vous m'aviez proposé de l'aide, je…

— Oui, je m'en souviens, l'interrompit-il. Et elle est toujours d'actualité bien sûr.

Joshua sourit. Roy ne l'avait pas oublié, et c'était déjà un bon point.

— Tu aurais besoin de moi quand ?

Tout de suite. Son oméga intérieur mourait d'envie de le voir, de le sentir à proximité, d'avoir encore plus d'effluves de son parfum de café corsé.

— Euh, je… ce week-end ? Si c'est possible pour vous, je ne voudrais pas vous imposer un jour si ça ne vous convient pas.

Le rire de Roy sonna comme une douce mélodie, faisant fondre un peu plus Joshua.

— Aucun problème, je t'ai dit que je saurais me rendre disponible.

— D'accord, c'est vraiment gentil.

— Ça me fait plaisir. Je viendrai avec mon ami musclé, pas du genre bodybuilder mais ce sera pratique s'il y a des choses lourdes à soulever. Tu peux m'envoyer un message pour l'heure à laquelle il faut venir ? Comme ça je le noterai directement dans mon agenda.

La conversation ne dura pas beaucoup plus longtemps, car Roy dut y mettre un terme à cause d'une réunion qui allait débuter. Le cœur battant à tout rompre, l'oméga garda son téléphone en main en essayant de retrouver une respiration normale. Mais son odeur s'était décuplée. Pourtant, l'homme ne se trouvait même pas face à lui, il ne l'avait pas vu, il n'avait fait qu'entendre sa voix, mais c'était visiblement suffisant pour le mettre dans tous ses états.

— Ah oui donc t'en es à ce stade ! s'exclama Asher avec amusement.

Joshua leva les yeux au ciel, mais son ami était toujours aussi perspicace. Il devinait tout, et le parfum de caramel plus intense qu'à l'accoutumée devait l'avoir pas mal aiguillé. Ou bien était-ce Joshua qui n'était pas en mesure de cacher ses émotions ? Comment passer à côté de signes aussi évidents ? Il était en train d'embaumer l'air du petit studio.

Le jeune homme se précipita vers la fenêtre pour l'ouvrir et aérer l'espace, même s'il faisait un froid glacial dehors. Les températures presque négatives l'aideraient sûrement à calmer ses ardeurs.

— C'est fou quand même, continua son ami en venant s'installer à ses côtés pour allumer une cigarette.

— Quoi donc ?

— Qu'il te fasse cet effet.

Joshua ne répondit que par un son de gorge. Lui aussi trouvait cela étonnant, et un peu inquiétant. Il ne voulait pas que cette histoire tourne à l'obsession, mais c'était bien parti pour. Et ça le terrifiait. Il ne s'était jamais autant attaché à un alpha alors c'était nouveau et il ne comprenait pas tout. Ce n'était pas de l'amour, il en était certain, mais ce n'était pas non plus seulement sexuel.

— Je sais même pas l'expliquer, soupira-t-il. T'as déjà ressenti ça ?

Asher rit et prit une bouffée de tabac.

— Si tu sais pas l'expliquer, comment veux-tu que je devine ?

— C'est vrai...

— Mais si tu veux, je peux te dire ce qui me passe par la tête quand des alphas me plaisent beaucoup.

Joshua grimaça.

— Je suis pas sûr de vouloir savoir en fait, ça risquerait d'être gênant te connaissant.

Le jeune homme lui donna un coup d'épaule.

— Je vois pas pourquoi tu dis ça.

— Pour le peu que je t'ai vu avec des alphas, tu es affreusement niais.

— Absolument pas ! se défendit-il toujours avec le sourire.

Joshua le fixa, l'air désabusé. Son ami était de nature enjouée et il l'était d'autant plus quand il était en contact avec un alpha qui lui plaisait. Il ne pouvait pas cacher ce qu'il ressentait, cela se lisait sur son visage et c'était peut-être pour cette raison qu'il parvenait plutôt facilement à trouver des partenaires.

— Allez, se résigna Joshua, je veux bien savoir.

À en croire son expression satisfaite, Asher n'attendait que ça de pouvoir discuter de ses relations. Sa cigarette terminée et la fenêtre refermée, ils allèrent s'installer dans le canapé, cela leur ferait une petite pause bien méritée. Ils étaient amis, mais Joshua n'avait jamais cherché à obtenir des détails sur la vie sentimentale de Asher. Il estimait qu'il s'agissait de sa vie privée.

Un verre de soda à la main, les deux omégas entamèrent une discussion à cœur ouvert.

— Ton odeur qui devient plus forte, tes pupilles qui se dilatent, cette envie irrépressible d'être à côté de l'alpha qui te plaît, c'est tout à fait normal. Tu auras beau être sous suppressants, ça reste compliqué de le cacher.

— Tu crois qu'il l'a senti, ou vu ? s'inquiéta Joshua.

Asher fut obligé de rire devant son expression inquiète.

— Ne ris pas !

— C'est un alpha, et à moins qu'il soit totalement insensible aux phéromones, je peux t'assurer qu'il a dû au moins le sentir. Et comme tu n'es pas très discret, je pense qu'il l'a aussi vu.

— Eh merde…

Le jeune homme posa une main sur l'épaule de Joshua.

— Tu sais, c'est pas une mauvaise chose, t'as pas à avoir honte de ce que tu ressens ou des réactions de ton corps.

— Mais j'arrive pas à les comprendre. J'arrive pas à savoir ce que ça signifie.

— Pour moi, de ce que j'en vois, t'es mordu.

— Tu penses ? demanda Joshua, un mélange de doute et de fascination dans la voix.

Asher hocha la tête avec assurance.

— Absolument. Et ça ne veut pas forcément dire que c'est le grand amour, mais au moins, c'est un signe que tu es attiré par lui d'une manière ou d'une autre. Tu ne cesses d'y penser, tu veux sa compagnie… tout ça ce sont des signes assez clairs.

Il se sentait à la fois soulagé d'avoir quelqu'un avec qui partager ses pensées, et encore plus perdu.

Joshua soupira, réalisant qu'il avait peut-être sous-estimé l'impact que Roy avait sur lui. Il se sentait excité et terrifié par cette révélation. Excité parce que cela signifiait qu'il avait trouvé quelqu'un qui suscitait vraiment son intérêt, mais terrifié parce que cela le mettait dans une position de vulnérabilité qu'il détestait. Vulnérable, il l'avait assez été ces dernières années. Mais en même temps, l'alpha le faisait se sentir si bien…

— Mais qu'est-ce que je fais maintenant ? demanda-t-il, se tournant vers son ami pour trouver de nouveaux conseils.

Asher haussa les épaules.

— C'est à toi de décider. Tu peux essayer de passer plus de temps avec lui, de voir s'il y a une connexion plus profonde qui se développe. T'as déjà établi un lien avec lui, et s'il te plaît autant, pourquoi ne pas essayer de le connaître davantage en dehors de tout ça ?

Joshua considéra cette idée. Passer du temps avec Roy en dehors de ses obligations de travail lui procurait à la fois de l'appréhension et de l'enthousiasme.

— Tu as peut-être raison, admit-il finalement. Je vais essayer.

— Ton déménagement sera l'occasion de tenter une approche. Il te tend une perche, à toi de la saisir.

Joshua hocha lentement la tête, la suggestion semblait sensée. Après tout, il avait déjà un prétexte pour passer du temps avec Roy, et il était évident que l'alpha était disposé à l'aider.

— Et puis si ça marche pas, au moins tu auras essayé.

C'était réconfortant de savoir qu'il avait le soutien de son ami. Joshua se sentit un peu plus confiant à l'idée d'aborder Roy d'une manière plus personnelle et intime. Peut-être que cette histoire pourrait aboutir à quelque chose de spécial, ou peut-être que ce ne serait qu'une simple parenthèse dans sa vie. Mais cette deuxième option lui laissait un goût amer dans la bouche, comme s'il était vital pour lui d'avoir l'attention de cet alpha. Dans tous les cas, il était déterminé à ne pas laisser passer cette opportunité sans au moins tenter sa chance.

CHAPITRE 12

♥ ♥ ♥

C'était le grand jour, Joshua allait enfin dire adieu à son studio et il était sûr d'une chose : il n'allait absolument pas lui manquer.

Il terminait quelques derniers cartons avec l'aide de Asher quand son téléphone portable sur le plan de travail de la cuisine se mit à vibrer. Il abandonna ce qu'il était en train de faire pour se précipiter dessus et décrocher sans même regarder de qui il s'agissait. Aujourd'hui, ça ne pouvait être qu'une personne, et cela lui arracha un sourire niais qu'il était incapable de contrôler. Comme il l'avait espéré, la voix de Roy résonna à son oreille et son sourire n'en fit que plus grand encore.

— Je suis devant, je peux entrer ?

Joshua avança jusqu'à la fenêtre qui donnait sur la rue pour l'ouvrir et se pencher légèrement. L'alpha leva la tête et, lorsque leurs regards se croisèrent, il fut envahi d'une chaleur réconfortante. Roy lui avait manqué ces derniers jours.

— Oui, allez-y.

L'homme lui sourit en retour et il raccrocha. Joshua s'éloigna de la fenêtre, le cœur battant à tout rompre comme s'il allait s'extraire de sa poitrine. Il referma pour éviter que le froid ne vienne perturber l'ambiance agréable qui régnait dans la pièce, mais il aurait peut-être dû prendre l'air un peu plus longtemps. Il avait chaud. Terriblement chaud.

— Tu empestes, s'amusa Asher qui déposait des livres sur la table de salon.

— Comment ça ? s'indigna presque Joshua.

Son ami se redressa et lâcha un lourd soupir tout en le fixant avec insistance. Il pinça ses lèvres entre elles et détourna le regard d'un air vexé.

— Il suffit que tu lui parles pour que ton odeur se décuple, c'est impressionnant.

L'oméga rougit, et ce n'était pas une sensation agréable. Il venait encore de se faire prendre la main dans le sac et il en avait plus qu'assez de ne pas réussir à être discret. Roy lui plaisait, c'était un fait, mais il aurait aimé que son corps ne réagisse pas à la moindre stimulation venant de lui. Ce n'était que sa voix, même pas sa présence ou son toucher, il devait apprendre à se contenir. S'il se mettait déjà dans tous ses états sans le voir, qu'allait-il lui arriver une fois que l'homme frapperait à la porte ? Il n'avait pas prévu de se liquéfier aujourd'hui.

Au même instant, des coups retentirent et le jeune homme se figea, droit comme un piquet au beau milieu du studio. Il n'entendait plus que son pouls battre dans ses oreilles, ses mains devinrent moites et sa nuque se tapissa d'une pellicule de sueur.

— Va ouvrir ! le pressa Asher.

Joshua cligna des yeux à plusieurs reprises avant que son ami ne soit obligé de le pousser vers la porte d'entrée. Là, il la déverrouilla d'une main tremblante et l'ouvrit. Dès qu'il se retrouva face à Roy, il eut l'impression que plus rien n'existait. Ses yeux bleus lui donnaient envie de s'y noyer, de plonger et de ne plus jamais remonter à la surface. Il était irrémédiablement attiré par lui. Comme un aimant, il était incapable de lutter.

— Bonjour, lança l'homme pour briser la glace.

Joshua secoua la tête afin de reprendre ses esprits et il le salua en retour. Il l'invita à entrer, non pas sans une certaine honte quant à l'endroit dans lequel il avait vécu, mais il se rassurait car c'était bientôt du passé. Ce pan de sa vie ne serait qu'un mauvais souvenir, un moment dont il se rappellerait en étant fier d'en être finalement sorti.

— Léonardo a garé la camionnette, annonça-t-il en inspectant les lieux. Vous avez bien avancé.

— Oui, ça fait plusieurs jours qu'on range et…

Il déglutit quand il sentit le regard dur de Asher peser sur lui. Ce ne fut qu'après plusieurs secondes à chercher pourquoi son ami avait l'air si mécontent qu'il comprit, il ne l'avait même pas présenté à Roy.

— Roy, voici Asher, mon ami et camarade d'université.

Le jeune homme esquissa un sourire solaire en tendant une main à l'alpha. Ce dernier la lui empoigna avec assurance.

— Enchanté, Asher. Ça me fait plaisir de rencontrer un ami de Joshua.

L'ambiance était on ne peut plus étrange. Les voir côte à côte donnait à Joshua l'impression de présenter son petit ami alors que Roy n'était qu'un client. Mais le fait qu'il soit là, qu'il lui ait proposé son aide pour déménager, ça le confortait dans l'idée qu'il avait ses chances avec lui.

— Je vais regarder si Léo arrive.

L'alpha se dirigea vers la fenêtre. Pendant ce temps, Joshua tentait de réaliser. La situation était assez improbable. Roy avait été son client, un client bien différent des autres d'ailleurs, et c'était ce qui le rendait si spécial à ses yeux. Il n'avait rien essayé avec lui, il ne lui avait pas suggéré de prolonger la soirée alors qu'il aurait largement pu se payer une nuit avec lui. Il ne comprenait toujours pas pourquoi il ne l'avait pas fait alors qu'il semblait démontrer un certain intérêt à son égard. S'il n'avait pas envie de plus, il ne resterait pas en contact avec lui, non ?

Il était présent pour son déménagement, il lui avait proposé son aide et s'était même débrouillé pour louer une camionnette et ramener un ami. Quel alpha avait déjà fait cela pour lui ?

Aucun. Roy était bien le premier homme qu'il connaissait à s'investir autant. Asher le soutenait aussi, il était là pour lui, mais il ne ressentait rien l'un pour l'autre si ce n'était une profonde et sincère amitié.

Le parfum de caramel embaumait le studio et Joshua aurait aimé se faire tout petit. Impossible de ne pas le sentir, c'était bien trop intense pour passer inaperçu.

Doucement, Asher se dirigea vers lui et, du bout des lèvres, lui demanda s'il allait bien. Il ne put que secouer négativement la tête. Il n'arrivait pas à se reprendre et à se canaliser. Il perdait le contrôle sur son oméga intérieur, et il savait que la présence de Roy était la cause de cette agitation. Comprendre ce que l'alpha ressentait pour lui était devenu urgent. Il avait envie de lui, son corps le réclamait et s'il n'avait pas été sous suppressants, il aurait sans doute vécu un enfer. Heureusement qu'il prenait ces pilules pour ne pas avoir ses chaleurs, il aurait pu devenir fou.

— Il arrive !

Roy se permit d'aller accueillir son ami à l'entrée au rez-de-chaussée, laissant Joshua et Asher seuls un instant.

— Mais qu'est-ce qui te prend ? s'inquiéta son ami. Tu sens à des kilomètres à la ronde !

— J'arrive pas à... contrôler.

Il ferma les yeux le plus fort possible et serra les poings, mais rien n'y faisait, son odeur était intense et alourdissait l'air.

— T'es piqué mon vieux !

— Tu crois qu'il l'a senti ? s'inquiéta Joshua. Parce que je l'ai pas vu réagir ou quoi que ce soit.

Asher pouffa de rire et leva les yeux au ciel.

— À mon avis, il sait parfaitement cacher ses émotions, lui.

Il ponctua sa phrase d'un rire, Joshua fit une moue. Ce n'était pas sa faute s'il ne parvenait pas à se retenir. Il n'avait pas autant d'expérience que Roy, ça il en était certain. L'homme semblait plutôt doué pour ne pas trop en dévoiler, ou alors était-il totalement indifférent à ses phéromones ? L'oméga grimaça à cette pensée qui ne lui plaisait pas, mais qui s'avérait être une éventualité. Une éventualité qui lui brisait le cœur.

— C'est par ici !

La voix de Roy l'électrisa une fois de plus et il déglutit quand il revint dans le studio. Aussitôt, ses yeux se posèrent sur l'homme qui l'accompagnait. Il était large, beaucoup plus costaud que lui mais un peu plus petit. Ses cheveux noir de jais tombaient sur son front et lui barraient presque le regard. Il releva la tête et balaya rapidement les lieux avant de se figer sur Asher qui, lui aussi, ne bougeait plus. Un livre à la main, l'oméga resta immobile, la bouche entrouverte. Roy fit les présentations et Joshua perçut tout de suite que, dans la tête de son ami, quelque chose s'était déclenché. Et il trouva cela plutôt amusant.

— Bon, on commence par quoi ? demanda le nouvel arrivant.

Sa voix était rauque.

— Peut-être qu'on pourrait mettre tous les cartons dans le fond de la camionnette, proposa Roy, tu en penses quoi ?

Joshua acquiesça et se tourna vers Asher qui n'avait toujours pas bougé.

— Oui, comme ça on peut d'abord installer les meubles sans être dérangés par les cartons qui trainent partout.

Roy fit un petit signe de tête en guise d'approbation et Léonardo ôta son blouson pour se retrouver en t-shirt. Il était tout aussi noir que ses cheveux et moulait ses biceps et ses pectoraux à la perfection. Joshua crut voir la mâchoire de son ami se décrocher. L'état de Asher l'avait aidé à se détendre, son odeur s'était apaisée, remplacée par celle de coton de son camarade.

— Ça marche, je vais en déposer un maximum dans le camion.

Il se dirigea vers Asher qui, machinalement, eut un mouvement de recul lorsqu'il se baissa pour saisir un carton à ses pieds. Avec beaucoup d'aisance, il le décolla du sol et s'empressa de sortir de l'appartement. Roy secoua la tête, un petit sourire aux lèvres.

— Faites pas attention, il est à fond dans son rôle de déménageur.

Joshua laissa filer un rire, mais son ami restait encore figé, comme si son âme avait quitté son corps. Roy prit un autre carton et disparut à son tour. Il en profita pour rejoindre Asher.

— Ça va ? demanda-t-il tout bas.

— Euh, oui, je crois.

— Un souci avec un certain alpha aux cheveux noirs et aux muscles saillants ?

Il déglutit bruyamment et ne répondit pas. En même temps, il n'y avait rien à ajouter, sa réaction était bien assez parlante.

— Je croyais que tu voyais quelqu'un ?

— Oui, oui mais…

Un lourd silence prit place pendant lequel les deux jeunes hommes restèrent l'un en face de l'autre. Dans les yeux de Asher, Joshua ne parvenait pas à déchiffrer ce qu'il y voyait à part une immense confusion. À croire que son ami ignorait également ce qui était en train de se passer. Depuis l'apparition de Léonardo, il était figé, comme si rester immobile allait le faire miraculeusement disparaître.

— T'es tout rouge en plus.

— Je… et j'ai chaud.

Il se redressa quand les deux hommes revinrent dans le studio pour prendre d'autres cartons. Joshua fut étonné de constater que son camarade s'était aussi vite ressaisi alors qu'il était sur le point de se liquéfier. Il avait de quoi en prendre de la graine, il était bien loin d'être aussi serein quant aux réactions qu'il pouvait avoir au contact de Roy. Même s'il réussissait à ne pas trop s'agiter, il savait que son odeur parlait pour lui. Il se trahissait tout seul et n'avait aucun contrôle sur ça.

***

Après quelques aller-retour, ce fut vers dix-huit heures que tous les meubles furent enfin à leur place. Il restait des cartons à déballer cependant, avec la journée intensive qu'ils avaient déjà eue, personne n'avait envie d'en faire plus. Joshua aurait le temps de tout ranger plus tard.

Léonardo jeta un rapide coup d'œil à sa montre, pris de panique.

— Je vais être en retard ! annonça-t-il.

Asher l'imita, consultant l'heure son téléphone.

— Je vais devoir partir aussi.

Joshua cligna des yeux à plusieurs reprises, un peu étonné de constater que son ami souhaitait si vite s'en aller. Il le considéra avec attention, comme s'il cherchait des réponses dans son regard, et son sourire équivoque lui fit comprendre qu'il n'avait rien de prévu, mais qu'il agissait ainsi pour le laisser seul avec Roy. Encore fallait-il que ce dernier ne se fasse pas la malle comme eux.

— Tu as quelque chose de prévu ? demanda-t-il à Léonardo.

— Je dois déposer la camionnette à temps, et j'ai des papiers à remplir pour lundi.

— Tu sais que ça peut attendre, on n'est pas à un jour près.

— Et toi tu sais que j'aime le travail bien fait, en temps et en heure.

Roy acquiesça dans un soupir.

— Tu ne changeras jamais. Allez, rentre, je me débrouillerai pour prendre un taxi.

En comprenant que Roy comptait rester plus longtemps, le cœur de Joshua se mit à battre plus vite, plus fort. Il aurait simplement pu repartir avec son ami, mais il semblait avoir envie de prolonger la journée. Il jeta un regard à Asher quand Léonardo attrapa les clés du véhicule sur le plan de travail. Lui aussi devait vraiment s'en aller, c'était une occasion en or pour se retrouver seul avec l'alpha qui lui faisait tourner la tête.

Ils se dirigèrent vers l'entrée, Asher suivait Léonardo et une fois sur le pas de la porte, l'homme le fixa.

— Tu veux que je te raccompagne ?

Joshua était spectateur de cette scène, et il fronça les sourcils en attendant avec une certaine impatience la réponse de son ami. Il avait déjà quelqu'un dans sa vie en ce moment, et Joshua était visiblement le seul des deux à s'en souvenir.

— Oh oui, ça m'arrangerait. J'habite pas trop loin, vous n'aurez pas à faire de détour.

— Aucun problème.

L'homme lui rendit son sourire solaire, et l'odeur de Asher n'en fut que plus intense. Léonardo semblait plus réceptif que Roy, ses pupilles s'étaient aussitôt dilatées et son nez retroussé. Il l'avait senti. Et Asher l'avait parfaitement compris, mais il resta souriant et confiant comme à son habitude. Joshua l'enviait parfois, il aurait adoré être comme lui et pouvoir garder son calme et sa contenance plutôt que de devenir nerveux et perdre totalement le contrôle sur son corps. Lui, il était incapable de maîtriser son oméga intérieur, et d'autant plus avec Roy. Quand il se trouvait en sa compagnie, son instinct primait sur le reste. Il devenait le genre d'oméga qu'il ne voulait pas être et ça le faisait rager. Déjà qu'il avait beaucoup de mal à se contenir quand les phéromones d'alphas lui titillaient un peu trop les narines, il avait les hormones en ébullition s'il s'agissait de Roy.

Ils saluèrent Asher et Léonardo, et une fois la porte close, Joshua prit une grande inspiration. Il était chez lui, seul avec l'homme qui lui plaisait. Et il ne savait pas comment se comporter pour ne pas sembler bizarre. Roy était debout dans son salon, et Joshua ne pouvait s'empêcher de remarquer à quel point il était beau, avec sa stature assurée et son aura d'une intensité sans pareille. Ses yeux bleus le faisaient fondre comme neige au soleil, mais il se força à sourire dans l'espoir de masquer l'excitation qui bouillonnait en lui. Ils n'étaient plus que tous les deux. Chez lui. Et c'était sans doute l'occasion de tenter une approche, ou tout du moins de sous-entendre qu'il voulait plus qu'un dîner en tête à tête.

— Vous voulez boire quelque chose ? demanda Joshua en ouvrant le réfrigérateur.

Roy considéra la question un instant avant de laisser filer un rire.

— De l'eau, ne t'en fais pas.

L'oméga regarda les étages vides, tout comme les compartiments de la porte. Il n'avait pas prévu de courses pour les jours à venir et avec son déménagement, il n'avait pas eu que ça à penser.

— Désolé, bredouilla-t-il.

Joshua referma le réfrigérateur avec un léger soupir et servit deux grands verres d'eau. Roy, qui était maintenant installé confortablement sur le canapé, scrutait les alentours avec curiosité. L'oméga prit place près de lui et posa les verres sur la table basse.

— C'est vraiment un bel appartement que tu as trouvé, dit l'alpha.

— Oui, bien mieux que l'autre.

— Ce n'était pas difficile ! rit-il.

Joshua esquissa un petit sourire gêné et baissa la tête.

— Disons que...

Un lourd soupir l'interrompit.

— Avant je n'avais pas trop le choix si je voulais pas me retrouver à la rue.

— Désolé, je n'aurais pas dû en rire. On fait ce qu'on peut, je te l'accorde. Ta situation s'est arrangée et c'est une bonne chose.

Joshua acquiesça et ravala sa salive. Le regard de Roy restait fixé sur lui, comme s'il attendait qu'il se dévoile davantage. La tension dans l'air était presque palpable. L'oméga, mal à l'aise, se gratta la nuque. Il essayait de trouver quelque chose à dire pour briser le silence.

— En fait, ma situation était catastrophique et... ces rencontres avec des alphas, ça m'a vraiment bien aidé.

Son ton était devenu sérieux, et Roy se redressa, prêt à écouter. Joshua hésita un moment, puis se lança.

— Je me suis inscrit sur cette application parce que je n'avais aucune autre solution et j'avais peur de devoir abandonner mes études. Mon père est décédé, ma mère s'est enfuie avec un alpha et je suis resté là, à devoir tout prendre en charge.

Le silence qui suivit était lourd. Roy arqua un sourcil, il ne s'attendait pas à cette révélation.

— Oh... je ne savais pas que c'était si... horrible. Je suis vraiment désolé que tu aies dû subir tout ça.

Joshua baissa une fois de plus les yeux.

— J'ai eu des moments très difficiles et ces rencontres... j'ai fait ça pour survivre. Aujourd'hui ça m'a sauvé, j'ai pu avoir cet appartement et je suis à l'abri pendant encore quelque temps. Mais parfois, ces rencontres ça veut aussi dire...

Joshua avait besoin d'être honnête avec Roy. Il inspira longuement et relâcha tout dans un soupir.

— Faire un peu plus que des dîners.

Roy déglutit, le poids de la confession le frappa comme une vague en pleine tempête. Ses yeux s'agrandirent alors qu'il réalisait l'impact de ces mots. L'oméga sentit son parfum de café jaillir, mais il n'était pas doux, il était fort et âcre.

— Tu veux dire que… tu couches avec des alphas contre de l'argent ?

Joshua leva les yeux pour rencontrer ceux de Roy, et il hocha la tête. Il pouvait discerner l'embarras et la culpabilité dans son expression, et cela l'affectait profondément. Il voulait seulement qu'il comprenne ce qu'il avait enduré et surtout ne rien lui cacher s'il envisageait quelque chose de plus sérieux avec lui.

— Je comprends que ça puisse vous choquer. Mais c'était nécessaire.

— Je me sens terriblement mal d'avoir contribué à ça, tu sais ? Je veux dire, je suis sûr que tu aurais préféré ne pas avoir à faire ce genre de travail.

Joshua haussa les épaules.

— C'est vrai, mais vous n'avez pas à vous sentir coupable. Je fais ce que je peux pour m'en sortir.

Roy se mordit la lèvre, puis prit une profonde inspiration.

— Je ne veux plus faire appel à tes services, ni même rester sur cette application en sachant tout ça. Et toi, il faut vraiment que tu arrêtes avant que ça te détruise.

L'oméga le regarda, un mélange de surprise et de déception dans les yeux.

— Vous pensez vraiment que c'est aussi simple ? Que je peux juste arrêter tout ça comme ça ? Je n'ai pas une voiture ni un appartement de bourge comme vous. Je dois payer mes factures, mon prêt étudiant, acheter de la nourriture, vivre tout simplement.

Le ton de Joshua était empreint d'une frustration palpable. L'alpha semblait peiné, conscient que sa demande était irréaliste, mais aussi totalement légitime.

— Je comprends que ce soit compliqué, mais tu ne peux pas continuer à te faire payer pour... Ça s'appelle de la prostitution, tu es au courant ?

L'oméga fronça les sourcils. Il avait l'impression d'être jugé, et le fait que ce soit par Roy lui brisait le cœur. Il aurait aimé qu'il se montre compréhensif, qu'il le soutienne, juste par des mots. Lui dire de tout arrêter n'allait pas régler ses problèmes d'argent, bien au contraire. Et Joshua n'avait aucune envie d'abandonner ces rencontres pour retrouver un emploi lambda qui ne lui rapporterait jamais autant. C'était peut-être une solution de facilité aux yeux de l'alpha, mais pour lui c'était un moyen sûr de ne manquer de rien, de se mettre à l'abri.

— Appelez ça comme vous voulez, mais c'est grâce à tout ça qu'aujourd'hui j'ai cet appartement, de quoi payer mes suppressants et ma nourriture.

– Je n'en doute pas, mais ça n'en reste pas moins dangereux.

Visiblement, aucun mot de Joshua ne pourrait convaincre l'alpha.

— Je suis profondément désolé mais je ne peux plus continuer dans cette situation, dit Roy en se levant.

Sa voix se brisa, révélant toute l'intensité de sa déception.

Joshua sentit une vague de froid l'envahir, comme si un vent glacial s'était engouffré dans la pièce. Les frissons de malaise le parcoururent, et il se maudit intérieurement. Il aurait voulu se défendre, expliquer, mais chaque mot qui lui venait à l'esprit semblait futile, vide de sens.

— Donc c'est tout ? Vous allez partir ?

L'alpha inspira et acquiesça.

— Malgré tout, si tu rencontres des soucis, je serai là. Car je ne peux pas accepter de laisser quelqu'un dans le besoin. Mais ce que nous faisions, c'est... c'est terminé.

— Très bien.

Roy lui adressa un dernier regard, empli de compassion et de tristesse, puis il s'en alla.

Et Joshua compris qu'il venait de perdre une des personnes à laquelle il s'était le plus attaché.

CHAPITRE 13

♥ ♥ ♥

Joshua avait emménagé dans son nouvel appartement depuis quelques semaines et il ne s'était jamais senti aussi seul.

Assis dans son canapé, face à l'écran noir de la télévision, il restait figé et perdu dans ses pensées. Tout un tas de questions tournoyait dans son esprit et il ressassait sans cesse les mots que Roy avait prononcés avant de partir il y avait de cela un moment. Ça faisait mal de savoir que l'homme ne voulait plus rien avoir à faire avec lui depuis qu'il lui avait expliqué les dessous de son travail. Il pensait qu'il était au courant, mais visiblement non, Roy était tombé des nues quand il lui avait fait comprendre qu'il couchait avec des alphas contre de l'argent et ça avait jeté un froid entre eux. Joshua sentait encore les frissons lui parcourir le corps. Il ferma les yeux un court instant et inspira à pleins poumons. Le temps semblait s'écouler lentement depuis ce jour, à son plus grand désespoir. Il aurait aimé tout arrêter, mais il ne pouvait pas, pas maintenant qu'il avait enfin sorti la tête de l'eau et qu'il n'avait plus à se soucier du lendemain. Pour rien au monde il ne voulait revenir à sa vie d'avant, où il craignait de ne pas avoir assez d'argent.

Là, il était à l'abri, certain de ne jamais manquer de rien. Ce quotidien lui convenait, même si Roy lui manquait.

Joshua secoua la tête. Non, si Roy lui manquait autant alors ça ne pouvait pas lui convenir. Il avait envie de le revoir, c'était indéniable, mais il ne savait pas comment ce serait possible en continuant ce qu'il faisait. Faire un choix n'était pas envisageable car il avait non seulement besoin de cet argent, mais aussi de côtoyer cet alpha qui lui faisait perdre la tête.

Il attrapa son téléphone et ouvrit l'application de rencontres. Cela faisait plusieurs jours que son profil était indisponible car il avait eu besoin de faire une petite pause, mais il voyait l'argent défiler sur son compte bancaire et il craignait de ne pas réussir à maintenir une épargne correcte pour les mois à venir. Il n'avait pas le choix, s'il voulait garder ce train de vie, il devait travailler. Aussitôt eut-il mis à jour ses disponibilités que plusieurs messages lui parvinrent. Il écarquilla les yeux, surpris de constater que les alphas avaient attendu après lui et sautaient sur l'occasion pour lui proposer des rendez-vous.

Il consulta une première requête, un homme d'affaires qui souhaitait sa compagnie pour un dîner chez son patron. Joshua pouffa de rire. Dans le fond, il trouvait ces comportements pathétiques. Il essaya de se rassurer en pensant au fait que Roy était dans la même situation, mais son cœur se serra. Lui, c'était différent. Il n'était pas comme les autres alphas, il était plus attentionné, plus compréhensif. Mais cette pensée ne suffisait pas à apaiser le tumulte qui bouillonnait en lui.

Joshua passa en revue les autres messages, mais aucun ne suscitait son intérêt. Il était las de cette routine, de ces rencontres superficielles qui ne faisaient que souligner sa solitude. Il désirait plus que tout retrouver la connexion spéciale qu'il avait avec Roy. Il souffla et essaya de calmer les battements frénétiques de son cœur. Il se rappela des moments partagés avec l'homme, de sa gentillesse, de sa voix douce et posée, de sa bienveillance et aussi de leurs discussions profondes. Mais Joshua savait que même si Roy lui manquait terriblement, il ne pouvait pas se permettre de revenir en arrière. Pas maintenant qu'il avait un semblant de stabilité dans sa vie.

Il décida de répondre à quelques-unes des propositions qu'il avait reçues. Il avait besoin de cet argent pour assurer son avenir et se sentir en sécurité.

Cependant, il espérait secrètement que quelque part parmi ces rendez-vous arrangés, il trouverait une connexion semblable à celle qu'il avait partagée avec Roy. Une connexion authentique, basée sur bien plus que de simples transactions financières ou une nuit rythmée par des ébats fougueux.

Il refusa la proposition de l'homme d'affaires, il ne le trouvait pas à son goût et maintenant qu'il avait une certaine notoriété, il se permettait de faire la fine bouche. S'il pouvait côtoyer de beaux alphas qui lui plaisaient, il serait bien bête de s'en priver.

Après plusieurs minutes à consulter les différentes demandes, il arrêta son choix sur celle d'un mannequin qui avait besoin de ses services à un dîner avec ses parents. Le jeune homme était de quelques années son aîné et vraiment mignon, avec un sourire charmeur comme il en avait rarement vu. Ça n'allait pas être déplaisant que de passer la soirée avec lui, et plus si affinités. Et puis, ça pouvait être une bonne expérience de rencontrer ses soi-disant beaux-parents. Encore une fois, la situation fit rire Joshua. Arriver à ce stade de désespoir, jusqu'à louer un oméga pour le faire passer pour son compagnon, c'était véritablement ridicule. Mais il allait jouer le jeu, et empocher son argent.

Le rendez-vous validé, Joshua s'empressa de rejoindre la salle de bain afin de se préparer. L'alpha avait des directives très précises quant à sa manière de s'habiller et de se comporter. Il devait être présentable, vêtu d'une tenue élégante mais tout en sobriété. Il devait rester discret, ne pas parler de lui à part si son client le lui demandait et ce dernier avait mis à sa disposition des informations concernant ce faux petit ami qu'il devait jouer. Il devait entrer dans la peau d'un personnage, pas seulement accompagner un alpha. Jouer la comédie ne le dérangeait pas, il le faisait presque toujours lors de ses rendez-vous mais là, c'était un cran au-dessus. Il était prêt à relever ce défi, parce qu'il était plus fort qu'avant et qu'il avait décidé que plus rien ne pourrait l'abattre.

***

La soirée s'était finalement mieux passée qu'il ne l'avait imaginé. Les parents de son client l'avaient adoré alors qu'il n'avait ouvert que trois fois la bouche pour réciter son texte à la perfection. Et l'alpha était ravi de sa prestation.

Dans la voiture du jeune homme, Joshua et lui s'embrassaient à en perdre haleine. Leurs bouches se scellaient dans un échange passionné, puis se séparaient pour mieux se retrouver. Ils tournaient la tête tantôt à droite, tantôt à gauche, et la température dans le véhicule ne faisait qu'augmenter. Bientôt, Joshua glissa les doigts sur le torse de son partenaire, par-dessus sa chemise de laquelle il atteignit le premier bouton pour le défaire. Aussitôt, un puissant parfum de yuzu lui titilla les narines. C'était si fort, si acide, qu'il fronça les sourcils et tenta de se reculer. Mais l'alpha l'attrapa par le col de son pull pour l'attirer à nouveau vers lui et s'emparer de sa bouche avec avidité.

Il se laissa faire, tentant de passer outre l'odeur désormais insupportable qui emplissait l'habitacle de la voiture. L'atmosphère avait changé, la tension était devenue si lourde que l'oméga en avait la gorge nouée et l'estomac douloureux. Les lèvres de son client cherchaient à le dominer, à le faire ployer, comme s'il voulait avoir l'ascendant sur sa personne. Il connaissait les alphas pour aimer se montrer supérieurs à ceux de sa classe mais ce soir, il avait une démonstration de force qu'il était loin d'apprécier. Parmi tous les hommes qu'il avait rencontrés ces derniers temps, celui-ci était bien le plus insistant de tous, et cela ne lui plaisait pas. Il repensa à Roy et à ce qu'il lui avait dit, à l'inquiétude dans son regard et à la peine dans sa voix. Il avait peur pour lui, il ne voulait pas qu'il lui arrive quoi que ce soit.

Joshua se recula à nouveau tout en repoussant l'homme à deux mains. Celui-ci lâcha un râle et essaya de revenir à la charge, mais l'oméga l'en empêcha encore.

— Non, je ne veux pas continuer. Arrêtez, dit-il d'une voix ferme.

L'alpha l'observa un instant, surpris par cette soudaine résistance. Son expression passa de la passion à la confusion, puis à l'agacement. Joshua déglutit. Il se trouvait seul dans une voiture avec un inconnu et pour la première fois depuis qu'il faisait cela, il eut la peur au ventre. Il comprenait pourquoi Roy l'avait mis en garde, il comprenait pourquoi l'homme s'était montré inquiet et même si son attitude prouvait qu'il tenait à lui, ce n'était pas le moment de se réjouir.

— Mais on s'amusait bien, non? Pourquoi arrêter maintenant? demanda-t-il d'une voix mielleuse, essayant de ramener Joshua à lui.

Joshua secoua la tête avec détermination. Il savait qu'il devait rester ferme, même si cela signifiait qu'il pouvait risquer de l'énerver davantage. Dans tous les cas, il était coincé. Si cet alpha ne se calmait pas et ne le laissait pas partir, il était condamné. Il pouvait seulement espérer qu'il retrouve la raison et ne laisse pas ses envies dicter ses actions.

— Je ne suis pas d'humeur.

— Comme si tu ne savais pas à quoi t'attendre en acceptant ce rendez-vous…

— Je n'ai pas accepté de coucher avec vous. J'étais là pour jouer un rôle, pas pour être traité comme un objet à votre disposition. Vous devez respecter mes limites, je veux rentrer chez moi.

L'alpha sembla hésiter, mais finalement, il soupira et redémarra la voiture. Pendant le trajet, un silence oppressant régnait et Joshua ne pouvait s'empêcher de jeter de brefs regards en direction de l'alpha. Il avait peur. Peur de l'avoir mis en colère. Peur de le voir prendre une autre route. Peur qu'il ne l'emmène ailleurs, dans un endroit où personne ne pourrait l'entendre s'il venait à lui faire subir sa frustration. Ses poings se contractèrent sur son pantalon et son cœur loupa un battement. Il sentit un sanglot monter dans sa gorge, mais il se força à le ravaler. Il devait rester calme, concentré, trouver une issue à cette situation.

Finalement, au fil des minutes, le jeune homme reconnut les abords de son quartier et l'adrénaline se mit à couler dans ses veines. Il n'avait jamais autant eu hâte de rentrer chez lui, de s'enfermer à double tour dans son appartement et de s'enfouir sous les couvertures. Mais d'abord, il devait prendre une douche pour se nettoyer de ce toucher désagréable et de cette odeur si forte qu'elle avait fini par lui donner la nausée.

La voiture s'arrêta enfin devant son immeuble. Sans un mot, l'alpha déverrouilla les portières et Joshua sortit en trombe, se précipitant vers la porte d'entrée. Il sentait le soulagement l'envahir lorsqu'il entendit la voiture démarrer et s'éloigner. D'une main tremblante, il composa le code pour accéder au hall et une fois à l'intérieur, il s'autorisa à pleurer. Les dents serrées, les yeux embués de larmes, il ne remarqua même pas un voisin passer à côté de lui et le regarder avec un certain mépris. Il rejoignit l'étage où se trouvait son appartement et, toujours avec autant de difficultés, déverrouilla sa porte. Le parfum de yuzu le suivait, comme si l'homme était toujours à ses côtés. Il ne pouvait s'empêcher d'imaginer ce qu'il aurait pu lui faire, les scènes s'enchaînaient dans son esprit, bien trop réalistes pour qu'il ne puisse les supporter.

Il se précipita dans la salle de bain et se déshabilla entièrement. L'eau était chaude, presque bouillante, mais l'oméga voulait se débarrasser de cette horrible sensation qui imprégnait son corps. Tant pis s'il avait mal, il devait retirer toute trace de l'alpha. Il se savonna à plusieurs reprises, utilisa ses ongles pour gratter sa peau déjà sensibilisée par la chaleur. L'homme n'avait même pas touché son corps, mais il se sentait souillé par ses actes. Car il visualisait un peu trop bien ce qui aurait pu se passer. Il avait échappé de justesse à une situation dangereuse, et il était reconnaissant que les choses ne se soient pas aggravées. Il avait eu de la chance, beaucoup de chance.

Il s'enroula dans son peignoir et s'observa dans le miroir humide. Son visage montrait des signes de fatigue ; cernes, teint pâle, joues creuses. Il ne manquait plus de rien et pourtant, il avait l'impression de dépérir. Roy avait raison, il était en train de se détruire. Il tapa du poing sur la vasque en céramique blanche et grimaça sous la douleur qui irradiait dans son bras. Pendant un moment, il resta là, la respiration saccadée alors qu'il cherchait à calmer ses nerfs. Il attrapa finalement son téléphone et s'assit en tailleur sur le tapis. Il avait besoin de parler à quelqu'un, d'entendre une voix rassurante lui dire que tout irait bien. Au départ, il pensa à Asher. Il était son ami, il pouvait compter sur lui et sur son soutien, et il savait qu'il ne serait pas dans le jugement. Mais dans le fond, ce n'était pas de lui qu'il avait besoin.

Il ferma les yeux un court instant avant de se décider à appeler Roy. Ce dernier lui avait assuré qu'il pouvait le contacter en cas de souci alors même s'il était déjà tard, Joshua n'hésita pas. Après plusieurs sonneries, la voix de l'alpha résonna enfin dans son oreille. Le jeune homme eut l'impression de respirer à nouveau. Il n'était pas près de lui et pourtant, toutes ses craintes s'évaporaient.

— Joshua ? Je ne m'attendais pas à… enfin, tout va bien ?

Il déglutit.

— Oui mais…

Un silence prit place avant que Roy ne se décide à reprendre la parole puisque l'oméga ne le faisait pas.

— Tu en es sûr ?

Joshua ferma les yeux un court instant.

— Pas vraiment en fait.

— Tu veux me raconter ?

De sa main libre, il alla triturer le col de son peignoir. Comment s'exprimer ? Par où commencer ? Roy était prêt à l'écouter mais finalement, était-il prêt à parler ? L'alpha attendit un moment et Joshua se sentit presque coupable de lui téléphoner pour parler de ce qui venait de lui arriver. Il l'avait prévenu après tout. Il soupira et resserra les doigts sur le tissu qu'il avait déjà en main.

— Je n'aurais pas dû vous téléphoner, excusez-moi…

— Non, attends.

La voix de Roy était si apaisante que Joshua ne put s'empêcher de se sentir un peu mieux rien qu'en l'entendant. Il se mordit la lèvre inférieure, hésitant à lui révéler toute la vérité. Mais il savait que s'il voulait se sentir réellement soulagé, il devait partager ses pensées les plus profondes.

— C'était… une mauvaise expérience, commença-t-il. Je ne m'attendais pas à ça, je pensais que ça se passerait différemment. Mais il était… trop insistant, et ça m'a fait peur. J'ai vraiment eu peur.

Sa voix tremblait légèrement et trahissait l'émotion qu'il ressentait encore après cette rencontre désagréable. Mais parler à Roy lui permettait de mettre des mots sur ses maux, de partager sa détresse. Il savait que l'homme était contre les dérives de son travail, mais ce n'était pas contre lui.

— Mon dieu Joshua, je… je suis désolé, dit Roy d'un ton empreint de bienveillance. Est-ce que je peux faire quelque chose pour toi ? Ces rencontres, c'est… bien trop dangereux.

Joshua baissa la tête, honteux de ce qu'il avait failli subir. Il venait d'en prendre réellement conscience ce soir, mais il était toujours tiraillé, pris entre deux feux. D'un côté, il avait besoin de cela pour s'en sortir mais de l'autre il savait que ça ne pouvait pas durer indéfiniment. Un jour, il risquait de tomber sur l'alpha qui le briserait pour de bon. Il n'était déjà pas très solide, moins qu'il ne le pensait, alors il pouvait vite se retrouver plus bas que terre.

— Mais je ne sais pas quoi faire d'autre. J'ai besoin de cet argent, murmura-t-il, la voix tremblante.

Il entendit Roy soupirer de l'autre côté de la ligne.

— Je suis là si tu as besoin d'aide, Joshua. C'est bien pour cela que je t'ai dit que tu pouvais me contacter. Mais s'il te plaît, promets-moi que tu feras attention à toi.

L'oméga sentit les larmes lui monter. Il était reconnaissant que quelqu'un comme Roy se soucie de lui. Malgré leur désaccord sur son travail, l'alpha était présent et l'écoutait, il était prêt à l'aider. Ça représentait beaucoup à ses yeux et, plus qu'une attirance physique, il commençait à ressentir des sentiments.

— Je suis content que tu m'aies téléphoné. Est-ce que tu as besoin de quelque chose ?

— Non, ça va aller, marmonna-t-il. Je ne veux pas vous déranger plus longtemps.

— Tu ne me déranges pas.

— D'accord. Merci.

— Tu es en sécurité ?

— Oui, ne vous inquiétez pas, je suis chez moi.

L'alpha acquiesça d'un son de gorge.

— Repose-toi, et s'il y a quoi que ce soit que je puisse faire, n'hésite pas à m'appeler.

Joshua le remercia encore et ils se saluèrent avant de raccrocher. Il se sentait plus léger maintenant qu'il avait parlé avec Roy. Et même si leur situation ne s'arrangeait pas, que l'homme n'avait pas émis l'envie de le revoir, il était rassuré de savoir qu'il pouvait compter sur lui.

Il finit par se lever du sol de la salle de bain et enfila un pyjama pour ensuite rejoindre sa chambre. Il se glissa dans les draps frais et s'enveloppa dans sa couverture. Calé sur le côté, en position fœtale, Joshua ferma les yeux et ne tarda pas à sombrer.

CHAPITRE 14
♥ ♥ ♥

Joshua avait passé une nuit chaotique. Il s'était tourné et retourné, incapable de trouver la position adéquate. De trop nombreuses pensées le tourmentaient. Dans son esprit se rejouait la scène de la veille, comme un cauchemar qu'il vivait en boucle et il s'était finalement assoupi d'épuisement.

Le réveil fut difficile et la première chose qu'il fit fut de consulter son téléphone. Il avait plusieurs notifications de son application de rencontres, mais aucun message de Roy, et cela lui provoqua un petit pincement au cœur. Il aurait aimé qu'il se manifeste, qu'il lui demande s'il allait bien, juste un petit quelque chose qui lui prouverait qu'il s'inquiétait pour lui. Il laissa tomber son portable sur le côté et soupira lourdement. À quoi s'attendait-il ? L'homme était peut-être là s'il avait besoin, mais il n'allait sans doute pas revenir vers lui de son plein gré. Il avait été on ne peut plus clair : il ne voulait pas le côtoyer s'il continuait à accompagner des alphas mais surtout à coucher avec eux.

Depuis que l'homme lui avait fait part de ses craintes, Joshua se rendait compte qu'il ne prenait plus vraiment de plaisir à faire cela. Et avec ce qui s'était passé hier soir, il était clairement refroidi. Roy avait raison, il ferait mieux d'arrêter et de se trouver un vrai travail. Mais cela signifiait perdre ce qu'il avait obtenu. Il pourrait vivre comme ça un temps avec ce qu'il avait mis de côté, deux ou trois mois, peut-être un peu plus s'il se serrait à nouveau la ceinture. Et puis il pouvait toujours revendre ses vêtements de luxe ou ses bijoux. Dans tous les cas, il ne voulait pas retomber aussi bas qu'il l'avait été. Il pouvait prendre le temps de trouver un boulot qui n'allait pas l'épuiser pour ne gagner qu'un maigre salaire. Son ancien patron lui devait toujours de l'argent et il savait qu'il n'en verrait jamais la couleur, il ne voulait plus revivre ça.

Le froid, la faim, la peur constante de finir à la rue… C'était bien pour cela qu'il avait tant de mal à tout arrêter, même s'il était irrémédiablement attiré par Roy.

Il se leva, les jambes encore chancelantes de la veille et se dirigea dans la salle de bain. Il se doucha à nouveau, comme pour faire disparaître les dernières traces de son altercation avec l'alpha, les dernières notes de yuzu qui imprégnaient ses cheveux et sa peau. Il détestait comment cet homme l'avait fait se sentir, comme une proie, comme un morceau de viande. Inférieur. Tel l'oméga qu'il était. Les mentalités changeaient, mais pas encore assez.

Habillé, Joshua traîna les pieds jusque dans la cuisine où il se prépara un café et il regarda par la fenêtre la ville s'agiter plus bas. Il se sentait mieux dans ce quartier, plus en sécurité, plus serein. Il pouvait étudier en toute tranquillité et il n'avait aucune envie de quitter cet endroit. Il méritait d'avoir un peu de calme et de se reposer de cette vie tumultueuse qu'il avait vécue ces derniers mois. Il essayait encore de faire face au décès de son père, à l'abandon de sa mère, et à tout ce qu'il devait assumer. Il allait s'installer sur le tabouret haut lorsque son téléphone portable sonna. Il s'y précipita, l'adrénaline tordit son estomac quand il lut le nom de Roy sur l'écran. Sans aucune hésitation, il décrocha.

— Je voulais prendre de tes nouvelles.

Joshua ne put réfréner un large sourire. Entendre la voix de l'alpha le remplissait de joie.

— Comment te sens-tu ?

— Je… Ça va.

Oui, ça allait beaucoup mieux désormais.

— Hm, tu as réussi à dormir correctement ?

— Un peu compliqué, je l'avoue, mais ça va.

Un silence s'installa pendant lequel il entendit la respiration régulière de Roy, et cela suffit à lui donner chaud. Il mourait d'envie de le voir, de lui dire qu'il lui manquait et qu'il avait besoin de sa présence, mais il ne pouvait pas. Pour une raison qu'il ignorait, il resta muet comme une carpe, sans doute pris de court par son appel inespéré. Pourquoi lui téléphonait-il ? Par pure inquiétude ? Ou parce qu'il avait quelque chose de précis à lui demander ? Il aurait pu simplement lui envoyer un message pour avoir de ses nouvelles, après tout il ne comptait pas le revoir de si tôt.

— Vous vouliez…

— Te parler, l'interrompit Roy.

Joshua ravala sa salive. Le ton qu'il venait d'employer était à la fois ferme et incertain, il percevait une contrariété en lui.

— Oui ?

— Tu serais disponible aujourd'hui ?

La question de l'alpha le plongea dans un tel état d'euphorie et de panique qu'il en fit tomber sa cuillère sur le sol. Il se baissa pour la ramasser mais elle lui échappa encore des mains, alors il abandonna l'idée.

— Un problème ? demanda Roy d'un ton presque moqueur.

— Non ! s'exclama Joshua en s'asseyant sur un tabouret. Enfin, oui je suis disponible aujourd'hui.

Un petit rire éclata dans l'oreille de l'oméga et son odeur se décupla instantanément. Impossible de s'en empêcher, Roy lui faisait bien trop d'effet et il ne parvenait pas à se contrôler. Son cœur se mit à tambouriner avec force dans sa cage thoracique, son pouls battait dans sa gorge, dans ses tempes, jusqu'au bout de ses doigts.

— Est-ce qu'on pourrait discuter ? On peut se rejoindre dans un café, comme la dernière fois.

La proposition était plus qu'alléchante, mais totalement déconcertante. Joshua le désirait plus que tout et pourtant, il était incapable de prononcer un seul mot. Pourquoi Roy voulait le rencontrer tout à coup ? Avait-il des remords ?

— Si tu ne veux pas, je comprendrai. Je sais que j'avais dit que je préférais ne plus te revoir à cause de ton travail mais…

Il marqua une pause et Joshua l'entendit soupirer.

— J'ai juste besoin qu'on parle plus posément que la dernière fois. Je n'ai pas aimé la manière dont on s'est quittés, ça me travaille depuis tout ce temps et j'aimerais qu'on puisse avoir une vraie conversation, comme deux adultes.

Il fut encore une fois surpris par les paroles pleines de sincérité de Roy. Une partie de lui avait secrètement espéré que l'homme revienne, qu'il lui propose une nouvelle rencontre. Mais l'idée de parler « comme deux adultes » lui semblait à la fois intimidante et rassurante. L'alpha le mettait sur un même pied d'égalité, il n'y avait pas un dominant et un dominé comme dans la plupart de ses rapports, et ça le confortait dans cette idée qu'il s'était faite de Roy : c'était un homme bien. Son estomac se noua d'émotion et d'impatience.

— Oui, je suis d'accord, dit-il en tentant de contrôler sa nervosité.

Roy soupira encore, visiblement soulagé par sa réponse.

— Super. Est-ce que quatorze heures au café de la dernière fois ça te conviendrait ?

— Parfaitement.

— On se rejoint là-bas alors, à quatorze heures.

— À quatorze heures, répéta l'oméga avec un sourire.

La conversation se termina sur ces mots, et Joshua resta là, figé, essayant de comprendre le tourbillon d'émotions qui l'envahissait. Il ne s'attendait pas du tout à ce que Roy veuille le voir de nouveau, encore moins pour avoir une discussion sérieuse. Mais au fond de lui, une lueur d'espoir naissait.

Il passa le reste de la matinée à essayer de se concentrer sur ses cours, mais son esprit était ailleurs, occupé à imaginer toutes les possibilités de cette rencontre à venir. Puis il décida d'aller se préparer. Il voulait être un minimum présentable pour l'alpha qui lui plaisait. Il n'allait pas en faire trop, nul besoin de se mettre sur son trente et un. Il prit soin de coiffer ses cheveux noirs comme il en avait l'habitude, ses mèches tombant de chaque côté de son front et qui lui cachaient légèrement les yeux. Il enfila un col roulé qu'il rentra dans un pantalon gris qui mettait en valeur ses jambes fuselées. Il avait appris à assembler les pièces de sa garde-robe les unes avec les autres et à mettre en lumière sa silhouette longiligne qu'il n'aimait pas forcément. Pour un oméga, il était plus grand que la moyenne, bien qu'il fût fin et peu musclé comme le prédisposait sa classe.

Finalement, le moment arriva, et Joshua se dirigea vers le café, non pas sans une nervosité palpable. Engoncé dans son blouson, il poussa la porte et fut aussitôt enveloppé par une chaleur réconfortante et une douce odeur de chocolat. Tout en avançant, il replaça correctement ses mèches noires sur son front et balaya la salle des yeux. En quelques secondes, il repéra l'alpha qui l'attendait à une table à côté d'un mur recouvert de fausses fleurs roses et blanches. Il le fixait en retour, et ce fut comme si le monde s'était arrêté de tourner.

Le cœur de Joshua se mit à battre plus fort et sa respiration s'accéléra. Ses deux orbes d'un bleu céruléen le transperçaient avec tant de puissance qu'il était cloué sur place. Ses cheveux blonds, légèrement ondulés aujourd'hui, lui donnaient un air plus candide, moins dur. Et Joshua le trouva encore plus beau, encore plus attirant, si bien que le parfum de caramel qui émanait de lui se décupla bien trop à son goût et le ramena à l'instant présent. L'homme se leva, comme s'il avait deviné son trouble — ou était-ce son odeur qui l'avait trahi ? Il lui adressa un petit signe de la main et l'invita à le rejoindre. Tel le gentleman qu'il avait toujours été avec lui, il s'approcha pour lui ôter son blouson et tira sa chaise pour qu'il y prenne place. Joshua se laissait porter par ce moment idyllique, le palpitant toujours un peu plus fou et empli d'une joie qui ne faisait que gonfler au fil des secondes.

— Tu veux boire et manger quelque chose ? lui proposa Roy une fois qu'il fut bien installé.

Joshua cligna des yeux à plusieurs reprises avant de consulter la carte devant lui.

— Un latte macchiato, merci.

Roy fit un petit signe de tête et tourna les talons pour se rendre au comptoir. Pendant qu'il commandait, l'oméga l'observa encore. Sa silhouette imposante faisait naître au creux de son ventre un désir si ardent qu'il fut obligé de comprimer son estomac à l'aide de son avant-bras. Il le désirait. Il ne l'expliquait pas mais il voulait Roy plus que tout au monde. Son oméga intérieur le réclamait. Et le fait qu'il lui ait demandé de le rejoindre cet après-midi dans ce café le rendait encore plus fébrile, encore plus accro. Peut-être avait-il changé d'avis ? Peut-être voulait-il lui annoncer qu'il avait encore envie de le voir et de passer du temps en sa compagnie ?

Après quelques minutes Roy revint avec deux boissons qu'il déposa sur la table avant de prendre place face à Joshua. D'une petite voix, il le remercia et baissa les yeux sur son latte macchiato. Il renifla plusieurs fois, un parfum de vanille assez prononcé s'était insinué dans ses narines et il était persuadé que cela ne venait pas du grand mug devant lui. Il releva la tête tout en mélangeant machinalement sa boisson et essaya de capter d'où venait l'odeur.

— Qu'est-ce que vous avez pris ? demanda-t-il à Roy.

— Juste un café.

Il esquissa un petit sourire, le parfum venait d'ailleurs. Peut-être que l'alpha avait été en contact avec un autre oméga qui sentait la vanille ? À cette pensée, le cœur de Joshua se serra et il imagina le pire. S'il l'avait fait venir aujourd'hui, c'était sans doute pour lui annoncer qu'ils ne se verraient plus car il avait quelqu'un dans sa vie. Mais pourquoi s'embêtait-il à lui téléphoner et à le faire venir dans un café ? Il aurait pu mettre un terme à tout ça sans rien dire, parce qu'il ne lui devait rien, il n'avait été que son client après tout.

— Tu es encore un peu secoué à cause d'hier ?

Joshua déglutit. Il fallait qu'il sache, et vite.

— Vous allez m'annoncer que vous ne voulez plus jamais qu'on se voie ?

Roy eut un mouvement de recul, les yeux écarquillés. L'attente d'une réponse sembla interminable, si bien que Joshua pensa à se lever pour s'en aller sans même avoir davantage d'explications. Mais le petit rire de Roy le surprit. L'homme secoua la tête et croisa les bras, le regard planté dans celui de son vis-à-vis.

— Ce n'était pas question de ça, dit-il d'une voix douce.

— Alors pourquoi ?

L'alpha sourit.

— Je voulais prendre de tes nouvelles, par rapport à hier.

— Vous m'avez appelé, c'était suffisant, non ?

— Je voulais te voir.

Le cœur de Joshua loupa un battement face à la sincérité de Roy. Il avait cette capacité à le faire fondre, à lui offrir une confiance qu'il ne pensait pas possible. Joshua sentait que tout son être s'emballait, porté par un mélange d'émotions indescriptibles. Il voulait vivre une histoire avec Roy, mais tout semblait si compliqué avec son travail. L'homme n'était pas prêt à lui offrir ce qu'il désirait, et il pouvait parfaitement le comprendre. Cet alpha était différent, et c'était sans doute pour cette raison qu'il était attiré par lui.

La tension dans l'air était palpable alors qu'ils se regardaient intensément, chacun tentait de décrypter les émotions de l'autre. Pour Joshua, chaque seconde qui s'écoulait était comme une éternité, oscillant entre l'espoir et la crainte. Il avait peur de se livrer complètement, de s'ouvrir sur ce qu'il ressentait et d'être blessé. Mais si Roy avait souhaité le voir et lui parler, alors il devait tout d'abord lui donner l'occasion de s'exprimer.

— Pourquoi vouliez-vous me voir ?

— Je voulais m'assurer que tu allais bien, mais aussi pour clarifier certaines choses entre nous.

Joshua prit une gorgée de son latte. Il sentait encore ce parfum de vanille le titiller et il grimaça.

— Qu'y a-t-il ? s'inquiéta l'alpha.

— Rien, c'est… une odeur qui ne me plaît pas.

— La vanille, c'est ça ?

Il fit une nouvelle grimace et Roy pouffa de rire.

— C'est parce que j'ai emmené Ani chez le toiletteur.

— Ani ? répéta l'oméga.

— Ma chatte, c'est une angora et disons que je n'ai pas assez de patience pour m'occuper de son bain.

Alors c'était simplement ça ? Roy avait un animal de compagnie et il s'agissait de son odeur qu'il sentait sur lui. Il se trouva bien ridicule d'avoir tout de suite imaginé qu'il avait quelqu'un dans sa vie. L'explication simple et innocente le soulagea. Il se rendait compte d'à quel point il avait laissé son imagination lui jouer des tours. Cette révélation lui permit de se détendre un peu plus et de se concentrer sur la conversation qu'ils devaient avoir.

— Désolé si ça t'a dérangé. Je peux comprendre que ce soit un peu perturbant.

Joshua secoua la tête.

— Non, ce n'est pas grave. C'est juste que... je me suis fait des idées, marmonna-t-il, honteux.

Roy acquiesça avec compréhension.

— Ça arrive à tout le monde, ne t'en fais pas. Mais revenons à ce que je voulais te dire.

Le ton de Roy se fit plus sérieux, et l'oméga se concentra pour écouter attentivement. Il avait le cœur sens dessus dessous, une appréhension incommensurable qui lui retournait l'estomac.

— La dernière fois, après ton déménagement, j'ai été un peu brutal dans mes paroles. En fait, j'ai pris peur. Quand tu m'as avoué ce qu'il t'arrivait de faire avec certains de tes clients, je m'en suis beaucoup voulu de contribuer à tout ça, et je pense que j'ai eu peur de l'image que je pouvais aussi dégager parce que je ne veux pas être assimilé à ces alphas qui ont profité de ta situation.

— Ils n'ont pas profité de moi, c'est même plutôt l'inverse...

— En es-tu bien sûr ?

La question l'amena à réfléchir. Mais il admettait que dans un sens, Roy avait raison. Les alphas avec qui il avait couché avaient juste pu obtenir ce qu'il désirait, moyennant finance. S'il n'avait pas été dans une situation aussi catastrophique, il n'aurait jamais vendu son corps de la sorte. Sa condition d'oméga pouvait être une arme comme un boulet dans cette société. Il se sentait déchiré entre la nécessité de subvenir à ses besoins et son désir de ne pas être réduit à un objet sexuel. Dans le fond, il savait qu'il ne voulait plus continuer ainsi, que ces rencontres ne menaient à rien et ne lui apporteraient pas le bonheur, bien qu'elles puissent lui garantir la sécurité financière. Mais comment tout arrêter ? Comment accepter de retomber après avoir enfin sorti la tête de l'eau ? Il n'avait personne sur qui compter, et il ne pouvait pas demander à Asher de lui venir en aide, ce n'était pas son rôle.

— Je ne sais pas comment faire, bredouilla-t-il. Je suis complètement perdu et…

— Je peux t'aider, si tu veux bien sûr.

Roy lui offrit un regard doux et plein de compassion. Cet homme était une perle rare, qui agissait avec lui comme aucun autre ne l'avait fait. Il avait pourtant rencontré bon nombre d'alphas et aucun d'entre eux n'avait proposé de l'aider. Ça le touchait, même s'il se demandait encore ce que cela lui coûterait d'accepter. Mais étrangement, il se fichait du prix à payer, car Roy lui plaisait et qu'il aurait tout donné pour continuer à le voir.

— Que me proposez-vous ?

— Que tu te désinscrives de cette application et que je subvienne à tes besoins jusqu'à ce que tu sois en mesure de t'assumer pleinement.

Joshua baissa les yeux. D'un côté, il était touché par la sollicitude de Roy, mais d'un autre, il se sentait gêné et dépendant.

— Et en échange, qu'est-ce que je dois faire ?

— Rien.

— Rien ? Mais vous… vous n'allez pas m'entretenir et ne rien recevoir ? Je ne veux pas être un fardeau pour vous et puis, pourquoi vous feriez ça ? Je ne suis personne à vos yeux.

Roy l'interpella et il releva la tête, son regard plongeant aussitôt dans le sien.

— Tu sais, ce n'est pas parce qu'aujourd'hui j'ai une belle voiture et un appartement de bourge que j'ignore ce que c'est que d'être dans la misère.

L'oméga se renfrogna, embarrassé par le fait que Roy reprenne les paroles qu'il avait prononcées le soir où il lui avait dévoilé la vérité derrière son travail. Il s'en voulait aussi de l'avoir jugé sans le connaître car il ignorait tout de son passé, et sa situation actuelle ne signifiait pas qu'il était né avec une cuillère en argent dans la bouche.

— Je suis désolé, je vous ai mal jugé.
— Je t'ai mal jugé aussi, alors on est quitte, non ?

Joshua sourit et hocha la tête. Ils avaient tous les deux leurs torts dans cette histoire et c'était sans doute le moment de faire table rase sur tout ça.

— Je suis passé par des moments difficiles moi aussi, avoua Roy, et si je peux t'aider à sortir de cette situation, alors c'est ce que je ferai. Tu es quelqu'un qui mérite d'être soutenu et aidé. Et si tu acceptes, ce ne sera pas un fardeau pour moi, tu n'as pas à t'inquiéter de ça. Ce sera une façon pour moi de redonner un peu de ce que j'ai reçu.

L'oméga acquiesça, reconnaissant que sa route ait croisé celle de Roy, même si cela avait dû passer par des instants de souffrance et de galère. Il avait un peu de mal à réaliser que cet homme avait pu un jour rencontrer des difficultés dans sa vie, il avait l'air d'être stable, il était fortuné et ne manquait de rien, mais il avait comme tout le monde son lot de casseroles qu'il traînait derrière lui. Cependant, une question persistait et il mourait d'envie de la poser. Il inspira à pleins poumons et expira lentement pour se donner du courage.

— Est-ce que…

Il marqua une pause et se mordit la lèvre. Ce n'était pas si simple et il avait peur que la réponse ne lui plaise pas.

— Je t'en prie, l'encourage Roy.
— Pour quelle raison ? Seulement parce que vous avez pitié et que vous voulez faire une bonne action ?

L'alpha se redressa et pencha légèrement la tête sur le côté, Joshua perçut son trouble bien qu'il tentait de le dissimuler.

— Je n'ai pas pitié de toi, je compatis, dit-il. C'est différent.

— Vous êtes un Bon Samaritain alors ?

— Si tu veux.

— C'est parce que je vous plais ?

Cette fois, Roy manqua de s'étouffer avec son café. L'oméga resta fixé sur lui, attendant une réponse honnête de sa part même s'il savait qu'il tenterait de changer de conversation.

— Je ne fais pas ça par intérêt, lança-t-il après avoir repris contenance.

— Ce n'était pas ma question.

Il l'avait déstabilisé, mais il comprenait bien que l'homme ne serait pas aussi facile à percer à jour. Il restait secret sur ses émotions, mais Joshua n'avait pas dit son dernier mot. Il espérait bien que tôt ou tard, Roy s'ouvrirait un peu plus et lui montrerait un tout autre intérêt. Si ce n'était pas aujourd'hui, ce serait demain, ou dans une semaine, ou même dans un mois ou deux. Il y travaillerait, parce qu'il savait que son attention n'était pas anodine. Il avait été le premier et seul oméga qu'il avait contacté sur l'application de rencontres, il l'avait invité dans ce même café pour apprendre à le connaître, et puis il s'était inquiété pour lui. Désormais, il demandait qu'il cesse son travail en échange de quoi il l'aiderait à maintenir la tête hors de l'eau. Si ce n'était pas une preuve d'une quelconque attirance à son égard... Et parce que Joshua avait envie de creuser davantage et espérait que quelque chose se passe entre eux, il n'aurait jamais refusé sa proposition.

— J'accepte, dit-il.

Roy fronça les sourcils. Sans doute était-il surpris qu'il ne tente pas une nouvelle approche concernant ce qu'il ressentait pour lui.

— Tu me promets que tu ne côtoieras plus d'alphas que tu ne connais pas contre de l'argent ?

— Oui, je vous le promets.

Pour prouver sa bonne foi, Joshua sortit son téléphone et se rendit sur l'application de rencontres. Devant Roy, il supprima son compte, fermant définitivement cette parenthèse qui lui avait permis de s'en sortir, mais qui avait aussi laissé d'autres séquelles dont il peinerait à se débarrasser aussi simplement que son profil.

— Tu as pris la bonne décision, je suis fier de toi.

Joshua lui adressa un sourire et son parfum de caramel envahit l'espace en une fraction de seconde.

CHAPITRE 15

Quelques jours s'étaient écoulés depuis que Joshua avait rencontré Roy au café et qu'il avait accepté sa proposition. Ils s'étaient échangé quelques messages, l'alpha lui avait demandé de quoi il avait besoin pour le mois à venir mais pour le moment, il se sentait un peu gêné de lui réclamer quoi que ce soit. Il avait pas mal d'économies pour appréhender les prochaines semaines sans souci alors même si Roy avait dit qu'il subviendrait à ses besoins le temps qu'il ait une situation stable, Joshua n'arrivait pas à seulement profiter de ce qu'il pouvait lui offrir. Pourtant, il avait très envie de le revoir, de passer du temps en sa compagnie et d'apprendre à le connaître. Il voulait aussi continuer à tenter de lui faire comprendre qu'il lui plaisait, énormément, et qu'il n'était pas contre une relation avec lui, mais l'homme n'avait jamais été très réceptif à ses signaux. C'était un poil frustrant.

Pour la première fois depuis longtemps, Joshua trouvait un alpha qui l'attirait et qui semblait véritablement bienveillant, mais il n'arrivait pas à l'atteindre. Roy était comme hermétique à ses tentatives de séduction, elles n'étaient peut-être pas assez claires.

— Alors, quand est-ce que tu m'invites à ton appart ?

Joshua cligna des yeux à plusieurs reprises, le menton logé dans le creux de sa main. Asher l'observait curieusement.

— Tu m'écoutes quand je te parle ?

Il secoua la tête pour se reprendre. Il était tellement perdu dans ses réflexions qu'il était incapable de répéter ce qu'il venait de lui dire.

— Désolé, je suis dans la lune.

— J'avais remarqué, dit son ami. Ça fait plusieurs jours que t'es pas trop présent, il s'est passé un truc ?

L'inquiétude dans son regard et dans sa voix le toucha en plein cœur. Asher était un jeune homme adorable, qui se souciait vraiment de lui et parfois il omettait juste de lui parler de ce qui le tracassait. Peut-être par peur de le déranger. Il avait déjà fait beaucoup pour lui, et il n'avait pas envie de se plaindre outre mesure. Il ne lui avait pas expliqué ce qui s'était passé avec un de ses clients ni de la proposition de Roy. Il était encore dans une phase où il devait analyser, comprendre et réaliser que tout était bien réel.

Joshua lâcha un soupir et s'affala sur sa table, la tête entre ses bras croisés.

— Oui, on va dire ça.
— Tu veux en parler ?

Il acquiesça et Asher se rapprocha de lui. Après quelques secondes, il décida de se redresser et jeta un coup d'œil aux alentours, comme pour s'assurer que personne ne se trouvait à proximité pour écouter leur conversation.

— J'ai supprimé l'application pour rencontrer des alphas, avoua-t-il.

Son ami sembla surpris par sa démarche et il voulut tout de suite en savoir davantage. Joshua déglutit, conscient qu'il lui devait la vérité sur les raisons qui l'avaient poussé à le faire. Au départ, il avait hésité par peur que Asher ne s'en veuille. C'était lui qui lui avait proposé cette alternative pour gagner de l'argent et connaissant son tempérament, il était fort probable qu'il se mette à culpabiliser pour ce qui lui était arrivé. Mais ce n'était pas sa faute. Joshua avait fait ses propres choix, il avait pris ses propres décisions et avait conscience qu'il n'aurait pas dû être aveuglé par l'argent au point de tout accepter.

— J'ai eu une mauvaise expérience avec un type, souffla-t-il.

Il grimaça, les souvenirs de cette soirée étaient encore très présents en lui et il avait même parfois l'impression de sentir encore le yuzu.

— Une… mauvaise expérience ?

Il hocha la tête et déglutit. Il avait déjà compris que son ami se sentait mal par rapport à cela.

— T'en veux pas, lui dit-il, c'est pas parce que tu m'as conseillé cette appli que tu dois t'en vouloir de ce qui m'est arrivé.

— Attends, c'est pas trop grave j'espère ?

— Non, d'accord ? Le gars a juste pas trop apprécié que je le repousse et j'ai eu peur, mais il m'a raccompagné chez moi et ça s'est arrêté là.

Asher posa une main au niveau de son cœur et laissa filer un lourd soupir en s'adossant à sa chaise. Joshua lui déclara un petit sourire qui se voulait rassurant, mais son ami semblait tout de même perturbé.

— Pourquoi tu m'en as pas parlé avant ?

— Parce que je voulais pas t'embêter. Et qu'il n'y a pas eu que ça ces derniers jours.

— Tu m'aurais pas embêté ! Je suis ton ami, j'aurais pu venir te soutenir si tu te sentais mal.

— J'ai téléphoné à Roy.

Cette fois, Asher se figea.

— Quoi ? Roy ? Roy, Roy ? Le Roy ?

Joshua rit.

— Oui, Roy.

— Oh… mais vous vous étiez pas un peu disputés ?

— Si, mais il avait dit que je pouvais l'appeler si j'avais besoin. Et j'avais besoin, tu sais…

— D'un alpha comme lui, termina Asher.

Il y eut un silence pendant lequel les deux amis se fixèrent, l'un surpris, l'autre satisfait d'avoir compris le fin fond de sa pensée. C'était exactement ça. Il avait eu besoin d'un alpha comme Roy, qui pouvait se montrer disponible, qui savait trouver les mots justes et qui était capable de le soutenir, de le protéger. Et pour le moment, il tenait ce rôle à la perfection. C'était peut-être pour cette raison qu'il craquait autant pour lui, parce qu'il renvoyait une image sécurisante, il représentait la stabilité, chose qu'il n'avait plus dans sa vie depuis un bon moment désormais. Et c'était nécessaire qu'il la retrouve pour aller de l'avant. Il savait que Roy pouvait lui en apporter, plus que quiconque, et il avait bien fait d'accepter sa proposition. Grâce à lui, il pourrait vraiment se reposer sans se soucier du lendemain, sans craindre qu'une tuile lui tombe sur le coin de la tête.

— Je pense que c'est un homme pour toi.

Joshua s'étouffa avec sa salive.

— Mais qu'est-ce que tu racontes ?

— T'as besoin de ce genre de personne dans ta vie. Et je crois que c'est pour ça qu'il te plaît, que ton oméga intérieur le désire si fort.

La perspicacité de Asher faisait peur à voir. Joshua en avait assez qu'on lise en lui comme dans un livre ouvert, et si son ami était réceptif à ces choses-là, alors Roy devait l'être également. Ce n'était pas forcément un problème, au moins l'homme savait à quoi s'en tenir.

Roy était gentil et attentionné, il ne pouvait le nier, mais il ne le connaissait pas encore suffisamment pour s'être attaché à sa personnalité. Il se renfrogna alors que son parfum de caramel se manifestait encore plus intensément.

— Le truc c'est que… je suis pas sûr de l'intéresser. Il a pas l'air réceptif à mes phéromones.

— Il a pas l'air, ça ne veut pas dire qu'il ne l'est pas.

— Si c'est ça, il le cache très bien.

Asher hocha la tête.

— Ça, c'est l'expérience.

Un frisson parcourut le corps de Joshua. Oui, Roy était un alpha expérimenté, il n'en avait aucun doute. Et c'était une part de cette expérience qui le rendait fascinant. Il semblait sûr de lui, c'était un homme accompli qui s'épanouissait dans son travail et qui savait ce qu'il voulait. Joshua l'admirait car il rêvait de devenir ce genre de personne un jour. Ce n'était pas sa condition d'alpha qu'il enviait — de manière saine —, mais plutôt sa réussite, sa personnalité et son charisme. En tant qu'oméga, il peinerait à obtenir tout cela, ou il l'aurait à la sueur de son front, mais il avait vraiment envie d'y arriver. Quand il voyait Roy, il voyait ce qu'il voulait être. Désormais, il savait qu'il était lui aussi passé par des moments difficiles et même s'il ignorait de quoi il s'agissait, il se sentait d'autant plus proche de lui.

— Et comment je m'y prends pour savoir ce qu'il pense de moi ?

— Déjà, réfléchis un peu.

Joshua fronça les sourcils et son ami se pencha pour lui offrir une pichenette sur le front. Il laissa filer un cri de douleur.

— S'il ne te portait pas un minimum d'intérêt, il n'aurait pas gardé contact avec toi.

Cette fois, il déglutit. Il n'avait toujours pas expliqué à Asher le marché qu'ils avaient conclu, et le jeune homme lui dirait sans doute qu'il était bien la preuve que Roy n'était pas indifférent. Il inspira à pleins poumons et proposa qu'ils se lèvent pour quitter la cafétéria. Les cours de l'après-midi allaient débuter et ils devaient se rendre dans leur salle.

Sur le chemin, il se décida à partager la nouvelle avec son ami. Au fil de ses explications, le sourire de Asher se fit de plus en plus large et ses yeux se mirent à pétiller. Il restait en haleine, les poings serrés, impatient d'en savoir davantage.

— Attends, attends, attends... Donc tu veux dire qu'il va te fournir tout ce dont tu as besoin ? Comme ça, sans rien demander en retour ? s'exclama Asher, le regard brillant d'excitation.

Joshua acquiesça, un peu gêné. Alors qu'il avançait dans le couloir, il gardait la tête basse, comme s'il avait honte de cette situation.

— Oui, en quelque sorte. Il a proposé de m'aider financièrement le temps que je trouve un emploi stable.

Asher leva un sourcil, manifestement impressionné.

— C'est plutôt cool, en fait. T'as vraiment de la chance d'être tombé sur quelqu'un comme lui.

Il ne doutait pas du fait qu'il serait enthousiaste, mais avec ce qu'il lui avait raconté à propos de sa mauvaise expérience avec un alpha, il aurait pu trouver son choix bizarre. Même si la réaction positive de son ami le soulagea, il avait encore l'impression de ne pas mériter ce qui lui arrivait. Il n'avait pas été habitué à cela, à ce que la vie lui sourit et lui permette de vraiment se reposer.

— Oui, je sais. Mais je veux pas abuser de sa générosité non plus.

Asher lui donna une tape amicale sur l'épaule.

— Tant que tu es honnête et que tu ne te mets pas en danger, ça ira. Puis te prends pas trop la tête, s'il te l'a proposé, je pense que c'est vraiment de bon cœur. Il a l'air clean, s'il avait eu envie de coucher avec toi et de te jeter juste après, il l'aurait fait dès le premier soir. Surtout qu'il a forcément dû sentir que toi tu n'étais pas contre.

Ces paroles le firent rougir. Oui, il n'était pas le plus discret des omégas, surtout quand son odeur s'emballait et alourdissait l'air. Roy l'avait probablement eue dans les narines plus d'une fois et pourtant il n'avait jamais rien tenté. C'était un homme respectueux, loin du comportement primaire de ceux qu'il avait déjà eu l'occasion de rencontrer.

— Tu pourras toujours lui rendre la pareille plus tard. Et puis, ça reste un bon moyen de te rapprocher de lui et de voir s'il y a quelque chose de possible entre vous. Mais crois-moi, ça me semble plutôt bon signe qu'il se donne autant de mal pour toi.

— J'espère que tu as raison, souffla Joshua.

— J'ai souvent raison, pour ne pas dire tout le temps, rit le jeune homme. Tu pourras tenter de lui parler de ce que toi tu ressens.

— J'ai peur que ça gâche tout.

— Eh bien, tu peux commencer par des signaux un peu plus évidents, tu sais, des gestes tendres, des compliments, et si tu vois qu'il réagit positivement, alors peut-être que tu pourras lui dire. En général, ça se sent quand il y a une attirance.

Joshua se sentit un peu mieux en entendant les conseils de son ami. Peut-être que Roy attendait juste qu'il fasse le premier pas pour qu'il n'ait pas l'impression de lui être redevable d'une quelconque manière. Il ne manquerait pas de guetter ses réactions, qu'elles soient bonnes ou mauvaises.

— Merci Asher, murmura-t-il avec un sourire reconnaissant.

— Je t'en prie. Et si jamais ça ne marche pas, tu sais que je serai toujours là pour toi, quoi qu'il arrive. Tu pourras venir pleurer sur mon épaule.

Ils échangèrent un regard complice et Joshua le remercia à nouveau. En ce moment, il avait l'impression d'enfin sortir d'une période sombre de sa vie, et il ne pouvait s'empêcher d'attendre qu'un problème lui tombe sur la tête, qu'une déception le fasse retomber encore plus bas qu'avant.

***

En sortant de leur dernier cours de la journée, Joshua fit craquer ses cervicales. Il avait peut-être un excellent matelas, son sommeil n'était pas très réparateur depuis quelques jours. Il cogitait beaucoup à cause de Roy et de tout ce qui avait pu se passer dans sa vie ces dernières semaines. Lui qui aspirait à un quotidien plus paisible, où il n'aurait plus à s'inquiéter de rien… Il avait désormais la sécurité financière, mais il avait aussi eu très peur de la perdre. Ce soir, il voulait souffler, se détendre et sortir. Asher avait accepté sans hésitation, il avait également besoin de décompresser.

— Le centre commercial près de l'Empire ?

Joshua acquiesça à la proposition de son ami. Il avait vraiment besoin de passer du temps ailleurs qu'à l'université ou dans son appartement, la tête plongée dans ses cours. Depuis quelques jours, il préférait se concentrer sur ses études plutôt que sur son travail qui n'était plus d'actualité ou sur le fait que Roy veuille le prendre sous son aile. Lui aussi trouvait ça génial qu'il lui ait permis d'arrêter de rencontrer des alphas, ça allait beaucoup l'aider mais ça lui semblait encore un peu fou.

Au moment où l'homme l'avait bousculé dans Times Square, il n'aurait jamais imaginé le revoir. Il aurait encore moins imaginé en arriver là.

Alors qu'ils traversaient le couloir, Joshua fut interpellé par une affiche qu'un étudiant était en train d'installer sur un panneau en liège. Il s'arrêta et attendit qu'il en ait terminé pour la consulter. L'appareil photo qui y était représenté avait attiré son attention et pour cause, le club de photographie organisait une exposition pour le retour du printemps.

— T'as pas envie d'y retourner ? demanda Asher en s'approchant à son tour.

Joshua haussa les épaules.

— J'ai plus d'appareil fonctionnel.

— Et ? Demande à ton beau blond fortuné de t'en payer un.

Aussitôt, le rouge lui monta aux joues et il secoua négativement la tête.

— Hors de question. Et puis au pire, j'ai de l'argent de côté.

Son ami recula juste assez pour l'observer de la tête aux pieds avec insistance.

— Tu vas pas commencer à l'éviter quand même ?

— Je l'évite pas ! s'exclama-t-il.

Il se renfrogna quand des étudiants à proximité se mirent à le dévisager. Ses joues n'en devinrent que plus brûlantes et son cœur se mit à refaire des siennes. Asher avait mis le doigt sur quelque chose et ça l'agaçait de constater qu'il était trop décryptable pour lui.

— Tu l'as pas revu depuis, tu essayes de continuer ta vie sans devoir le recontacter alors que dans le fond tu en meurs d'envie.

Il soupira et ses épaules s'affaissèrent. À quoi jouait-il au juste ? Il rêvait de pouvoir se rapprocher de Roy et là, maintenant que l'homme lui en donnait enfin l'opportunité, il faisait marche arrière.

— Je suis stupide, souffla-t-il.

— Non, le rassura Asher en posant une main sur lui, mais tu as peur de ce que tu ressens, du fait que ça pourrait devenir plus sérieux. Et surtout, tu as peur du rejet.

Il ne répondit pas et se contenta de reprendre son chemin à travers le couloir. Son ami le suivit, pressant le pas pour se mettre à son rythme. Il n'avait pas d'aussi grandes jambes que Joshua et ce dernier semblait avoir envie de fuir le plus vite possible.

— Alors, j'ai pas raison encore une fois ?

Joshua marmonna dans sa barbe et se hâta vers la sortie du bâtiment. L'hiver se terminait lentement, mais les températures encore basses avaient au moins le mérite de calmer ses ardeurs.

— Tu auras beau marcher vite, tu sais très bien que je dis la vérité.

— Je t'entends pas !

Asher rit et lui donna un coup de coude.

— Et j'ai pas peur du rejet, ajouta Joshua.

Il essayait de s'en convaincre, mais il en avait une peur bleue. Avec ce qu'il avait vécu, c'était plutôt logique. Depuis un certain temps, il se sentait abandonné. Les personnes qui auraient dû être présentes pour lui venir en aide avaient disparu. Ses propres parents n'étaient plus là, son père emporté par la maladie et sa mère parce qu'elle avait choisi de jeter l'éponge, espérant une vie meilleure ailleurs. Il ne restait que lui, et c'était un lourd fardeau à porter pour un seul jeune homme déjà fragilisé.

Il inspira et expira longuement. Il avait beau retourner la situation dans tous les sens, elle était ce qu'elle était et ne changerait pas pour autant. Ce qui s'était passé avec ses parents n'était pas de sa responsabilité. Tout ce qu'il pouvait désormais faire était de se concentrer sur le présent et ce qu'il lui offrait. Il pouvait compter sur l'aide d'un ami précieux, qui avait déjà fait beaucoup pour lui, mais aussi sur celle de Roy. Quoi qu'il en dise, malgré la peur qui pouvait le tirailler par rapport à ce qui les liait, l'alpha était là, prêt à l'épauler. Cette chance ne se représenterait plus, il le savait, mais il avait parfois l'impression de ne pas la mériter. Après tout, c'était inespéré.

Roy et Asher étaient comme des soleils qui venaient illuminer sa vie sombre depuis bien trop longtemps. Il était tant habitué à l'obscurité qu'il rencontrait des difficultés à s'adapter à l'idée d'une existence plus lumineuse.

Mais n'avait-il pas droit au bonheur ? Il n'était pas condamné à enchaîner les désillusions, ce n'était pas une fatalité.

— J'ai peur, avoua-t-il finalement.

D'un geste empli de bienveillance, Asher vint lui caresser le dos.

— Je sais, et tu dois pas laisser cette peur te dominer. Je sais que tu es capable de beaucoup.

Joshua lui adressa un sourire.

— Merci de croire en moi.

— Je suis ton ami, c'est normal. Et je ne suis pas le seul, n'est-ce pas ?

Nul besoin de mentionner son nom, Joshua savait à qui il faisait allusion. Et ce fut suffisant pour lui redonner espoir, et surtout l'envie de le revoir très vite.

***

En rentrant chez lui après sa sortie au centre commercial, Joshua était bien décidé à recontacter Roy. Il n'allait pas le fuir éternellement, et à la simple idée de le revoir son oméga intérieur était tout fou. Comme toujours, l'odeur de caramel se décuplait pour embaumer son appartement et il trouvait cela tellement insupportable qu'il était obligé d'ouvrir les fenêtres. Il en avait assez de ne plus rien contrôler, et c'était sans doute un peu à cause de cela qu'il avait peur de revoir Roy. Quand il était près de lui, il se sentait bizarre, il avait envie qu'il lui porte toute son attention, qu'il ne regarde que lui, qu'il se comporte comme un véritable alpha avec son oméga.

Joshua secoua la tête pour chasser ces pensées qui tournaient en boucle dans son esprit. Il devait se reprendre et rester concentré, ne pas s'éparpiller au risque de perdre les pédales — plus que ce n'était déjà le cas. Au fond de lui, il savait qu'il était attiré par Roy d'une manière qu'il ne pouvait pas expliquer, et cela le terrifiait autant que cela l'excitait. Il prit une profonde inspiration et sortit son téléphone pour envoyer un message à l'homme, dans lequel il lui demandait s'ils pouvaient se voir bientôt. Ça faisait plusieurs jours qu'il fuyait la situation alors qu'il n'avait attendu que ça, qu'il s'intéresse à lui.

Quelques secondes plus tard, alors qu'il s'était enfin décidé à rejoindre la salle de bain pour prendre une douche, son téléphone sonna sur le meuble du lavabo. Il déglutit en voyant le nom de Roy s'afficher et il décrocha. Dès lors que sa voix se glissa dans son oreille, Joshua frissonna de la tête aux pieds.

— Tu as un souci ? Tu as besoin de quelque chose ?

— Euh, non, c'est juste que…

Il s'arrêta, peu certain de la manière avec laquelle il pouvait lui proposer de se revoir sans aucune raison. En tout cas, sans qu'il n'ait besoin de lui demander quelque chose de financier ou de matériel. Il inspira et, poussé par son oméga intérieur, il prit son courage à deux mains.

— Je voulais vous proposer une sortie.

Un silence s'installa et Joshua se demanda s'il n'avait pas soudainement fait une erreur en prenant cette initiative. Mais avant qu'il ne puisse retirer ses paroles, Roy répondit d'une voix calme mais teintée de curiosité :

— Une sortie ? Ça pourrait être intéressant. Qu'avais-tu en tête ?

Il sentit un poids se soulever de ses épaules, sa proposition n'avait pas été mal reçue. Il esquissa un sourire timide, il n'avait aucune idée de quoi faire avec Roy et il n'avait pas l'habitude de proposer ce genre d'activité à un alpha. C'était bien la première fois qu'il était aussi spontané et ça ne lui ressemblait pas. Mais depuis qu'il avait rencontré Roy, qu'il avait passé du temps avec lui, il ne se reconnaissait plus. L'homme l'avait changé, il avait modifié sa vision de la vie et de lui-même. Il lui avait redonné espoir et confiance, il lui avait prouvé que tout n'était pas perdu et qu'il y avait encore de bons alphas qui ne se souciaient pas que de leur propre plaisir.

— Je... J'aimerais bien visiter votre galerie.

Un petit rire s'éleva.

— Tu me proposes une sortie dans ma propre galerie d'art, rétorqua Roy. C'est original !

Aussitôt, les joues de l'oméga s'empourprèrent et devinrent brûlantes. Il était nu, au beau milieu de la salle de bain, et pourtant il mourait de chaud. Il lui avait proposé cela sans réfléchir, parce qu'il était totalement déstabilisé par son aura bien que l'homme ne fût pas devant lui. Sa voix suave, si singulière, suffisait à lui faire perdre ses moyens.

— Désolé, c'était stupide, marmonna-t-il.

— Non, ça m'a juste surpris. Je ne voulais pas me moquer de toi. Si c'est ce que tu as envie de faire, on peut le faire, et ça me fait plaisir. En plus, j'avais quelque chose à te demander, ce sera l'occasion de t'en parler de vive voix.

Joshua émit un faible « Oh » mais n'osa pas en demander davantage. Même s'il savait pertinemment qu'il ne cesserait d'y penser et de se poser des questions, il n'avait pas envie de se montrer insistant. Si Roy ne lui en parlait pas maintenant et préférait attendre, il allait le respecter. Et puis il était trop intimidé pour oser demander davantage d'informations.

— Tu veux qu'on se voie quand ?

— Demain soir ? Enfin... si vous ne pouvez pas...

— Non, c'est parfait. Je peux venir te chercher à la fac, si ça te convient.

Aussitôt, le cœur de Joshua s'emballa. Imaginer Roy dans son Range Rover en train de l'attendre à la sortie du campus, ça le rendait tout chose. Depuis le temps qu'il allait à l'université, personne n'était jamais venu le chercher, il avait toujours pris le bus pour rentrer à son studio et désormais il pouvait revenir chez lui à pied depuis que son appartement n'était plus très loin.

— Oui, ce serait… super, dit-il d'une voix plus basse.

— Tu m'envoies un message pour me communiquer l'heure et l'endroit où je peux te retrouver ?

Joshua acquiesça, non pas sans ressentir un mélange d'appréhension et d'excitation se répandre dans tout son être.

Après qu'ils se furent salués, Roy raccrocha et l'oméga lâcha un lourd soupir en reposant son téléphone. Il resta quelques instants figé sur l'écran noir, puis se décida à entrer sous la douche. Il laissa l'eau couler sur sa chevelure et dégringoler sur ses épaules et sur son corps. Il ferma les yeux, cherchant à se détendre, mais il bouillait de l'intérieur. L'agréable voix de l'alpha résonnait dans sa tête et il n'arriva plus à contrôler ses pensées. Il l'imaginait là, avec lui, dans cette douche, ses bras forts entourant sa taille tandis qu'il lui embrassait le cou. Un puissant frisson le secoua et il ne put retenir un petit gémissement. Son imagination lui jouait des tours, il ressentait chaque toucher, chaque baiser, chaque souffle, comme s'il était réellement près de lui. La chaleur qui lui embrasa soudainement les reins pour gonfler dans son bas-ventre le fit revenir à la réalité. Il tourna le mitigeur et l'eau froide arriva en une fraction de seconde. Sous le changement de température, Joshua émit un cri de stupeur, mais il avait besoin de ça pour se calmer. Il se sentait presque coupable d'emmener Roy dans ses fantasmes alors qu'il n'avait rien demandé.

Il se lava en quatrième vitesse, se sécha et passa des vêtements plus confortables. Ce soir, il avait encore l'esprit en vrac, le ventre sens dessus dessous et le cœur serré par l'appréhension. Demain, il reverrait Roy, ils passeraient du temps ensemble, et il espérait enfin déceler ne serait-ce qu'une petite pointe d'intérêt à son égard dans les yeux de l'alpha.

CHAPITRE 16

— ♥ ♥ ♥ —

Joshua avait passé la journée à trépigner, il était intenable et Asher ne l'avait jamais vu comme ça. C'était impressionnant, il se demandait lui-même comment il pouvait être aussi impatient et angoissé par sa rencontre avec Roy. Pourtant, ce n'était pas la première fois qu'il le voyait, mais il ne l'expliquait pas, c'était comme ça. Cet homme lui faisait bien trop d'effet pour réussir à canaliser sa nervosité et aussi l'attirance qu'il ressentait pour lui. C'était viscéral, il avait besoin d'être près de lui et en même temps cette proximité lui faisait peur. Parce qu'il craignait de ne plus rien contrôler, d'agir comme un idiot, de dire ou de faire des choses qu'il pourrait regretter. Il voulait avancer, il voulait montrer à Roy qu'il était intéressé par lui, mais il ne savait pas comment s'y prendre. De plus, ce dernier ne lui facilitait pas la tâche. Pour un alpha, il n'était pas très réceptif et restait souvent de marbre, même lorsque son odeur se décuplait jusqu'à alourdir l'atmosphère. C'était comme si Roy ne la percevait pas, ou ne voulait pas la percevoir. L'opération séduction que Joshua espérait mener à bien ne s'avérait pas simple. Il n'avait jamais eu aucun mal à aller plus loin qu'un dîner avec d'autres alphas, mais Roy n'avait jamais été un alpha parmi tant d'autres. Dès le départ il était sorti du lot.

— Ça va aller, essaya de le rassurer son ami.

Joshua, les mains profondément enfouies dans les poches de son blouson, ne cessait de remuer et de regarder à droite et à gauche. Il venait tout juste de sortir du campus et il ne savait plus où donner de la tête. Le Range Rover de Roy était pourtant facile à repérer alors pourquoi ne le voyait-il pas ?

— Si ça se trouve il a oublié. Ou il a changé d'avis.

Asher lâcha un rire et lui tapota le dos.

— Il t'a envoyé un message ce midi pour confirmer, il va sûrement pas tarder. À cette heure il y a du monde sur la route, alors arrête de stresser, ton beau blond va se pointer d'une seconde à l'autre.

C'était plus facile à dire qu'à faire, et plus le temps passait, plus le cœur de Joshua s'emballait. Il n'avait pas revu Roy depuis plusieurs jours et ça le rendait encore plus nerveux. Chaque instant sans lui semblait interminable, comme une éternité passée à attendre quelque chose d'incertain. Il se demandait ce que Roy faisait en ce moment même, s'il pensait à lui. Cette éventualité le fit sourire un instant, mais la nervosité revint aussitôt, serrant son estomac comme un étau.

Puis, finalement, il le vit. Le Range Rover blanc se glissait entre les autres voitures et se frayait un chemin à travers la circulation. Joshua sentit un soulagement inattendu l'envahir, mais il était aussi submergé par une vague d'émotions contradictoires. L'excitation, l'appréhension, le désir, tout se mêlait en un tourbillon chaotique à l'intérieur de lui.

Roy se gara à quelques pas d'eux et sortit de sa voiture avec la même assurance tranquille qui le caractérisait toujours. Ses yeux bleus rencontrèrent ceux de l'oméga et un léger sourire étira ses lèvres. C'était à la fois captivant et déconcertant, cette manière qu'il avait de toujours paraître si calme et détaché.

— Désolé pour le retard, dit-il en s'approchant. J'ai été retenu plus longtemps que prévu à un rendez-vous.

Joshua sentit un frisson lui parcourir l'échine à la simple proximité de Roy. Son parfum de café corsé le fit vaciller un instant. Mais il se reprit et essaya de dissimuler son trouble derrière un sourire.

— Bonjour, Asher, lança Roy en se tournant vers l'autre oméga.

— Bonjour, répondit-il joyeusement. Vous allez bien ?

Joshua chercha à se faire tout petit, gêné par l'aisance de son ami. Il aurait aimé pouvoir se montrer aussi confiant lorsqu'il se trouvait face à l'alpha qui faisait palpiter ses hormones. Mais il n'y parvenait pas, ce qu'il ressentait était bien trop intense et il n'avait pas encore appris à apprivoiser cette fougue qui s'emparait de lui en présence de Roy.

— Très bien, merci, et toi Joshua ?

Il se raidit dès que l'homme prononça son prénom et son parfum de caramel commença à émaner de lui, bien trop puissant pour passer inaperçu. Il se maudit intérieurement, ça commençait à devenir insoutenable si bien qu'il pensa un instant à prendre ses jambes à son cou. Son premier réflexe fut de jeter un regard en direction de Asher, ce dernier fronça les sourcils et fit un discret signe du menton pour l'inciter à répondre. Il déglutit et esquissa un sourire, ses joues brûlaient de honte.

— Oui, je vais bien, réussit-il à articuler.

— On devrait y aller, la météo ne va sûrement pas se maintenir, dit Roy en regardant le ciel se couvrir. Asher, tu veux qu'on te raccompagne avant ?

— Non, ne vous en faites pas pour moi ! C'est gentil de proposer mais je dois encore faire quelques courses pour ce soir avant de rentrer.

Joshua lui lança un dernier coup d'œil, son ami leva légèrement le poing en guise d'encouragement et il suivit Roy jusqu'au Range Rover. À l'intérieur, il se cala profondément dans le siège et garda son sac à dos entre ses bras comme s'il avait besoin de trouver un soutien, quelque chose à quoi se raccrocher. L'ambiance n'était pas étrange, c'était seulement lui qui se comportait comme s'il y avait un problème. Il créait lui-même un malaise qui n'existait pourtant pas. Pourquoi devait-il se montrer si nerveux à l'idée de passer du temps avec Roy alors qu'il n'attendait que ça ? Ce dernier était bienveillant, attentionné — à sa manière — et ne faisait absolument rien qui pouvait le mettre mal à l'aise, bien au contraire.

Pendant le trajet, un silence pesant s'installa et n'aida en rien à apaiser les tourments de Joshua. Il se tortillait sur son siège et cherchait désespérément quelque chose à dire pour rompre cette tension oppressante, mais les mots semblaient s'être figés au fond de sa gorge. Il n'y arrivait pas. Il ne sentait que le subtil parfum de café de l'alpha se mêler au sien et c'était à la fois extrêmement plaisant et déroutant. L'alliance semblait parfaite, et Joshua n'en fut que plus confus.

Heureusement, Roy prit une fois de plus les devants et brisa cet instant de calme oppressant.

— Alors, comment s'est passée ta journée ? demanda-t-il d'une voix calme.

La question était simple, mais elle suffisait à délier un peu la langue de l'oméga. Il se lança dans une description maladroite de sa journée à l'université, s'efforçant de garder un ton léger malgré le tourbillon d'émotions qui le secouait de l'intérieur. Roy l'écouta attentivement et posa de temps en temps quelques questions pour approfondir la conversation. Joshua se détendit peu à peu et oublia sa nervosité, il se laissa emporter par l'échange qui s'avéra agréable.

Il ne vit même pas le temps passer et l'alpha ralentit aux abords d'un grand bâtiment à la forme originale. La construction ressemblait à un gros œuf posé sur un côté et recouvert de plaques de métal qui reflétaient le ciel lisse. Le véhicule le contourna pour arriver à l'arrière, sur un parking réservé au personnel et Joshua comprit enfin qu'ils étaient arrivés à destination. La galerie d'art de Roy se trouvait là, devant lui, et elle paraissait immense. L'architecture dénotait avec les bâtiments qui l'entouraient, mais elle apportait une touche de modernité et de fraîcheur dans ce quartier assez sobre.

Il se gara et coupa le moteur, puis se tourna vers Joshua. Celui-ci restait figé sur la construction, la bouche légèrement entrouverte.

— Nous y sommes, lança Roy d'un ton amusé.
— C'est…
Il cligna des yeux à plusieurs reprises.
— Tu ne t'attendais pas à ça ?
— Non, je l'imaginais plus… classique.

L'alpha laissa filer un léger rire mais n'ajouta rien. Il invita Joshua à descendre du 4x4 et ils se dirigèrent vers une porte qui s'ouvrait à l'aide d'un badge magnétique. Elle donnait accès à un long couloir qui menait lui-même à un hall desservant plusieurs bureaux. Joshua se sentait tout petit ici, et la chaleur environnante l'obligea à se débarrasser de son blouson. Roy en avait fait tout autant et il déposa ses affaires sur un porte-manteau accroché à côté d'un petit salon en cuir noir. Il indiqua à Joshua d'y mettre ses effets personnels, ce qu'il fit sans rechigner.

— Oh, Roy !

Cette voix familière l'obligea à se retourner et il fut étonné de voir Léonardo s'avancer dans leur direction. Il ignorait qu'il travaillait là, mais sa tenue et le badge sur sa chemise blanche dont les boutons semblaient en souffrance tant il était musclé ne trompaient pas. L'homme sembla également surpris par sa présence à en croire la manière avec laquelle il le détailla rapidement de la tête aux pieds.

— Joshua, dit-il avec un sourire avant de se tourner vers Roy. J'avais complètement oublié que tu le ramenais ici ce soir.

L'alpha leva les yeux au ciel.

— Je t'en ai parlé ce matin pendant la réunion.

Alors il avait parlé de lui…

— Oh tu sais, j'ai eu énormément de choses à penser ! D'ailleurs, monsieur Rivera a prévu de faire livrer deux caisses de Ruinart pour te remercier de ton implication dans le dernier gala de charité.

— Je lui ai déjà dit que ce n'était pas la peine, qu'est-ce qu'il peut être têtu !

Léonardo tapota l'épaule de Roy. Joshua restait spectateur de leur échange, il avait l'impression de ne pas être à sa place, mais un parfum qu'il avait l'habitude de sentir était venu lui titiller les narines. Il retroussa le nez et, dès lors que Léonardo passa à côté de lui pour se servir de l'eau au distributeur, il réalisa. L'homme sentait le coton. C'était subtil, comme si l'odeur s'était estompée après qu'il ait lavé plusieurs fois ses vêtements, mais c'était là. Et surtout, cette odeur ne lui était pas inconnue.

Asher.

Il fit de grands yeux ronds, ça ne faisait aucun doute qu'il s'agissait du parfum de son ami. Ce parfum si rassurant, doux et raffiné. Il l'aurait reconnu entre mille, et il était sur Léonardo. Pourtant, Asher ne lui avait rien dit le concernant. Il n'avait pas mentionné le fait qu'il l'avait revu, ou même qu'il l'avait croisé par hasard. Il devrait aller à la pêche aux informations dès que possible.

Il n'eut pas le temps de s'y attarder, Roy lui proposait de continuer à avancer.

— Je ne t'avais pas dit, mais Léo est coordinateur d'événements, il travaille pour moi depuis que cette galerie a vu le jour.

— Je croyais que c'était juste un ami…

— C'est un ami, un très bon ami même. Et j'avais besoin de lui pour m'épauler.

Roy en parlait avec beaucoup d'admiration et d'affection. À son timbre de voix, Joshua pouvait ressentir à quel point il estimait cet homme. Roy avait-il parlé de lui de la même manière ce matin ? Avait-il fait preuve de douceur lorsqu'il avait annoncé que ce soir, il viendrait accompagné ?

Ils arrivèrent sur l'immense hall d'accueil où se trouvaient les différents guichets et l'oméga resta sans voix. Si de l'extérieur la construction était déjà impressionnante, elle n'en était que plus grandiose à l'intérieur. Grâce aux grandes vitres, le lieu était baigné de lumière qui se reflétait sur le sol carrelé et d'un blanc immaculé. Tout était très moderne et design, de la décoration au mobilier. Des sièges disséminés ici et là invitaient à la détente et à la contemplation, tandis que des sculptures d'artistes contemporains ponctuaient l'espace. Des panneaux interactifs fournissaient des informations sur les expositions en cours ou encore les événements à venir.

Au centre du hall, un grand bureau d'accueil équipé d'écrans tactiles permettait d'acheter des billets ou de réserver des visites guidées. Des membres du personnel attentifs et souriants se tenaient également à disposition pour répondre aux questions et offrir des conseils aux visiteurs.

— C'est grandiose, soupira Joshua, émerveillé par la beauté de l'endroit.

Roy baissa la tête et le remercia, comme s'il était embarrassé par sa remarque.

— C'est vous qui avez décidé de tout ça ?

— Non, j'ai été aidé. Des amis galeristes, des architectes et décorateurs d'intérieur renommés... J'ai fait intervenir pas mal de monde, même des personnes venues de l'étranger pour arriver à ce résultat.

— C'est vraiment…

Joshua laissa sa phrase en suspens, toujours subjugué par ce qui l'entourait. Il se rendait compte que Roy était vraiment passionné, mais aussi extrêmement fortuné. Il était tout de même assez jeune, à peine la trentaine, et il possédait déjà tant de biens… Mais l'oméga n'en avait pas après son argent, et il espérait que l'homme en avait conscience. C'était peut-être ce qu'il avait attendu de la part des autres alphas qu'il avait rencontrés, mais pas de Roy. Passer du temps avec lui, découvrir son univers et qui il était, ça n'avait pas de prix.

Un soupçon de culpabilité lui serra le cœur, il s'en voulait presque d'avoir accepté qu'il lui vienne en aide et qu'il subvienne à ses besoins. Même si pour le moment, il avait réussi à empiéter sur ses économies pour éviter de lui réclamer quoi que ce soit, il se sentait mal à l'aise vis-à-vis de sa proposition. Il n'avait aucune envie de profiter de ce qu'il avait durement gagné.

— Tu viens ? Je vais te faire visiter les différentes galeries. À cette heure-ci, il n'y a plus grand monde, on ferme bientôt.

Les joues de l'oméga se teintèrent d'un voile rosé. Ils allaient se retrouver seuls, à flâner dans les allées, à contempler les œuvres d'art. Ça avait une dimension romantique qu'il allait apprécier, il en était certain. Il n'avait pas souvent l'occasion de se rendre dans des musées, de prendre du temps pour lui et surtout de sortir de cette façon avec un alpha. Et le fait que ce soit Roy à ses côtés, ça avait une saveur toute particulière.

Leurs pas résonnaient dans les couloirs déserts, Joshua se sentait à la fois intimidé par la grandeur de l'endroit et excité à l'idée de découvrir les différentes œuvres exposées. Il suivait le maître des lieux d'un pas hésitant, son regard captivé par chaque tableau, chaque sculpture qui ornait les murs et l'espace.

Roy avançait avec aisance, il était chez lui, dans son élément. Dans l'immensité de cette galerie, il était le plus beau chef-d'œuvre que Joshua pouvait contempler. Mais une question le taraudait. Que pensait l'alpha de cette idée de visite privée ? Avait-il accepté cela par simple politesse ou y voyait-il une opportunité de passer un moment plus intime ensemble ? Mais il ne put se résoudre à la lui poser, l'instant était trop paisible pour être gâché par ses interrogations. Et puis son odeur commençait à s'affirmer, ce n'était absolument pas le moment de laisser ses hormones n'en faire qu'à leur tête. Ils étaient bien trop indisciplinés en présence de Roy.

Ils continuèrent leur exploration dans la galerie d'art contemporain, où des œuvres abstraites et provocantes en côtoyaient d'autres plus innovantes. Roy décrivait avec passion chaque artiste, chaque pièce, offrant au jeune homme un regard neuf sur cet univers qu'il connaissait peu. Il écoutait attentivement, il absorbait chaque mot, chaque détail, tout en se laissant bercer par la présence réconfortante de l'alpha à ses côtés. Il ne pensait plus à son parfum de caramel qui flottait dans l'air, il s'y était finalement habitué. Il en avait assez de lutter contre son propre corps, contre son oméga intérieur qui ne demandait qu'à s'exprimer dans l'espoir de séduire l'objet de toutes ses convoitises. Joshua était plus détendu, en confiance, alors il pouvait bien se dévoiler, ça lui était égal.

Puis vint le tour de la galerie de photographie, où les clichés capturaient des instants de vie qui ne reviendraient jamais, des émotions fugaces figées dans le temps. Joshua s'arrêta devant une des photos et il fut saisi par un puissant sentiment de nostalgie. Il déglutit et ce ne fut qu'après quelques pas supplémentaires que Roy se rendit compte qu'il était resté en arrière. Il revint vers lui et se positionna à ses côtés.

Joshua gardait les yeux fixés sur la photographie, perdu dans ses pensées.

— C'est une photo magnifique, commenta l'homme, brisant le silence. Elle semble te toucher tout particulièrement.

Joshua se détourna de l'image pour rencontrer le regard de Roy. L'échange fut intense et profond, comme si quelque chose était en train de les lier à jamais. Mais il secoua légèrement la tête, puis se reprit.

— Oui, elle me rappelle des souvenirs d'enfance, répondit-il d'une voix tremblante. C'était un endroit où j'aimais passer du temps avec… ma famille.

Prononcer ce mot sembla être une dure épreuve. Cette famille n'était plus, mais les souvenirs demeuraient. Parfois, il aurait aimé tout oublier de son passé, même les moments joyeux, pour ne plus souffrir, pour ne plus regretter cette période où il était encore insouciant.

Il inspira et ravala sa tristesse sans en dire davantage. Il préférait garder les détails de ses souvenirs. Pourtant, une part de lui voulait les partager, comme un besoin de se décharger de ce fardeau trop lourd à porter pour un simple jeune homme, mais pas maintenant. Ce n'était ni le moment ni le l'endroit.

Roy lui sourit doucement, un réconfort silencieux que Joshua accepta volontiers. Il en avait besoin.

— Les photographies ont comme un pouvoir unique, celui de nous ramener à des moments précieux de notre vie, dit-il avec douceur. C'est comme si elles pouvaient figer le temps, ne serait-ce qu'un instant, pour nous permettre de revivre ces souvenirs, même brièvement.

À la tendresse dans la voix de Roy, un frisson parcourut l'échine de Joshua. Il se sentait étrangement proche de lui à cet instant, comme s'ils partageaient un lien au-delà de ce qui pouvait être exprimé avec des mots. Il le comprenait, il trouvait les mots sans même avoir conscience de tout ce par quoi il était passé. Et c'était rassurant, sécurisant.

— J'aimerais tellement pouvoir transmettre ce genre d'émotions moi aussi, balbutia l'oméga.
— Tu pourrais, non ?
Il cligna des yeux à plusieurs reprises.
— Comment ?
— Tu m'as dit être passionné de photo, je me trompe ?
Joshua hocha lentement la tête.
— Oui, mais je n'ai plus d'appareil et…
Il repensa à ce que Asher lui avait dit la veille, mais il se sentait embarrassé de demander quoi que ce soit à Roy. Avec les économies qui lui restaient, il pouvait faire réparer le sien, cela éviterait d'acheter du neuf et de payer le prix fort.
— Ce n'est pas un problème, tu le sais. Si tu as vraiment envie de reprendre la photographie, si c'est ça qui t'anime, laisse-moi t'aider. J'ai dit que je subviendrai à tes besoins, n'oublie pas, alors n'aie pas honte de me demander de l'aide.
— Ce n'est pas un besoin vital…
Il marqua une pause, décontenancé par la générosité de Roy. L'idée de retrouver sa passion pour la photographie le séduisait, mais il se sentait gêné de devoir dépendre de l'alpha pour cela.
— Mais c'est une passion, et les passions sont ce qui nous donne envie de nous lever le matin, de nous investir pleinement dans ce que nous faisons. Si la photographie te fait vibrer, alors c'est une partie de toi que tu ne devrais pas négliger. Ton désir de transmettre des émotions grâce à des clichés, ce n'est pas rien, c'est quelque chose pour lequel tu dois te battre, d'accord ?
Ces paroles résonnèrent dans l'esprit de Joshua. Il se sentait touché par cette générosité, cette volonté de l'encourager à poursuivre ses rêves, même les plus modestes, même les plus fous, ceux auxquels il n'arrivait plus à croire. Parce qu'en réalité, il ne croyait plus à grand-chose.
— Merci Roy… Je… je ne sais pas quoi dire de plus.

— Tu n'as rien à dire de plus.

Leur regard s'ancra l'un dans l'autre, et une étrange connexion eut lieu. Ce fut comme si le monde s'était brutalement arrêté de tourner, comme si le temps s'était figé et que tout autour d'eux s'effaçait. Joshua se perdit dans les yeux céruléens de l'alpha et il entendit son pouls battre dans ses oreilles. C'était intense. Sans précédent. Son parfum de caramel se mélangea à celui du café, de plus en plus corsé, de plus en plus amer et fort. Il s'insinua dans ses narines, emplit ses poumons, imprégna sa peau, ses vêtements, ses cheveux. Pour la première fois, il ressentit une sorte de fusion, comme si leur oméga et leur alpha se rejoignaient et se liaient. Comme s'ils s'enlaçaient.

Alors qu'il se tenait là, face à lui, dans cette magnifique galerie d'art, il ne put s'empêcher de ressentir encore une fois cette attirance irrésistible, ce désir ardent qui le consumait de l'intérieur. Qui faisait vibrer ses entrailles. Roy semblait également troublé, ses yeux bleus brillaient d'une lueur intense et la carapace qu'il s'efforçait de garder telle une armure s'était fissurée. C'était comme s'il était sur le point de dire quelque chose, mais que les mots lui manquaient.

Finalement, Roy prit une profonde inspiration et brisa le silence chargé de tension.

— Joshua, je…

Mais il fut interrompu par le son strident de son téléphone portable qui retentit. Visiblement contrarié, il décrocha et s'éloigna de quelques pas. L'oméga sentit un mélange de déception et de soulagement l'envahir. Il aurait aimé savoir ce que l'homme souhaitait lui dire mais en même temps, la tension entre eux était devenue tellement insupportable qu'il était content d'en être libéré. Il tenta tout doucement de reprendre ses esprits, mais ce n'était pas une mince affaire. Il avait vu la fragilité de l'alpha, il avait ressenti une connexion profonde, un lien fort qu'aucun d'eux ne pouvait nier. Désormais il était sûr d'une chose : il ne laissait pas Roy indifférent. Son odeur se mêlait à la sienne, il avait vu son attirance dans ses yeux et il avait senti son alpha bouillir au plus profond de son être.

Il réclamait son oméga.

Il frissonna et préféra se concentrer sur les œuvres d'art qui les entouraient afin de chasser les pensées turbulentes qui tournaient dans sa tête.

— Hm, désolé.

La voix de Roy le ramena brusquement à la réalité, mais tout en lui vibrait encore. Il ne pouvait s'empêcher de se demander ce qui se passait réellement entre eux, si ce lien qui semblait se tisser était réel ou simplement le fruit de son imagination enflammée par le parfum enivrant de Roy.

Ils reprirent leur visite, mais cette fois-ci, quelque chose avait changé. Une tension électrique flottait entre eux, alimentée par des regards échangés, des sourires complices et une proximité nouvelle. Leurs corps étaient attirés l'un par l'autre, leurs bras se frôlaient parfois alors qu'ils marchaient côte à côte. Joshua était exalté et troublé par cette nouvelle dynamique, mais il était tout bonnement incapable de résister à l'attraction magnétique qui le rapprochait de l'alpha.

— Joshua, j'avais quelque chose à… te demander.

— Oui ?

— J'ai un dîner la semaine prochaine, avec des amis, dont certains que je n'ai pas vus depuis longtemps et je voulais savoir si tu étais d'accord pour m'y accompagner.

Son cœur s'emballa à cette proposition. Une invitation à un dîner avec des amis, c'était bien plus qu'une simple sortie, bien plus qu'un repas ou une soirée d'affaires. Il voulait y voir là un signe que Roy souhaitait qu'il soit connu de son entourage le plus proche et après ce qui venait de se produire entre eux, il était assez confiant sur la suite des événements. Sans doute que l'homme voulait prendre son temps, ne pas précipiter les choses et voir comment leur relation pouvait évoluer.

— Euh, je… bien sûr, je veux dire, si ça ne vous dérange pas que je vienne avec vous, bafouilla-t-il.

Roy lui offrit un sourire chaleureux qui fit fondre une partie de son anxiété.

— Ça me ferait vraiment plaisir que tu viennes, si ça te convient.

— Oui, ça me convient, parfaitement même !

Il baissa la tête, un peu embarrassé par son enthousiasme.

— Je te ferai parvenir tous les détails par message. En attendant, il serait peut-être temps de repartir, nous avons fait le tour.

Ils quittèrent la galerie après avoir récupéré leurs affaires. L'air était encore froid, mais Joshua avait le cœur chaud. Roy déverrouilla le Range Rover et ils prirent place à l'intérieur. Sur le trajet qui les menait à la résidence de l'oméga, ils échangèrent quelques banalités, discutant de tout et de rien, savourant simplement la présence de l'autre. Joshua se sentait incroyablement heureux, il était sur un petit nuage et ne voulait plus en descendre.

Roy se gara le long du trottoir et se tourna vers son passager.

— Merci pour cette soirée. J'ai vraiment apprécié ta compagnie et c'était agréable de redécouvrir ma propre galerie. Je devrais faire ça plus souvent.

— Merci à vous, pour tout.

Ils échangèrent un regard, timide, mais chargé de promesses.

— À bientôt, dit Roy.

Joshua resta figé un instant, les joues rougies par l'émotion, le cœur battant la chamade. Puis il décida de quitter le véhicule.

Devant la porte qui menait au hall de l'immeuble, il se tourna vers le Range Rover et adressa un petit signe de la main à l'alpha.

Il se dirigea lentement vers son appartement, le sourire aux lèvres. Cette soirée avait été bien plus que ce qu'il avait espéré, et il était impatient de découvrir d'autres aspects de la vie de Roy.

CHAPITRE 17

♥ ♥ ♥

Joshua arriva sur le campus, frigorifié malgré les températures un peu plus clémentes. Il avait seulement envie de rester chez lui, bien au chaud, enroulé dans un plaid devant la télévision. Et si Roy pouvait être à ses côtés pour lui apporter un peu plus de réconfort, c'était encore mieux.

Il secoua la tête et pressa le pas afin de rejoindre le bâtiment où il avait cours ce matin. Pourquoi était-il encore obligé de penser à l'alpha ? Il n'avait fait que ça depuis la veille, depuis qu'ils étaient sortis ensemble et qu'il lui avait fait visiter sa galerie. Ce moment n'avait fait qu'éveiller un peu plus son instinct et il était persuadé d'avoir troublé Roy. En tout cas, leurs regards s'étaient croisés et l'échange avait été étrange et intense. L'odeur de café s'était décuplée et mélangée à la sienne, et c'était bien la première fois qu'il avait ressenti quelque chose comme ça. Une connexion s'était faite, il ne pouvait pas l'ignorer, et Roy non plus. Alors il avait terriblement hâte de le revoir et d'à nouveau ressentir ce courant électrique, cette tension palpable entre eux afin de confirmer qu'il n'avait pas rêvé, que c'était bel et bien réel.

Penser à Roy avait au moins eu le mérite de le réchauffer.

Il poussa la porte du bâtiment et aperçut rapidement Asher qui s'était adossé à un mur, portable en main et sourire aux lèvres. Il se dirigea vers lui avec en tête de lui demander des explications concernant Léonardo. Il n'était pas dupe, il avait senti son odeur sur lui, et c'était maintenant le moment de découvrir ce qui se tramait entre eux. Arrivé devant son ami, celui-ci ne le remarqua même pas. Il était focalisé sur son écran, toujours avec son air béat et ce fut seulement lorsque Joshua toussa qu'il réagit.

— Oh, Joshua ! Je t'avais pas vu.

Le concerné haussa un sourcil avant de faire un mouvement de menton en direction du téléphone.

— À qui tu parles pour avoir l'air aussi niais ?

Asher rangea son téléphone dans la poche de son blouson, ses yeux disparaissant derrière un large sourire alors que ses pommettes s'empourpraient.

— Un ami, dit-il d'une voix peu assurée.

Joshua inspira et expira, puis pencha la tête sur le côté.

— Hier je suis allée avec Roy à sa galerie, tu savais que Léonardo y travaillait ?

Aussitôt, le doux parfum de coton lui titilla les narines. Il retroussa le nez avant de le frotter vigoureusement tant l'odeur s'était intensifiée en une fraction de seconde.

— Et après tu vas parler de moi ! s'énerva faussement Joshua en assénant une tape sur le bras de son camarade.

— Hé, tu m'as fait mal !

Il lui donna un second coup et Asher recula tout en se massant à l'endroit douloureux.

— J'ai senti ton odeur sur sa chemise, tu comptais me le dire quand ?

Puisqu'ils parlaient fort, les étudiants à proximité leur lancèrent des regards accusateurs, alors Asher attrapa le poignet de son ami pour qu'ils s'éloignent. Il le traîna jusqu'aux sanitaires, abandonna son sac sur le sol et se pencha vers un des lavabos pour s'asperger le visage d'eau fraîche. Joshua l'observait, à la fois amusé et impatient d'en savoir plus. Si son camarade réagissait aussi vivement, ce n'était pas pour rien. Il y avait clairement quelque chose entre Léonardo et lui.

— Bon, tu vas m'expliquer ?

Asher s'essuya avec une feuille qu'il venait de tirer du distributeur, puis il la mit en boule.

— T'expliquer quoi ?

— Arrête de faire l'innocent. T'es rouge comme une tomate et tu sens le coton à des kilomètres... Ça va pas ensemble, mais on s'en fiche, t'as plutôt intérêt à me dire pourquoi Léonardo avait ton odeur sur sa chemise.

Son ami soupira. Il s'appuya dos aux lavabos et baissa la tête, comme s'il avait honte de ce qu'il allait lui annoncer. En vérité, Joshua avait à peu près compris, mais il voulait que Asher lui dise de vive voix.

— J'ai... peut-être que... On a...

— Tourne pas autour du pot.

— Peut-être qu'on a passé du temps ensemble, c'est tout.

Au même moment, un étudiant sortit d'une des cabines. Leur conversation interrompue, ils attendirent que le jeune homme se soit lavé les mains et ait quitté les sanitaires pour continuer.

— Du temps ensemble, à tel point que ses vêtements sont imprégnés de ton odeur ? Quand, où, et quoi ?

Asher leva les yeux au ciel et ses joues devinrent écarlates. Encore une fois, le coton alourdit l'atmosphère, mais Joshua ne lâcherait pas l'affaire aussi facilement. Si lui parlait de ce qu'il ressentait envers Roy, il estimait que son ami devait en faire autant, même s'il aimait rester secret sur ses relations. Là, c'était différent. C'était un très bon ami de Roy, alors il avait besoin de savoir.

— Chez lui, le week-end dernier.

Les yeux de Joshua s'écarquillèrent. Il trouvait qu'il allait un peu vite en besogne, non pas qu'il était jaloux mais il n'avait lui-même pas encore eu l'occasion de se rendre chez l'alpha qui lui plaisait, alors ça le contrarierait un peu. Asher, lui, ne perdait pas de temps.

— Et vous avez fait quoi ?

— Ce que tu peux être indiscret !

— Tu le serais tout autant si je te disais que j'étais allé chez Roy.

— Tu marques un point, admit le jeune homme. On a regardé un film en mangeant des sushis, collés l'un à l'autre. Rien de plus.

Joshua fronça les sourcils en dévisageant Asher. Il essayait de déceler un mensonge, mais son ami semblait imperturbable à part ses joues toujours aussi rouges.

— Rien de plus, répéta-t-il. Même pas un petit bisou ?

— Non, même pas. Et c'est pas une blague ! On s'est retrouvés chez lui et on a juste passé du temps ensemble. C'était vraiment… agréable. C'est sûrement ce qui explique mon odeur plutôt tenace.

Il semblait sincère, alors Joshua décida de le croire, bien que désormais, il fut presque un peu déçu que les choses ne soient pas allées plus loin.

— Et avec ton autre alpha ?

Asher se redressa et cligna des yeux à plusieurs reprises.

— L'autre que tu draguais… je sais plus son prénom.

— Oh, Jacob ? Non, lui c'était pas sérieux. Enfin, si, mais il était trop vieux jeu. Tu sais les omégas qui s'occupent de la maison et des enfants, qui ne travaillent pas parce que ce n'est pas leur rôle… Très peu pour moi.

L'air répugné du jeune homme fit rire Joshua. Asher aimait sortir, s'amuser, profiter de la vie, et ce n'était pas du tout le genre d'alpha qu'il recherchait. D'ailleurs, il avait eu de nombreuses relations, il n'avait jamais vraiment réussi à se poser dans l'une d'elles. Mais quand il parlait de Léonardo, c'était différent. Il ne parlait pas d'enfants ou de projets concrets — et c'était bien trop tôt d'ailleurs — mais il avait les yeux brillants et la voix mielleuse.

— Donc tu l'as viré ?

— Bien entendu ! J'ai pas envie de perdre mon temps et en plus…

Il marqua une pause et se mordit la lèvre.

— Quand tu as un bel alpha comme Léo juste sous les yeux, le choix est vite fait.

Joshua sourit. Son ami semblait vraiment piqué, et ça faisait plaisir à voir. Il avait lui aussi envie d'expérimenter quelque chose de similaire. Une soirée chez Roy, rien que tous les deux, blottis l'un contre l'autre. Son odeur de caramel sur ses vêtements. Sur sa peau. Comme pour montrer au monde qu'ils se côtoyaient, qu'ils étaient proches dans l'intimité. Un frisson remonta le long de sa colonne vertébrale et il dut ravaler sa salive. Cette idée lui plaisait beaucoup, et surtout à son oméga intérieur.

— D'autres questions ? demanda Asher, le faisant revenir à lui.

— Non, mais j'espère que tu me le diras si ça devient plus qu'un simple film chez lui, dans ses bras.

Asher leva les yeux au ciel, mais son petit sourire le trahissait.

— Si t'es sage. Et si toi aussi tu me parles de Roy, par exemple, de votre sortie d'hier.

Une vague de chaleur submergea Joshua. Il invita son camarade à quitter les sanitaires lorsque quelqu'un entra et il lui promit qu'à la pause déjeuner, il lui expliquerait ce qu'ils avaient fait.

CHAPITRE 18

♥ ♥ ♥

Joshua vérifia une dernière fois sa tenue devant le miroir. Il avait passé un peu plus de temps que d'habitude à choisir ses vêtements pour cette soirée. Le pull à col roulé brun était rentré dans un pantalon chino beige qui mettait en valeur ses longues et fines jambes. Il sourit et lissa une mèche rebelle entre son pouce et son index pour la replacer sur le côté. Était-il assez bien habillé ?

Roy l'avait invité à un repas avec des amis, ce n'était pas un dîner d'affaires ou quelque chose d'une importance capitale, alors son style à la fois soigné et décontracté ne poserait pas de problème. En tout cas, il l'espérait.

Fin prêt à partir, il attrapa ses clés et son téléphone portable, vérifiant rapidement s'il avait reçu un message de Roy. Rien pour le moment. Il était peut-être encore en train de se préparer. Il décida de patienter quand il reçut la notification tant attendue : il était là.

Joshua verrouilla la porte de son appartement derrière lui et descendit les escaliers jusqu'au hall d'entrée. Il croisa un voisin qu'il salua brièvement, puis la concierge qui essaya d'engager la conversation. Mais il était pressé, et elle ne le retint pas plus longtemps. Il quitta l'immeuble, le cœur battant à vive allure et le souffle déjà court. La nuit était tombée sur Manhattan et le froid vint l'assaillir alors qu'il avançait en direction du Range Rover garé plus loin. Une fois qu'il serait à l'intérieur, il mourrait de chaud, il en était persuadé. Non seulement à cause du chauffage dans le véhicule, mais aussi à cause de Roy.

Il ouvrit la portière et, aussitôt, son regard céruléen le transperça. Impossible de lutter contre toutes les sensations qui ravageaient ses entrailles, contre les pensées qui tourbillonnaient dans son esprit. Cet homme lui faisait beaucoup trop d'effet.

Il grimpa à l'intérieur de la voiture, son parfum de caramel s'était déjà décuplé pour envahir l'habitacle et il s'en trouva si gêné qu'il peina à saluer l'alpha.

— Bonsoir, marmonna-t-il.

Sa voix était bloquée dans le fond de sa gorge, elle ne parvenait pas à sortir comme il le voulait et il toussa comme pour tenter de la retrouver.

— Bonsoir Joshua. Tout va bien ?

Il hocha la tête, inutile d'essayer de parler pour le moment. Roy laissa filer un léger rire, comme s'il avait compris son trouble, et il démarra. Une fois engouffré dans le trafic infernal de cette fin de journée, il baissa le son de l'autoradio.

— Je dois repasser à mon appartement. Je viens tout juste de terminer le boulot et je dois prendre une douche, me changer et nourrir Ani.

Joshua déglutit, mais ne répondit pas. Il resta figé sur la route, perdu dans ses pensées. Si Roy devait aller à son appartement, mais que lui était dans la voiture, cela voulait dire qu'il allait enfin découvrir l'endroit où il vivait ? Ou lui demanderait-il de rester là ? Il aurait pu lui dire de patienter, le prévenir qu'il viendrait le chercher plus tard car il avait un contretemps... Joshua se sentait gêné d'être là, et il avait même peur de gêner Roy.

— Tu n'auras qu'à t'installer dans le salon, ajouta l'homme. Je ne voulais pas te faire attendre, le restaurant est plus proche de chez moi, ça m'aurait fait faire un détour et...

Il s'arrêta et fronça les sourcils avant de se tourner vers Joshua.

— Tu es sûr que ça va ?

— Oui ! réussit à prononcer l'oméga. Je... je suis juste un peu désorienté.

— Oh, tu as eu une journée difficile ?

— Non, c'est... Je ne m'attendais pas à aller chez vous, c'est tout. Ça me perturbe.

Roy rit et Joshua se renfrogna dans son siège, un peu honteux. Il était heureux et excité de pouvoir découvrir l'endroit où vivait l'alpha, ça signifiait aussi qu'il lui faisait confiance et qu'il se sentait assez à l'aise pour le faire entrer dans son intimité, mais ça le rendait terriblement nerveux. Et quand il était dans un tel état, son odeur faisait n'importe quoi. En ce moment, il n'avait plus aucun contrôle sur les réactions de son corps et il était désormais persuadé que Roy y était sensible, même s'il tentait de garder contenance.

— Pour quelle raison es-tu perturbé ? Ce n'est que mon appartement.

Ses joues s'empourprèrent et il ferma les yeux. Ce n'était pas que son appartement, c'était justement son appartement. Pas celui d'un alpha parmi tant d'autres. Roy lui plaisait et soulevait en lui tant de sentiments différents, alors ce n'était pas anodin à ses yeux. Cependant, il ne pouvait pas lui avouer ce qu'il ressentait pour lui. Pas ici. Pas maintenant. Pas comme ça.

— Laissez tomber, souffla Joshua.

L'homme sourit mais n'insista pas. De toute façon, l'odeur de caramel était bien présente et parlait à sa place. N'importe qui aurait pu comprendre qu'il était en train de ressentir quelque chose de fort à cet instant précis. Roy reporta simplement son attention sur la route, laissant un léger silence s'installer entre eux.

Le trajet jusqu'à son appartement sembla passer à la fois rapidement et lentement. Chaque virage, chaque feu rouge franchi, rapprochait un peu plus Joshua de ce moment tant redouté. Il tourna dans une rue, ralentit à proximité d'un immeuble et se positionna devant une borne sur laquelle il passa un badge magnétique. Le portail coulissa sur le côté pour permettre au véhicule d'entrer sur le parking et les yeux de Joshua s'illuminèrent. L'immeuble de Roy se dressait fièrement au cœur d'une rue huppée de Manhattan, parmi d'autres gratte-ciels imposants. Niché entre des bâtiments tout aussi impressionnants, il respirait le luxe et le prestige.

Sa façade en verre reflétait les lumières scintillantes de la ville, créant un jeu des plus captivants. Des balcons spacieux s'étendaient le long de chaque étage, pour offrir une vue spectaculaire sur le paysage urbain environnant.

Roy se gara et invita Joshua à descendre. Il ne se fit pas prier et huma l'air, la tête basculée en arrière comme s'il n'avait pas repris son souffle depuis bien trop longtemps. Puis il suivit l'alpha jusqu'à la grande porte du hall d'entrée qu'il déverrouilla encore une fois à l'aide de son badge. L'intérieur était tout aussi impressionnant ; sol en marbre brillant, lustres étincelants, réception digne d'un grand hôtel. Des panneaux indiquaient une salle de sport ainsi qu'une piscine et un service de blanchisserie.

Cet immeuble était bien plus qu'un simple lieu de résidence ; c'était un symbole de réussite.

Joshua essaya de chasser les pensées anxieuses qui tournoyaient dans sa tête. Il devait se concentrer sur la soirée à venir, sur le plaisir de passer du temps avec Roy même s'il allait rencontrer des amis de ce dernier. C'était une étape importante à ses yeux, il prenait ça très au sérieux et tâcherait d'être à la hauteur. Il imaginait déjà quel genre de personnes ils devaient être, et ça l'angoissait, mais si Roy tenait tant à ce qu'il soit là, c'était sans doute parce qu'il l'estimait.

Ils prirent l'ascenseur jusqu'au vingt-deuxième étage. Roy ouvrit la porte de son appartement et invita Joshua à entrer.

L'oméga sentit une bouffée de chaleur l'envahir alors qu'il franchissait le seuil, ses yeux parcourant rapidement l'espace autour de lui. Le hall d'entrée était spacieux et scintillant, le carrelage si brillant qu'il pouvait y voir son reflet. Tout était épuré, les murs décorés de tableaux contemporains. Tandis que Roy ôtait sa veste, un miaulement retentit, puis un second. Un large sourire fendit ses lèvres et Joshua le trouva merveilleux, il aurait aimé que ce sourire lui soit destiné mais il était pour quelqu'un d'autre.

— Bonsoir, ma petite princesse.

Un chat de taille moyenne, au pelage bien fourni et blanc, avança vers eux dans une démarche presque nonchalante. Sa queue ondulait lentement de gauche à droite et ses grands yeux bleus rappelaient ceux de son maître.

Tout en se dandinant, l'animal arriva pour se frotter généreusement aux jambes de Roy. L'homme se baissa pour le saisir avec délicatesse. Il le décolla du sol, le prit dans ses bras et frotta le bout de son nez tout contre sa petite truffe humide. Joshua grimaça. Non pas qu'il détestait les animaux, mais il n'en avait jamais eu chez lui et il avait un peu de mal à comprendre comment on pouvait être autant attaché à une boule de poils qui ne faisait que profiter des humains. Et puis, il était un peu jaloux de les voir si proches, il devait bien l'avouer. À les voir se regarder ainsi et se câliner, il en aurait presque eu la nausée.

Il aurait aimé être ce félin que Roy chouchoutait au quotidien.

— Joshua, l'interpella l'alpha.

Il se redressa aussitôt, le dos bien droit et les yeux grands ouverts.

— Je te présente Anastasia, celle qui partage ma vie depuis cinq ans, sourit-il en caressant la tête de l'animal

— Oh, euh, enchanté.

Timidement, l'oméga tendit le bras vers la chatte pour tenter de la saluer, mais il n'était tellement pas franc qu'elle se recula et préféra s'extirper des bras de son maître. Roy lâcha un rire, Anastasia quitta le hall avec la même démarche nonchalante qu'elle avait quand elle était arrivée.

— Elle n'est pas très à l'aise avec les inconnus, excuse-la.
— C'est pas grave.

Dès que Roy eut le dos tourné, Joshua leva les yeux au ciel. Il n'allait pas s'entendre avec Anastasia, ça il en était déjà convaincu. Non seulement à cause de sa proximité avec Roy qu'il enviait, mais aussi parce qu'elle avait l'air de ne pas l'apprécier. Au moins, ce serait réciproque.

— Tu peux entrer, lui dit l'homme en l'invitant à avancer le long du couloir.

Il hocha la tête et le suivit jusque dans la grande pièce de vie. Il cligna des yeux à plusieurs reprises, subjugué par la grandeur du lieu, mais aussi par l'ordre qui y régnait. Tout semblait figé, comme s'il se trouvait au beau milieu d'un catalogue ou d'un magazine de décoration. Des meubles modernes étaient disposés dans le salon ; un canapé d'angle en cuir, une table basse en verre et une immense télévision. Sur la gauche se trouvaient la cuisine noire laquée et une table si grande qu'il aurait pu imaginer que Roy était le père d'une famille nombreuse. Malgré tout, l'endroit ne paraissait pas froid ou austère, la lumière tamisée créait une atmosphère accueillante.

— Fais comme chez toi, tu peux t'installer dans le canapé pendant que je prends ma douche, lui dit Roy. Je n'en ai pas pour très longtemps.

Bizarrement, Joshua se sentit tout de suite à l'aise, même s'il avait l'impression d'être un peu intrusif. Que Roy le laisse pénétrer dans son appartement c'était une chose, mais qu'il se montre aussi confiant envers lui, ça lui faisait plaisir autant que ça le gênait. Il se sentait spécial pour une fois. Vraiment spécial.

Il ôta finalement son blouson qu'il déposa sur le dossier du canapé, avec précaution, comme s'il craignait d'abimer quelque chose. Puis il s'assit et continua à observer les alentours. Tout était calme, et l'odeur de café flottait légèrement dans l'air. Mais aussi celle de vanille.

Il fronça les sourcils et retroussa le nez lorsqu'elle se fit plus intense. Fichue Anastasia ! Ce n'était pas son parfum qu'il voulait sentir, mais celui de l'alpha. Il déglutit, se sentant observé. Quand il tourna la tête vers la droite, il sursauta et posa une main sur son cœur qui s'était emballé. Le félin était sur la méridienne, ses larges pattes poilues recroquevillées contre lui. Il ressemblait à une énorme boule de neige avec deux grosses billes bleues collées dessus. Il le fixait sans jamais cligner des yeux, à tel point que Joshua eut l'impression qu'il allait lui sauter à la gorge.

Que devait-il faire ? S'il bougeait, peut-être qu'Anastasia allait vraiment l'attaquer ? Elle n'avait pas l'air agressive mais son regard le perturbait. Et puis, elle n'était pas non plus très avenante. Il avait tenté une approche un peu plus tôt et elle s'était enfuie, purement et simplement. Sans doute que Madame était trop bien pour qu'un pauvre jeune homme comme lui ne caresse son majestueux pelage blanc. Il haussa un sourcil mais se ravisa bien vite lorsqu'elle redressa la tête. Son premier réflexe fut de s'excuser d'une toute petite voix, soucieux d'avoir contrarié la jolie minette. S'il commençait à avoir peur d'un chat de garde inoffensif, il n'avait pas fini. Il n'allait certainement pas se laisser intimider aussi facilement. Certes, il n'était pas l'alpha de la maison, mais il espérait avoir un peu plus de contenance et d'assurance qu'un petit animal sans défense.

Les minutes s'écoulèrent sans qu'aucun d'eux n'ose faire un pas vers l'autre. Joshua regardait Anastasia, et elle le regardait en retour. Parfois elle fermait les yeux, mais elle restait toujours sur ses gardes. Et lui aussi. Il ignorait ce qui pouvait bien lui arriver, mais il n'avait pas envie de s'en détourner et qu'elle disparaisse il ne savait où. Mais il était tellement concentré dans sa tâche qu'il n'avait même pas entendu la porte de la salle de bain s'ouvrir. Ce ne fut que lorsqu'il aperçut la silhouette de Roy du coin de l'œil qu'il revint à lui. Il se redressa d'un coup, son cœur se mit soudainement tout à battre à tout rompre. L'alpha était en train de boutonner sa chemise et il eut le temps d'apercevoir une de ses clavicules saillantes, mais aussi la naissance de son torse puissant et parfaitement lisse.

Anastasia s'était précipitée à ses pieds pour se frotter allègrement à lui.

— Oui ma puce, je vais m'occuper de toi.

Il se baissa pour la caresser avant de jeter un bref regard en direction de Joshua, accompagné d'un petit sourire. Suivi de près par le félin, il rejoignit la cuisine et ouvrit un des placards pour en sortir une boîte en métal. Là, Anastasia se mit à miauler et grimpa sur le plan de travail où se trouvait un bol en porcelaine blanc et décoré de fleurs. Roy y versa des croquettes et l'animal se jeta dessus, comme s'il n'avait rien avalé depuis des jours. L'air amusé, l'homme lui donna quelques caresses qui la firent frémir.

— À ce soir, Ani.

Joshua roula des yeux. C'était un véritable supplice de voir l'alpha aussi niais avec son animal de compagnie. Il était flatté qu'il l'ait emmené chez lui, mais il avait hâte de repartir d'ici, il se sentait vraiment de trop.

— Tu es prêt ? demanda Roy en revenant vers lui.

Joshua hocha la tête tout en essayant de masquer sa nervosité. Il était incapable de détacher ses yeux de Roy qui ajustait maintenant son col. Il émanait de lui une prestance naturelle, une assurance qui rendait Joshua à la fois admiratif et terriblement intimidé. Cet alpha lui plaisait beaucoup trop, plus que n'importe quel autre, et depuis leur sortie dans sa galerie d'art, le jeune homme savait que son attirance n'était pas à sens unique. Il l'avait ressenti, il ne pouvait pas se tromper sur ça. Mais il ne pouvait s'empêcher de se demander quand viendrait le moment tant attendu où l'un d'entre eux craquerait.

Roy s'avança vers lui et scruta les moindres détails de son visage comme pour y déceler des traces d'inquiétude. Joshua sentit son cœur s'emballer à nouveau, cette proximité lui donnait le vertige. Il se força à inspirer profondément, se répétant qu'il ne devait pas laisser ses émotions prendre le dessus, mais le parfum de café de l'alpha lui faisait tourner la tête.

— Parfait, alors allons-y, déclara Roy en tendant la main vers lui.

Il déglutit, le regard fixé sur ses longs doigts, sur ses veines apparentes qui sillonnaient sa peau. Il hésita un instant avant de la saisir, mais il mourait d'envie de ce contact. La chaleur de la main de Roy se diffusa rapidement dans la sienne. C'était réconfortant, terriblement agréable, mais trop court. L'homme le lâcha dès qu'il fut debout et l'invita à le suivre.

Ils quittèrent l'appartement, l'ascenseur les emmena rapidement jusqu'au rez-de-chaussée et ils grimpèrent dans le Range Rover.

Joshua pria pour que la soirée se déroule bien malgré ses quelques appréhensions, mais aussi pour que quelque chose de concret se passe entre eux. Il était à la fois excité et terrifié à l'idée de rencontrer les amis de Roy. C'était une étape importante et il voulait faire bonne impression. Il savait que Léonardo serait présent, ça faisait déjà une tête de plus qu'il connaissait.

Le trajet jusqu'au restaurant ne prit que quelques minutes. Joshua observa avec curiosité les lumières vibrantes de la ville défiler, chaque rue lui rappelait à quel point Manhattan pouvait être à la fois familière et mystérieuse. Il avait toujours vécu là, mais il la découvrait encore au fil des années.

Enfin, ils arrivèrent devant un bâtiment élégant aux grandes baies vitrées illuminées. L'endroit était chic sans être prétentieux, niché au cœur de la ville. Une fois à l'intérieur du restaurant, ils furent enveloppés par une ambiance chaleureuse. La lumière tamisée, les rires discrets des autres convives, tout cela contribuait à apaiser les dernières traces d'anxiété de Joshua. Ils furent conduits dans un espace adjacent, séparé par une porte en bois coulissante. La table au milieu de la pièce comptait déjà plusieurs personnes — six, plus précisément — qui posèrent aussitôt les yeux sur eux. En quelques secondes, Joshua reconnut Bianca, qu'il avait déjà rencontrée, mais aussi Léonardo. Et la présence d'une tête beaucoup trop familière lui fit écarquiller les yeux. Asher, son ami était là lui aussi, et il n'avait même pas jugé bon de l'en informer.

Roy salua chaleureusement tout le monde et Joshua suivit, l'homme le présenta aux personnes qui ne le connaissaient pas encore comme étant un ami. L'oméga eut envie de grimacer. Lui-même ignorait ce qu'ils étaient l'un pour l'autre, mais ce dont il était certain était qu'ils n'étaient absolument pas des amis. À vrai dire, ils étaient même moins que ça. Roy lui venait en aide, il était une sorte de bienfaiteur mais lui, il ne lui offrait rien en retour. Sa présence de temps en temps peut-être, mais ce n'était pas suffisant pour les qualifier d'amis. Ils prirent place à table, Joshua se retrouva à côté de Asher qu'il fusilla des yeux sans pour autant lui adresser la parole. D'un côté il était rassuré par sa présence, mais d'un autre il lui en voulait de n'avoir rien dit.

En observant la table, il remarqua qu'une place était encore vacante.

— Minho n'est pas encore arrivé ou il est déjà parti aux toilettes ?

Roy ponctua sa demande d'un léger rire qui sonnait bien différent de tous ceux que Joshua avait pu entendre de sa bouche. Il avait l'air vraiment très à l'aise en compagnie de ses amis, détendu, lui-même. C'était bien la première fois qu'il le voyait aussi décontracté même s'il s'efforçait d'être toujours bien habillé et présentable.

— En retard, tu le connais, lança Bianca suivi d'un soupir.

— Il a dit qu'il était sur la route, ajouta un jeune homme. Il a été retenu à une réunion avec la direction.

Roy leva les yeux au ciel et se tourna vers Joshua. Ce dernier esquissa un mince sourire, lui notifiant silencieusement que tout allait bien, même s'il était un peu impressionné de se trouver là. Il y avait quatre alphas autour de la table, il était le seul oméga avec Asher. Même si Roy avait fait les présentations, il avait déjà oublié une partie des prénoms et ignorait tout de leurs activités, à part qu'ils avaient un lien de près ou de loin avec l'art. Des amateurs, des collectionneurs, des galeristes, des photographes peut-être.

Une serveuse arriva pour mettre fin à ses réflexions et leur demanda s'ils désiraient commencer par quelque chose à boire. Chacun commanda un cocktail ou un verre de vin. Asher demanda une bière, ce qui amusa Léonardo qui lui asséna un coup de coude. Joshua paniqua, son regard balayant la carte à la recherche d'une réponse qu'il ne parvint pas à trouver. Il ne savait pas quoi choisir, il y avait tant de possibilités qu'il était perdu. Il avait pourtant pris l'habitude des dîners dans son travail d'escorte, mais là, devant toutes ces personnes qui attendaient après lui, il ne parvenait pas à offrir une réponse. Doucement, Roy se pencha dans sa direction et lui tint la carte.

— Tu as besoin d'un conseil ? demanda-t-il d'une voix emplie de bienveillance.

Aussitôt, une chaleur diffuse le réchauffa.

— Si tu veux quelque chose de sucré, la Pina Colada peut faire l'affaire. C'est assez doux et…

— Oui ! Une Pina Colada !

La serveuse le prit en note et, au même instant, un homme arriva pour se placer sur la chaise restante. Il s'excusa discrètement et annonça qu'il souhaitait un verre de vin blanc. Joshua soupira de soulagement. L'arrivée de celui qu'il devina être Minho venait de le sortir d'une situation plus qu'embarrassante. À côté de lui, Asher avait posé la main sur sa cuisse pour le rassurer et cela fonctionna plutôt bien. Il était bien entouré, entre son ami et Roy qui avait une aura naturellement sécurisante.

— Tu arrives pile au bon moment, toujours là quand il faut commander de l'alcool, plaisanta Bianca en se tournant vers le nouvel arrivant.

Minho passa une main exagérée dans sa chevelure brune, dévoilant ainsi ses sourcils arqués et son front lisse. Joshua restait figé sur cet homme au charisme indéniable. Un alpha lui aussi à en croire sa carrure d'athlète, sa stature imposante et son parfum de gingembre si puissant qu'il piquait aux yeux. Il se plaignit de ses supérieurs, puis de ses collègues qui « ne savaient pas faire leur boulot », ce qui avait mené à une réunion d'urgence pour remettre certaines choses au clair. Roy semblait attentif aux paroles de son ami, Joshua le voyait intéressé et impliqué dans ce qu'il racontait. Asher n'avait toujours pas ôté sa main, et il lui en était reconnaissant, même s'il lui en voulait toujours un peu de ne pas lui avoir parlé de ce dîner. Décidément, il lui devait beaucoup d'explications en ce moment.

— Oh mais tiens, s'exclama Minho en posant les yeux sur les deux omégas, j'étais tellement pris dans mes histoires que je n'avais pas vu ces nouvelles têtes !

Asher esquissa un large sourire et tendit une main confiante en direction de l'alpha afin de le saluer. Joshua admirait avec quelle facilité son ami s'adaptait à toutes les situations. Ils étaient vraiment très différents et il se rendait compte que son expérience en tant qu'escorte ne l'avait pas franchement aidé à se dérider. Il était toujours aussi déconcerté en présence d'inconnus.

— Et toi tu dois être Noah ! Ça faisait longtemps que Roy devait nous présenter !

Joshua sentit l'alpha à côté de lui se tendre. Il entendit sa respiration se faire plus forte, plus saccadée, et son parfum de café devint si amer qu'il comprit sans mal qu'il était en colère.

— Ce n'est pas Noah, intervint-il sèchement.

Minho écarquilla les yeux et ouvrit la bouche, sa mâchoire prête à se décrocher.

— Merde, excuse-moi !

Il se confondit en excuses, mais Roy l'arrêta, toujours d'un ton si acerbe que Joshua eut juste envie de disparaître. La conversation venait de jeter un froid à table, plus personne n'osait prononcer un mot mais tout le monde se regardait en chiens de faïence. L'oméga ravala sa salive et baissa la tête. Il ignorait pour quelle raison il avait honte, mais il avait l'impression de ne pas être au bon endroit, de ne pas être celui qui aurait dû se trouver là. Noah. Ce prénom avait suffi pour que Roy se braque, alors il en déduisit aisément qu'il devait s'agir d'un de ses anciens compagnons. Les questions se mirent à tourner dans son esprit. Qui était-il vraiment ? Que lui était-il arrivé ? Comment s'étaient-ils quittés ?

Il n'entendait plus rien, tout s'effaçait autour de lui pour le laisser avec ses interrogations et ses suppositions. Bien entendu, il n'était pas surpris que Roy ait déjà eu quelqu'un dans sa vie, mais il se demanda si ce fameux Noah n'avait pas quelque chose à voir avec son attitude distante et froide parfois. S'il avait vécu une déception sentimentale, cela pouvait se comprendre. Mais son comportement envers Joshua montrait qu'il n'était pas totalement réfractaire à une nouvelle histoire. Après tout, Roy restait attentionné et s'il l'avait recontacté plusieurs fois, s'il était prêt à lui offrir son aide, c'était parce qu'il ne restait pas indifférent. Sur la réserve, peut-être même sur ses gardes, mais il y avait encore de l'espoir.

Deux serveuses vinrent avec les boissons, puis ils commandèrent les plats qui furent amenés peu de temps après. L'atmosphère avait fini par se détendre et les interrogations de Joshua s'étaient dissipées. Il discutait avec Bianca, elle lui posait des questions sur sa passion pour la photographie et il y répondait poliment, bien qu'il fût toujours un peu intimidé par ce que la femme dégageait. C'était une alpha avec un caractère bien trempé, dynamique et très sûre d'elle. Roy était bien plus doux et, malgré sa carrure et son aura protectrice, il pouvait parfois faire penser à un bêta.

— Que dirais-tu de venir me présenter tes travaux un de ces quatre ? proposa la femme. J'aime découvrir de nouveaux talents.

— C'est très aimable de votre part mais je… je n'ai rien fait depuis si longtemps…

— Joshua n'a plus d'appareil depuis un moment, mais il prévoit de retourner au club photo de l'université dès qu'il en aura un qui fonctionne, intervint Asher. Et puis si vous voulez voir ses clichés, j'en ai quelques-uns sur mon téléphone.

Ses joues s'empourprèrent à la proposition de son ami. Il ne s'attendait pas à ce qu'il vole à son secours, il pensait d'ailleurs qu'il était trop occupé à discuter avec les autres, mais il était là, à lui apporter son soutien dans un moment d'embarras. Asher sortit son portable et fit défiler les photographies que Joshua lui avait envoyées quelques jours auparavant depuis son ordinateur. Il voulait avoir son avis honnête, savoir si cela valait le coup de reprendre cet art qui le passionnait depuis toujours, même s'il savait que son camarade ne s'y connaissait pas vraiment. Mais il pouvait au moins lui dire si c'était esthétique, bien cadré et intéressant.

— Roy, l'interpella la femme, tu vas emmener ce jeune homme acheter un nouvel appareil photo au plus vite.

L'alpha pencha légèrement la tête sur le côté, il n'avait pas suivi la conversation. D'un geste de la main, Bianca indiqua à Asher de lui montrer les clichés, ce qu'il s'empressa de faire. Au milieu de toute cette agitation, Joshua n'en menait pas large. Il était simple spectateur.

— Pas mal du tout, sourit l'homme. Et c'était déjà prévu, nous devions aller lui choisir un nouvel appareil. Nous irons demain si tu es disponible.

Joshua bégaya quelque chose d'incompréhensible avant de souffler un bon coup et de se lever. Il annonça qu'il devait s'absenter un instant pour se rendre aux toilettes, Asher le suivit.

Dans les sanitaires, il se passa de l'eau sur le visage et jura à plusieurs reprises. Son parfum de caramel avait encore fait des siennes et il était persuadé que tout le monde autour de la table l'avait senti. Peut-être même le restaurant tout entier.

— Détends-toi, rit Asher.

Joshua releva la tête et planta son regard encore hébété dans le sien.

— Détends-toi ? Oh mais oui, c'est tellement facile quand l'alpha qui me plaît me propose de sortir demain pour aller me payer un appareil photo hors de prix.

Un nouveau rire échappa à son ami qui posa une main sur son épaule.

— C'est une bonne chose, arrête d'être nerveux.

— J'y arrive pas ! C'est plus fort que tout, je suis tellement attiré par lui que je vais devenir fou. Et il y a trop de trucs qui se passent ce soir, j'arrive plus à y voir clair.

— Tu te mets la pression pour rien. Tout se passe bien, je t'assure.

Joshua s'arrêta et fixa son ami.

— Toi, tu me dois des explications, dit-il.

— Léonardo m'a proposé de l'accompagner, ça s'est fait à la dernière minute, pas besoin de te faire des films et croire que j'ai voulu te le cacher. On a décidé de pas se précipiter, je suis là en ami, rien de plus contrairement à ce que tu peux t'imaginer.

— Pourtant vous avez l'air…

— On s'entend très bien, l'interrompit Asher, c'est un fait que personne ne peut nier. Mais Léo est vraiment un type bien et il veut qu'on prenne notre temps. Ça nous empêche pas de nous voir, de passer du temps ensemble, et ça veut pas dire qu'on va se sauter dessus comme des animaux. Avec lui c'est vraiment spécial.

Joshua soupira. Il s'inquiétait pour Asher alors que ce dernier était bien plus posé et confiant quant à sa relation avec l'alpha. Il aurait aimé qu'il en soit ainsi pour Roy et lui. Mais il n'était certain de rien. Si seulement ils avaient pu en discuter, comme Léonardo et Asher l'avaient fait, tout serait bien plus simple. Il n'aurait pas à se poser des questions, à se demander si leur relation pouvait mener à quelque chose, à interpréter ses actions ou ses paroles. Et s'il se trompait ? S'il prêtait à Roy des intentions qui se révélaient fausses ? Il n'avait pas envie de s'inventer quoi que ce soit.

— Tu crois qu'il s'intéresse à moi ?

Asher eut un mouvement de recul.

— T'es encore en train de douter ?

— Oui. Parfois je me dis qu'il ne fait pas tout ça pour moi juste pour faire sa bonne action. Mais d'autres fois j'ai juste l'impression de me faire des films et qu'en fait, il ne ressent absolument rien. Peut-être que j'espère tellement lui plaire que je me crée des signes pour me satisfaire.

— Mais c'est évident que tu lui plais ! Joshua, réveille-toi !

— Je suis perdu, complètement perdu.

Ses épaules s'affaissèrent et il soupira encore. Il ne savait plus quoi croire, qui croire. C'était bien la première fois qu'un alpha soulevait autant de questions et de doutes en lui. Et peut-être était-ce normal finalement, car Roy était le premier à l'attirer autant. Son oméga intérieur réagissait comme il n'avait jamais réagi. Ce n'était pas purement physique, c'était au-delà de ça, c'était spirituel. Dans le fond, il se voyait faire sa vie avec un alpha comme Roy, devenir son lié, lui donner des enfants.

Un puissant frisson le secoua tout entier et il se frappa le front à plusieurs reprises.

— Faut que je me calme, marmonna-t-il.

— Oui, tu sens le caramel à des kilomètres à la ronde.

— Je sais, je contrôle pas et j'ai super honte.

Asher se montra une fois de plus compatissant, une main pressant la sienne.

— Tu dois pas. Nos phéromones c'est ce qui nous aide à nous rapprocher entre alphas et omégas, à tisser des liens et à s'imprégner l'un de l'autre. Si tu veux que ton beau blond se montre un peu plus entreprenant, ne te cache pas.

Joshua hocha doucement la tête et ils repartirent en direction de la table où tout le monde les attendait.

La soirée passa dans une ambiance un peu plus détendue, même si Joshua restait timide et discret. À côté de Asher, son attitude pouvait sembler froide. Son ami était enjoué et n'hésitait pas à participer aux conversations. Les autres lui posaient des questions, sur sa vie, sur ses études, auxquelles il répondait toujours avec le sourire. Et quand l'occasion le lui permettait, il enchaînait sur un autre sujet. Joshua aurait aimé être comme lui afin de pouvoir se rapprocher des amis de Roy, pour montrer qu'il s'intéressait à sa vie, mais il n'y parvenait pas. Rongé par une gêne qui ne voulait pas s'évaporer, il se contentait d'écouter.

Quand vint le moment de repartir, ils se levèrent et chacun paya sa part. Enfin, Roy paya pour Joshua et Léonardo pour Asher. Ce dernier décocha d'ailleurs un clin d'œil à son ami avant qu'ils ne quittent tous le restaurant. Ils se saluèrent avant de se séparer. Le Range Rover attendait sur le parking à proximité et une fois à l'intérieur, bien installé sur son siège, Joshua ferma les yeux et expira tout l'air de ses poumons.

— Tu as passé une bonne soirée ? demanda Roy en démarrant.

— Oui, c'était… c'était bien.

Que dire de plus ? Il n'allait pas avouer que ce dîner avait été plus compliqué que prévu. Il aurait aimé en profiter davantage car Roy lui ouvrait une porte dans sa vie. Le présenter aux personnes qu'il aimait, ce n'était pas anodin, et Joshua en avait conscience. Cela signifiait beaucoup. Qu'il était en confiance avec lui, et surtout qu'il l'appréciait. Pourquoi avoir besoin d'un oméga pour une simple soirée entre amis ? Ce n'était pas comme s'il l'avait emmené à un banquet ou à un dîner d'affaires juste pour ne pas s'y retrouver seul. Là, c'était son intimité, sa vie privée.

— Désolé pour… mon ami. Enfin, désolé qu'il t'ait pris pour quelqu'un d'autre.

— Oh non, ne vous en faites pas c'est pas grave.

— Je ne l'avais pas vu depuis un moment et disons qu'il n'est pas très au fait de ma vie. J'aurais peut-être dû l'en informer avant ce soir. Alors excuse-moi, je ne voulais pas que ce soit embarrassant.

Joshua essaya de le rassurer une fois de plus. La remarque de Minho avait jeté un froid, c'était une certitude, mais il était d'autant plus désolé pour Roy qui semblait profondément touché par la situation.

Le silence s'installa entre eux, ponctué uniquement par le ronronnement du moteur. L'alpha gardait les yeux fixés sur la route, ses mains serrées sur le volant. Joshua se demandait s'il devait dire quelque chose de plus, essayer de détendre l'atmosphère, mais il n'arrivait pas à trouver les mots adéquats. Si Roy se sentait mal à l'aise, il l'était tout autant.

Quand le véhicule s'arrêta devant chez lui, Joshua se tourna vers Roy, une hésitation dans le regard. Il voulait tellement exprimer ce qu'il ressentait, mais la peur du rejet le tiraillait. Finalement, il se contenta de murmurer « Merci pour la soirée » avant d'ouvrir la portière pour descendre.

Roy attrapa délicatement son poignet, cette simple action décupla son odeur de caramel qui se répandit aussitôt dans tout l'habitacle. L'oméga se figea, surpris par le contact qui l'avait électrisé.

— Oui ?

Roy prit une profonde inspiration et resserra légèrement son emprise.

— Je suis désolé si c'était gênant ce soir. Je ne voulais pas que ça se passe comme ça, je voulais juste te présenter à des personnes qui comptent pour moi.

— Je sais, répondit Joshua. Et je suis content que vous l'ayez fait, ça signifie beaucoup pour moi.

Roy hocha la tête et relâcha doucement son poignet. Cette fois, ce fut un silence chaleureux qui s'installa dans le véhicule, et Joshua sentit une vague de gratitude l'envahir. Il était profondément reconnaissant que l'homme s'intéresse à lui, lui vienne en aide et lui fasse partager des instants importants de sa vie. Jamais il n'aurait pu espérer mieux.

— Roy, je voulais vous dire...

Il marqua une pause, les mots se bousculaient dans sa tête. Comment exprimer ce qu'il ressentait ? Comment faire comprendre à Roy qu'il comptait vraiment pour lui et qu'il désirait plus qu'une amitié, plus qu'une soirée entre amis ? Le regard de l'alpha s'était ancré dans le sien, incapable de s'en défaire.

— Oui ? Qu'est-ce que tu voulais me dire ?

Joshua sentit son courage vaciller, mais il devait repousser ses peurs. Il devait être honnête s'il voulait que les choses avancent entre eux. Il n'était pas du genre à faire le premier pas, mais il avait la sensation que Roy ne le ferait pas non plus. Pour une fois, il irait chercher ce qu'il désirait.

— Je... je tiens beaucoup à vous. Et je suis vraiment désolé si j'ai pu sembler nerveux ou distant ce soir, c'est parce que je...

Il se pencha légèrement vers l'alpha, ses yeux se posèrent sur ses lèvres entrouvertes qu'ils trouvaient parfaites. Son cœur s'emballa, ses phéromones étaient en folie, et il décida de suivre son instinct. Lentement, il avança et ses yeux se fermèrent d'eux-mêmes lorsqu'il tenta de déposer un baiser sur les lèvres de Roy. Mais au dernier moment, l'homme posa une main douce mais ferme sur sa poitrine pour le repousser.

— Pas maintenant, murmura-t-il.

Joshua déglutit, les yeux toujours clos sous la honte qu'il ressentait. Son cœur venait de s'effondrer, une douleur aiguë le fit grimacer, presque sangloter. Les mots de Roy résonnaient dans sa tête et augmentaient ses propres doutes et craintes. Pourquoi avait-il pensé que c'était le bon moment ? Pourquoi avait-il pris le risque de ruiner cette soirée ? Il avait voulu franchir une frontière sans en mesurer les conséquences, sans penser qu'il allait se faire rejeter. Et ça faisait mal. Il se sentait tellement bête d'avoir agi sans réfléchir.

— Je suis désolé, balbutia-t-il d'une voix tremblante.

Roy retira sa main pour se repositionner dans son siège. Joshua ressentait le poids de son regard sur lui et il osa enfin ouvrir les yeux pour affronter la réaction de cet homme qui lui plaisait tant qu'il n'était plus en mesure de le dissimuler. Tout chez lui criait qu'il l'attirait. Roy ne pouvait plus le nier. Il pouvait faire comme s'il ne voyait rien, comme s'il ne savait rien, mais l'oméga était conscient qu'il l'avait percé à jour.

— Je tiens beaucoup à toi moi aussi, dit l'alpha, mais je... je ne peux. Pas comme ça, pas maintenant.

— Je suis vraiment désolé.

— Ne sois pas désolé. Ce n'est pas toi.

Joshua hocha lentement la tête. D'un côté, il était soulagé par la compréhension de Roy, mais d'un autre extrêmement déçu par le rejet. Il savait que l'homme avait ses raisons, mais cela n'atténuait pas la pointe de douleur lancinante dans tout son être.

— Je comprends, dit-il en baissant les yeux pour cacher son embarras.

Roy se pencha légèrement et, de son index, releva délicatement le menton de Joshua pour capturer son regard.

— Joshua, ce n'est pas parce que je ne veux pas... enfin, tu comprends ? Il y a trop de choses qui me tourmentent et je ne veux pas me précipiter.

Le cœur de l'oméga bondit dans sa poitrine à ces paroles. Un frisson de soulagement et d'espoir lui traversa le corps. Il voyait que Roy était sincère, que son refus n'était pas catégorique mais une promesse de quelque chose de plus profond.

— D'accord, murmura-t-il avec un sourire timide.

Roy lui rendit son sourire puis, sans qu'il ne s'y attende, il déposa un chaste baiser sur son front.

— Nous n'avons pas besoin de nous presser.

Joshua hocha la tête, une chaleur apaisante enveloppa son corps tout entier. Roy était différent, il était doux et consciencieux. Il ne pensait pas qu'à lui et à son propre plaisir. C'était un homme bien, et cela le rendait d'autant plus précieux à ses yeux.

Ils se regardèrent un instant, la connexion entre eux palpable dans l'air chargé de tension et d'émotion.

— Merci pour ce soir, dit Joshua. Et merci de m'avoir raccompagné.

— On se voit demain ?

L'oméga hocha la tête et, avec un dernier sourire, il quitta le véhicule. Roy attendit qu'il soit entré dans le hall de l'immeuble pour redémarrer.

Joshua rentra chez lui, le cœur lourd de déception mais aussi rempli d'espoir. Il avait enfin trouvé le courage de déclarer ses sentiments, même si cela n'avait pas abouti comme il l'avait espéré. Il se demandait ce que l'avenir leur réservait, s'ils pouvaient surmonter cet obstacle et construire quelque chose de beau ensemble. Une chose était sûre : il ne renoncerait pas aussi facilement à ce qui pourrait être la plus grande histoire d'amour de sa vie.

CHAPITRE 19

♥ ♥ ♥

Joshua avait eu beaucoup de mal à fermer l'œil. La scène de la veille, dans la voiture, se jouait en boucle dans sa tête. Il était à la fois fier d'avoir osé, mais aussi honteux que Roy l'ait repoussé. Il savait désormais que ce n'était pas fichu, l'homme était intéressé et il avait espoir que quelque chose se passe entre eux. Tôt ou tard. Mais il s'en voulait de ne pas avoir été capable d'attendre plus longtemps, de ne pas avoir été capable de voir les signes. Il aurait tant aimé que ce soit le bon moment, cela lui aurait évité de subir cette gêne. De plus, il avait mis Roy mal à l'aise. Devoir refuser les avances de quelqu'un, surtout pour un homme aussi bienveillant que lui, ça ne devait pas être facile.

Mais ce qui était fait était fait, il ne pouvait pas revenir en arrière. Il devait voir le bon côté des choses, faire ce premier pas ne lui avait pas fait tout perdre. Aujourd'hui, il avait la certitude que l'alpha ressentait lui aussi quelque chose. Il avait dit qu'il tenait à lui, beaucoup, il l'avait même embrassé sur le front et lui avait dit qu'ils n'avaient pas besoin de se presser. Alors Joshua se raccrochait à ces paroles. Il attendrait le temps qu'il faudrait. Il avait confiance en Roy, parce qu'il avait déjà senti son parfum se faire plus intense à son contact, parce que malgré ce premier rejet, il savait qu'il ne le laissait pas indifférent. Après tout, il ne connaissait pas son passé, alors s'il ne se sentait pas prêt, c'était important de ne pas le brusquer. Ils se respectaient mutuellement et c'était primordial pour démarrer une relation saine.

Joshua avait beau tenter de relativiser, il était tout de même embarrassé de revoir l'alpha dès aujourd'hui. Roy devait arriver d'une minute à l'autre afin qu'ils aillent chercher son nouvel appareil photo. Il appréhendait un peu, de peur que l'ambiance soit tendue, qu'entre eux les choses aient changé et que l'alpha se ferme. Il espérait se tromper. Entrer dans la vie de Roy n'était pas une mince affaire, et l'oméga ne voulait pas tout gâcher.

Il prit une grande inspiration pour se calmer, inutile de se faire des plans sur la comète.

Après quelques minutes, Joshua reçut un message de la part de Roy, lui annonçant qu'il l'attendait en bas de l'immeuble. À l'extérieur, les températures s'étaient adoucies depuis plusieurs jours, le printemps s'installait peu à peu et la nature reprenait vie — bien qu'ils furent en pleine ville.

L'oméga avait revêtu un large pull rose poudré et un peu long, dont une manche découvrait son épaule frêle. Il s'y sentait à l'aise et c'était peut-être une manière de séduire Roy en se dévoilant davantage. Il n'était pas sans savoir que les alphas avaient — pour la plupart — un petit faible pour cette partie du corps. La jonction entre le cou et l'épaule était un endroit particulièrement apprécié pour les morsures, surtout quand il était question de se lier à son partenaire. Ce n'était pas pour lui forcer la main à quoi que ce soit, plutôt pour lui montrer une fois de plus son intérêt pour lui, de manière moins directe que la veille.

Une fois à proximité du Range Rover, son cœur palpita avec force dans sa poitrine. La main sur la poignée de la portière, Joshua crut presque défaillir quand une puissante bouffée de chaleur l'envahit. Mais il n'allait pas reculer, bien au contraire. Il ouvrit et, aussitôt, les deux orbes céruléens de l'alpha le transpercèrent. S'il avait déjà chaud avant de pénétrer dans le véhicule, il était désormais totalement fiévreux. Et l'odeur de café corsé qui flottait dans l'air ne fit qu'ajouter un peu plus de tension.

— Bonjour, lança Roy avec un sourire. Tu as bien dormi ?

Joshua fut parcouru d'un frisson. La voix de l'alpha le rendait fébrile, si fébrile qu'il avait de plus en plus peur de perdre le contrôle sur son corps. Il avait beau être sous suppressants, il restait un oméga et, en présence de la personne qui mettait ses hormones sens dessus dessous, il risquait de dérailler. S'il se mettait à devenir tout humide et à souiller le siège passager, il serait mort de honte.

— Ça va, répondit-il tout bas. Et vous ?

Roy hocha la tête, sans se défaire du sourire rayonnant qui étirait ses lèvres.

— Oui, c'était une nuit un peu…

Il marqua une pause et lâcha un rire.

— Mouvementée, reprit-il.

— Oh…

Joshua n'osa rien dire de plus. Il comprenait aisément que Roy avait beaucoup cogité et que son comportement de la veille en était la cause.

Roy avait cette façon d'être à la fois rassurant et troublant. Et le cœur de Joshua battait la chamade alors qu'il tentait de garder son calme apparent. Il ne voulait pas laisser transparaître toute la tempête émotionnelle qui grondait en lui.

Roy démarra et reprit la parole ; il évoqua des banalités qui semblaient lointaines pour l'oméga, absorbé par la proximité de l'alpha. Chaque instant avec lui était un défi, un délicieux défi où Joshua devait jongler entre son désir et sa retenue. Il pouvait sentir une tension subtile dans l'air, comme une électricité prête à crépiter, et c'était suffisant pour décupler son parfum de caramel. Il adorait quand il se mélangeait à celui de l'alpha, c'était doux et fort à la fois. C'était un alliage harmonieux, et Joshua se dit qu'ils allaient vraiment bien ensemble. Peut-être était-il destiné à rencontrer Roy depuis le départ. Quand ce dernier l'avait bousculé dans Times Square des mois auparavant, son oméga intérieur était déjà tombé pour lui.

Le trajet se passa en silence et Joshua se contenta d'observer le paysage urbain défiler par la fenêtre. Sa nervosité s'était dissipée, parce qu'il se sentait terriblement bien près de Roy. Cet homme avait le don de l'apaiser, sans même parler, sans même agir. Sa présence suffisait, bien qu'elle fut parfois une source de stress. Mais il y avait quelque chose, dans son odeur, dans son existence même, qui le rassurait. Il était peut-être compliqué à atteindre, mais il était l'homme le plus respectueux et honnête qu'il avait pu rencontrer.

Ils arrivèrent bientôt à la boutique de photographie. Roy se gara et ils descendirent tous les deux du véhicule. Là, l'alpha ne put s'empêcher de poser les yeux sur l'épaule dénudée de Joshua, et ce dernier jura sentir son odeur devenir bien plus corsée qu'à l'accoutumée. Son plan était en train de fonctionner, et ça le rendait tout chose. Les pupilles de l'alpha s'étaient dilatées et il fixait sa peau avec une insistance telle que l'oméga s'en trouva même un peu gêné. Il en vint presque à regretter d'avoir eu cette idée, mais surtout de l'avoir exécutée. C'était audacieux, un peu trop audacieux. Et il avait peur que Roy se braque encore plus désormais. Mais l'homme se contenta de secouer la tête pour se reprendre et il invita Joshua à le suivre.

Ils pénétrèrent dans le magasin et un vendeur les accueillit chaleureusement. Ils parcoururent les différents rayons, Joshua regarda les appareils avec attention. Il était embarrassé de se trouver là tout en sachant que c'était Roy qui allait régler la facture et même s'il voyait quelques appareils qui pouvaient lui convenir, il était embêté par le prix.

— Tu en as repéré un ?

Joshua leva les yeux vers l'homme et esquissa un mince sourire. Il hocha doucement la tête, les joues rouges et chaudes.

— Dis-moi tout.

— C'est un peu…

Il s'arrêta pour déglutir. La gentillesse de l'alpha mettait tous ses sens en éveil. Il était trop sensible à sa personne, à sa façon d'être, à sa façon de parler.

— Je me sens un peu mal, avoua-t-il. C'est beaucoup…

— Tu ne dois pas. Ça me fait plaisir et je sais que ça te fait plaisir aussi.

— Merci, murmura Joshua. Et c'est celui-là.

Il pointa un appareil de taille moyenne, avec un bon objectif et des fonctionnalités avancées. Roy observa l'objet puis regarda Joshua avec un sourire approbateur.

— Très bien, dit-il avant de se tourner vers le vendeur. Nous prendrons celui-ci, s'il vous plaît.

Le vendeur hocha la tête et les invita à se diriger vers le comptoir pour finaliser l'achat. Pendant qu'il préparait l'appareil, Joshua ne pouvait s'empêcher de jeter des coups d'œil à Roy. L'alpha était détendu, souriant, et cela contribuait à apaiser les derniers vestiges de sa nervosité.

Une fois que Roy eut payé, ils quittèrent la boutique. Alors qu'ils marchaient sur le trottoir vers il ne savait où, Joshua serrait précieusement son nouveau bien contre lui, comme un gamin qui ressortait d'un magasin de jouets. Il ressentait à la fois de la gratitude et un brin de culpabilité. Mais Roy semblait tellement heureux de lui faire plaisir que cela dissipa ses réticences. Il était heureux si l'alpha l'était. Et le voir s'intéresser à lui et à sa passion, ça n'avait pas de prix.

— Il va bientôt être l'heure du déjeuner, tu as quelque chose de prévu ?

Joshua cligna des yeux à plusieurs reprises, surpris par la question. Le cheminement se fit rapidement dans son esprit : Roy voulait passer davantage de temps à ses côtés. Le feu lui monta aux joues, son parfum de caramel prenant encore de l'ampleur.

— Non, rien, pourquoi ?

Il savait parfaitement pourquoi, mais il avait terriblement envie d'entendre Roy prononcer ces mots qui le feraient vibrer. L'homme afficha un petit sourire presque timide, la tête légèrement penchée vers l'avant comme pour dissimuler son embarras naissant.

— J'aimerais qu'on passe un peu plus de temps ensemble. Qu'on profite du beau temps et…

Il s'arrêta et expira d'un coup sec avant de planter son regard dans celui de l'oméga.

— Oui, j'ai envie de passer du temps avec toi.

Joshua se figea. Les paroles de Roy, qu'il avait tant attendues, lui faisaient un effet monstrueux. Encore plus intense que ce qu'il avait imaginé. Cette journée tous les deux allait avoir raison de lui. Encore un peu et il se serait liquéfié sur place. Cette proximité, cette complicité, il en rêvait. Il pouvait bien l'avoir repoussé la veille, il ne s'était jamais senti aussi proche de lui qu'à cet instant. Et cela le confortait dans son idée ; tout n'était pas perdu.

— Je connais un petit restaurant sympa dans le coin, sans prise de tête, juste pour manger un sandwich ou une salade. Ça t'irait ?

Joshua acquiesça vivement, les joues toujours en feu. L'idée de passer plus de temps avec Roy, de partager un repas en toute simplicité, était bien plus qu'il n'aurait osé espérer.

— Oui, ce serait parfait, répondit-il, un sourire timide aux lèvres.

Roy hocha la tête, satisfait, et ils se mirent en route vers le petit restaurant. En marchant côte à côte, Joshua ressentait une chaleur réconfortante émaner de l'alpha. Il ne pouvait s'empêcher de voler quelques regards vers lui, il admirait la sérénité et la force tranquille qui émanaient de chacun de ses pas. Roy était un homme charismatique, qui ne passait pas inaperçu, mais il n'en jouait pas. Il était tellement discret dans sa façon de se comporter que c'en était remarquable. Joshua le voyait, beaucoup de monde se retournait sur son passage, l'observait avec attention, même admiration. Parce qu'il était à la fois imposant et immensément délicat. Bien qu'il eut déjà rencontré d'autres alphas respectueux et aimables, aucun n'était comme Roy. Et c'était bien pour cela qu'à part une puissante attirance physique, il avait des sentiments pour lui. Où étaient-ce ces sentiments naissants qui le rendaient si merveilleux ?

Joshua n'en savait rien, mais il était prêt à accepter ce qu'il ressentait pour l'alpha.

Quelques minutes plus tard, ils arrivèrent devant un charmant petit café, niché entre deux boutiques à proximité de Central Park. La devanture en bois vieilli, ornée de fleurs en pot, donnait un aspect accueillant et intime à l'endroit. Roy ouvrit la porte et fit signe à Joshua d'entrer. L'oméga le remercia et il fut immédiatement enveloppé par une douce odeur de pain frais et de café moulu. Des tables en bois, des plantes suspendues, une lumière tamisée, tout était parfait pour un déjeuner en tête à tête, loin des mondanités et du luxe auquel Roy l'avait habitué.

Ils s'installèrent à une table près de la fenêtre. Joshua posa délicatement le sac contenant son appareil photo sur la chaise à côté de lui, comme s'il s'agissait d'un trésor précieux. Il était encore émerveillé par ce cadeau et ne pouvait s'empêcher de penser à toutes les photos magnifiques qu'il allait pouvoir prendre avec. Mais plus que tout, il était touché par l'attention et la générosité de l'homme.

— Qu'est-ce qui te fait envie ? demanda Roy en parcourant le menu des yeux.

L'oméga jeta un coup d'œil à la carte, mais son esprit était ailleurs, focalisé sur son vis-à-vis et sur les émotions qui tourbillonnaient en lui.

— Une salade, répondit-il un peu au hasard. Et vous ?

— Je vais prendre un sandwich au poulet, dit Roy. Ça fait longtemps que je n'en ai pas mangé.

Ils passèrent commande, et une fois le serveur parti, le silence s'installa entre eux. Mais ce ne fut pas gênant, plutôt un moment de tranquillité partagée, où chaque regard échangé était chargé de non-dits.

Le serveur revint avec leur déjeuner, accompagné de deux grands verres de thé glacé.

— J'espère que ça te plaira, dit Roy en désignant la salade.

— Ça a l'air délicieux, merci beaucoup.

Ils commencèrent à manger et la conversation s'écoula naturellement. Joshua se sentait de plus en plus à l'aise, il ne pensait plus du tout aux évènements de la veille et c'était comme si chaque minute passée en compagnie de Roy renforçait leur lien. Ils parlèrent de photographie, l'oméga avait pour projet de retourner dans le club de son université maintenant qu'il avait de nouveau l'outil adéquat. Ils échangèrent des sourires, des regards, des rires aussi. L'ambiance dans le café était légère, propice à un rapprochement. Il n'y avait pas de fioritures, juste eux, l'un en face de l'autre. Et plus que tout au monde, Joshua aimait ces moments de simplicité.

Alors qu'il riait, Roy posa sa main sur la table, près de celle de l'oméga. Celui-ci sentit une douce chaleur se répandre en lui. Il fixa les doigts de l'alpha et hésita un instant. Ce n'était pas correct de venir les lui frôler. Il devait attendre encore avant d'oser faire un nouveau pas vers lui. À vrai dire, il n'était pas certain d'initier un nouveau contact de si tôt. Il préférait que ce soit Roy qui s'en charge, quand il serait prêt. Tant pis si cela prenait des jours, des semaines, ou des mois, il pouvait attendre.

— Tu sais, intervint Roy après une bouchée, je suis vraiment content que tu sois venu avec moi aujourd'hui. J'avais... un peu peur.

— Peur ? répéta l'oméga.

— Oui, avec ce qui s'est passé hier je me suis dit que j'avais peut-être tout gâché, que tu attendais quelque chose de moi et que si je ne te le donnais pas, tu préfèrerais ne plus continuer.

Son cœur fit un bond. Les mots de Roy résonnaient en lui. L'homme avait eu peur de le perdre ? Il ne sut quoi répondre. Lui aussi avait eu peur que tout s'arrête entre eux, à cause de son geste irréfléchi.

— Mais je me sens bien avec toi.

— Je... moi aussi, murmura l'oméga en baissant les yeux, les joues rosissant. Et vous n'avez rien gâché, c'est plutôt moi qui ai fait n'importe quoi.

— Je ne dirais pas ça, c'était juste inattendu.

— Je suis désolé si je vous ai mis mal à l'aise, ce n'était pas mon intention.

Roy secoua la tête.

— Non, ne t'excuse pas. En fait, je suis content que tu aies été honnête avec moi. C'est juste que... j'ai besoin de temps. J'ai des choses à régler de mon côté, des choses qui n'ont rien à voir avec toi, mais qui m'empêchent de me lancer dans quelque chose pour l'instant. Je ne veux pas qu'on se blesse en allant trop vite.

— Je comprends, je n'ai vraiment pas réfléchi et je me suis senti vraiment bête.

— Ça montre simplement à quel point tu es sincère et c'est quelque chose que j'apprécie chez toi.

Ils échangèrent un regard et un poids énorme se souleva des épaules de Joshua. Les doigts de Roy effleurèrent les siens et ce fut suffisant pour déclencher un feu ravageur en lui. Il serra les jambes, baissa les yeux vers sa salade et saisit ses couverts pour manger, échappant ainsi à cette dangereuse proximité. Mais tout semblait parfaitement en place désormais. Joshua savait que la route serait peut-être longue pour atteindre le cœur de Roy pour de bon, mais il était prêt à attendre pour construire quelque chose de solide et de beau. L'espoir renaissait en lui, vibrant et lumineux.

Après le déjeuner, ils décidèrent de se promener un peu dans le parc voisin. La nature s'éveillait, et les fleurs colorées parsemaient les pelouses verdoyantes. Ils marchèrent tranquillement et savouraient le calme et la beauté du lieu. Joshua se sentait apaisé, comme si tout se trouvait enfin là où il devait être. Roy lui avait proposé de tester son appareil photo et après quelques réglages, il commença à prendre ses premiers clichés.

Les rayons du soleil perçaient à travers le feuillage désormais bien dense des arbres, ils apportaient une luminosité chatoyante et agréable aux parterres de fleurs. Joshua immortalisa des fragments de vie ; un papillon virevoltant autour d'une tulipe, vite remplacé par une abeille venue chercher le pollen qu'elle convoitait tant. Puis un moineau peu farouche qui s'était posé à ses pieds. Il s'arrêta sur le petit Chihuahua crème, l'animal courait aussi vite que possible après une balle qu'il ramenait à sa maîtresse installée sur un banc. L'ambiance était agréable et Joshua avait l'impression de revivre. Vraiment. Il avait beau s'être sorti de la misère, avoir un nouvel appartement et ne manquer de rien, c'était en observant tout ce qui l'entourait et en s'en émerveillant qu'il se sentait véritablement vivant. Et quand il posa les yeux sur Roy, son cœur se gonfla de bonheur. Il lui adressa un sourire reconnaissant que l'homme lui rendit avant de saisir son téléphone qui sonnait.

— Excuse-moi, je dois décrocher.

Joshua hocha la tête et Roy s'éloigna un peu. Cependant, il était incapable de se détourner de lui. Ses cheveux blonds ondulaient sous la brise et la lumière chaude du soleil venait éclairer son visage. L'oméga profita de cet instant pour le prendre en photo. Roy était d'un naturel charismatique et ses traits harmonieux semblaient faits pour être immortalisés. Chaque cliché que Joshua prit lui parut plus étonnant que le précédent. Par ce temps lumineux, les orbes bleus de l'alpha ressortaient et brillaient de mille feux. Il était si beau, si attirant, si intimidant, mais d'un autre côté si simple, si abordable. Joshua cessa de le photographier pour l'admirer de ses propres yeux. Il avait l'impression que l'objectif ne le dépeignait pas comme il était réellement et il n'y avait rien de mieux que de l'avoir en face pour se rendre compte de qui il était. De sa beauté et de sa bienveillance. Aucun cliché ne serait assez probant pour montrer au monde à quel point cet homme était magnifique, à l'intérieur comme à l'extérieur.

Après quelques minutes passées au téléphone, Roy raccrocha et revint vers Joshua. Le jeune homme n'avait pas bougé, trop occupé à contempler celui qui faisait battre son cœur.

— Désolé pour l'attente, dit Roy en rangeant son téléphone dans sa poche. C'était important.

— Pas de problème, répondit Joshua avec un sourire. J'en ai profité pour prendre quelques photos.

— Ah oui ? Montre-moi ça.

Joshua déglutit, soucieux qu'il ne découvre les clichés qu'il avait pris de lui, mais il lui tendit tout de même l'appareil. Roy parcourut les photos avec un regard attentif et il s'arrêta sur une particulièrement réussie du papillon.

— Tu as vraiment l'œil, c'est magnifique, le complimenta l'alpha.

Joshua rougit légèrement. L'admiration de Roy pour son travail le touchait profondément. Il avait besoin de cette reconnaissance, de quelqu'un capable de lui dire qu'il faisait bien les choses. Même s'il avait Asher pour l'encourager, c'était encore différent. Que ce soit l'alpha qui lui faisait tourner la tête qui prononce ces mots, ça avait une saveur toute particulière. Il se sentait fier, parce que quelqu'un était fier de lui.

— Merci. J'aime beaucoup observer les petites choses de la vie, celles qu'on ne remarque pas toujours.

— Ça se voit, et c'est une qualité rare. Beaucoup de gens passent à côté de ces détails sans s'arrêter pour les apprécier.

— La photographie me permet de le faire.

— Et par tes clichés tu permettras à d'autres d'accéder à ça. Ça semble être une forme d'art assez solitaire, mais en réalité elle est très généreuse.

Roy venait de planter son regard dans le sien, et Joshua n'avait qu'une envie : y plonger et ne plus jamais remonter à la surface. Cet homme le rendait faible, chaque geste, chaque mot, chaque œillade, le faisait un peu plus tomber pour lui. Malgré le fait qu'ils se trouvaient à l'extérieur, le parfum de caramel se diffusa dans l'air pour les envelopper. Roy retroussa le nez ; il l'avait senti instantanément.

— On continue notre balade ? proposa-t-il.

Joshua hocha la tête et ils reprirent leur marche à travers le parc pour profiter de la beauté de la nature environnante. Les conversations furent naturelles, ponctuées de rires et parfois de silences paisibles. Chaque pas que Joshua faisait à côté Roy renforçait son sentiment de sécurité et d'appartenance. Avec lui, c'était facile.

Ils se promenèrent ainsi une bonne partie de l'après-midi, le temps défila sans qu'ils ne s'en aperçoivent.

— Je crois qu'on devrait rentrer, dit finalement l'alpha. La journée a été longue et tu dois être fatigué.

— Un peu, admit Joshua, et j'ai encore des révisions. Mais c'était une journée merveilleuse.

— Oui, ça l'était.

Ils ne purent s'empêcher de sourire et quittèrent le parc pour retourner vers la voiture. Leurs pas étaient plus lents, comme s'ils voulaient prolonger ce moment.

Pendant le trajet du retour, l'atmosphère fut douce et sereine, bien loin de la tension qu'ils avaient connue la veille ou même ce matin. Joshua repensa à leur discussion et une vague de soulagement le submergea. Il avait la conviction que tout irait bien, que leur relation, quelle que soit sa nature future, aurait de solides fondations. Et il était prêt à attendre et à construire un avenir avec Roy — si ce dernier le souhaitait —, ou tout du moins essayer.

En arrivant devant l'immeuble de Joshua, Roy se gara et coupa le moteur. Ils restèrent un moment assis dans la voiture, savourant la fin de cette journée spéciale.

— Merci beaucoup, dit l'oméga en montrant son nouvel appareil. Ça signifie énormément pour moi.

— Je suis ravi que tu sois content. Tu le mérites, et maintenant tu n'as plus aucune excuse pour le club.

Joshua lâcha un rire et acquiesça.

— Je vais y retourner, promis.

— J'espère bien. Et avec ce que j'ai vu aujourd'hui, je sais que tu vas prendre de magnifiques photos avec cet appareil.

Joshua sourit, les yeux brillants de reconnaissance. Il était tellement heureux que tout se soit arrangé entre eux et que Roy ne lui en veuille pas pour son attitude de la veille. Il avait été trop vite, il aurait bien dû s'en douter, mais il n'avait pas réussi à lutter contre ce que son cœur et son instinct lui disaient. Maintenant, il allait faire attention et attendre. Il n'allait plus agir sans réfléchir.

Il prit une grande inspiration et rassembla son courage.

— Roy, je… je veux que vous sachiez que peu importe combien de temps il faut, vous êtes important pour moi, et je ne veux pas vous brusquer. Et je suis tellement reconnaissant de vous avoir dans ma vie, j'ai même l'impression que c'est un rêve, vous êtes tellement gentil et attentionné…

Les mots sortirent plus facilement qu'il ne l'avait prévu, mais une fois prononcés, Joshua baissa la tête, craignant que ses paroles soient perçues comme une manière détournée pour insister. Son corps se crispa tout entier lorsque Roy posa une main sur la sienne, un geste simple mais chargé de sens.

— Merci, Joshua. Tout ça, ces moments ensemble, ça compte beaucoup pour moi aussi et je suis reconnaissant de pouvoir les vivre. Je ne pensais pas te dire ça maintenant, j'ai l'impression que c'est encore trop tôt mais c'est ce que je ressens. Et j'aime ton honnêteté, alors je veux l'être aussi.

Après cet échange, ils restèrent un moment en silence, se regardant droit dans les yeux, leurs mains toujours en contact. Il y avait une compréhension mutuelle, une promesse tacite qui liait leurs cœurs, et leurs odeurs qui se mêlaient à nouveau dans l'habitacle du Range Rover.

— À bientôt, dit Roy en relâchant doucement la main de l'oméga.

— À bientôt. Et encore merci pour aujourd'hui.

Il sortit de la voiture et Roy le regarda s'éloigner, un sourire tendre aux lèvres. Joshua lui adressa un dernier signe de la main avant de pénétrer dans son immeuble. Le cœur léger, il monta les escaliers jusque chez lui. Il se sentait plus proche que jamais de Roy, et l'avenir lui semblait prometteur.

CHAPITRE 20

♥ ♥ ♥

Joshua s'était réinscrit au club de photographie de l'université il y avait de cela quelques jours. Tous les membres lui avaient fait bon accueil et il se sentait rassuré par la bonne ambiance qui régnait dans cette salle qui leur était réservée. Il avait toujours eu quelques difficultés à aller vers les autres, toujours eu peur de passer pour une personne étrange et quand il avait quitté le club, il avait préféré faire profil bas quand ils croisaient certains étudiants qui y allaient encore. Dans le fond, il avait eu honte de sa situation et avait préféré fuir plutôt que d'expliquer. Aujourd'hui, il était fier d'y être retourné.

Finalement, tout s'était parfaitement bien déroulé et c'était comme s'il n'était jamais parti. Il se sentait intégré et apprécié, et ses récents clichés avaient fait sensation. Il était d'ailleurs invité à participer à l'exposition du club qui se tenait dans deux semaines. Il craignait de ne pas être prêt, de ne pas être à la hauteur, mais son talent parlait de lui-même et tout le monde souhaitait qu'il expose ses œuvres. Ça le flattait, bien qu'il ne se sentait toujours pas légitime dans ce domaine. Il avait des bases, il adorait la photographie, mais il ne se pensait pas forcément doué comme beaucoup le lui disaient. Mais ça lui faisait plaisir. Énormément plaisir même. Et ça l'embarrassait aussi.

Mais depuis qu'il côtoyait Roy, il essayait de faire un peu plus confiance aux autres. Il avait vécu des moments compliqués, où on avait abusé de sa gentillesse et de sa timidité, abusé de ses faiblesses et de sa pauvreté, mais il ne devait pas en vouloir au monde entier. Il y avait encore des personnes honnêtes et qui se souciaient de lui, qui ne l'abandonneraient pas. Asher en faisait partie, et Roy aussi.

D'un côté, ça lui faisait mal de prendre conscience que sa propre mère l'avait abandonné, mais d'un autre il était reconnaissant de ne pas être totalement seul. Et il devait se concentrer sur ceux qui étaient là plutôt que sur ceux qui ne l'étaient plus. Il devait avancer, prouver qu'il était capable de s'en sortir et de vivre ses rêves.

Cette fois, Joshua était plus déterminé que jamais à prendre une revanche sur la vie qui ne lui avait pas fait de cadeau.

Ce fut le cœur léger qu'il salua ses camarades du club. Ils se retrouvaient deux fois par semaine et voir d'autres personnes lui faisait un bien fou. Il avait même rapidement sympathisé avec une alpha de première année qui débutait en photographie, mais qui semblait déjà très habile avec un objectif dans les mains. Elle s'appelait Inaya et étudiait elle aussi les langues. Elle vivait à quelques pas de l'immeuble de Joshua et il leur était déjà arrivé de repartir ensemble depuis qu'ils s'étaient rencontrés. C'était étrange de pouvoir compter sur quelqu'un, même pour un simple trajet, mais tellement agréable. Depuis bien longtemps, l'oméga n'avait pas été aussi heureux et entouré. La jeune femme ne l'impressionnait pas malgré sa classe, il se sentait à l'aise avec elle et appréciait sa compagnie. C'était simple, leurs discussions toujours posées et intéressantes. Il n'aurait jamais cru être capable de se lier d'amitié aussi rapidement avec quelqu'un.

— Tu rentres à pied ?

Inaya se retourna d'un bond, une main au niveau du cœur. Elle lâcha un soupir quand elle vit que ce n'était que Joshua.

— Tu m'as fait peur ! Je t'ai même pas entendu arriver.

Il s'excusa d'une petite voix. La jeune femme était préalablement en train de discuter et il n'avait pas voulu la déranger.

— Je rentre à pied mais d'abord je dois passer au salon de coiffure de ma mère, dit-elle. Je dois refaire mes tresses.

— Oh... D'accord. Je vais rentrer tout seul alors.

— Je suis désolée.

Joshua cligna des yeux à plusieurs reprises, surpris par le ton sincèrement peiné de sa camarade. Il ne voulait pas la mettre mal à l'aise ou la faire culpabiliser.

— Non, t'en fais pas, c'était juste pour savoir. On repartira ensemble la prochaine fois.

— Oui, bien sûr, sourit-elle.

Il hocha la tête, le sourire aux lèvres, puis mit quelques secondes avant de la saluer et de quitter la salle. Les mains cramponnées aux bretelles de son sac à dos, Joshua sortit du bâtiment et traversa le campus. Il faisait encore clair en cette fin de journée et les températures étaient agréables. Joshua souriait, la tête relevée, comme s'il était enfin fier de qui il était. Il avait tant eu l'habitude de marcher les yeux rivés sur ses chaussures, par honte, par abattement, et aujourd'hui il avait l'impression d'être quelqu'un d'autre. Tout ce qu'il avait vécu l'avait transformé. Il y avait encore quelques mois de ça, il était au fond du trou, incapable de savoir s'il allait pouvoir manger les prochains jours, incapable de savoir s'il allait pouvoir payer son loyer ou ses suppressants. Il avait dû se sacrifier pour gagner de l'argent, il avait dû vendre sa compagnie, et même son corps. Il aurait pu s'en passer, ne pas tomber dans cet engrenage, mais il avait été aveuglé par ses besoins et par cet argent qu'il avait — sur le coup — trouvé facile à obtenir. Mais il était reconnaissant d'avoir recroisé le chemin de Roy par le biais de ce travail pas comme les autres. Peut-être ne l'aurait-il jamais revu après leur bousculade dans Times Square s'il ne s'était pas inscrit sur cette application pour le mettre en relation avec des alphas.

Roy lui donnait espoir. Il lui donnait foi en l'humanité. Il avait essayé d'être fort, même dans les moments les plus compliqués de son existence, mais l'homme était arrivé quand il avait eu envie de tout lâcher. À un moment où il aurait pu se perdre dans ces rencontres et ces nuits de débauche.

Joshua secoua la tête. Il ne voulait plus y penser, car il se rendait compte qu'il avait été traité comme un morceau de viande par certains hommes. Tout aurait pu être bien pire s'il avait continué.

Toujours aussi souriant, il arriva dans la rue perpendiculaire à celle où il habitait. Encore quelques pas, un tournant à droite, et il arriva devant son immeuble. Deux hommes étaient appuyés dos au mur et alors qu'il comptait entrer le digicode pour pénétrer dans le hall, l'un d'eux lui attrapa le poignet et le tira violemment vers lui. En une fraction de seconde, l'oméga se retrouva plaqué contre les briques rouges, un cri de douleur lui échappa sous la brutalité du choc. Heureusement qu'il avait son sac à dos pour amortir, mais le geste l'avait déstabilisé. Perdu et sonné, il leva les yeux vers son agresseur. Son regard était sombre, empli d'une animosité qui lui fit froid dans le dos. Il fut incapable de prononcer quoi que ce soit, il était comme paralysé.

— Joshua Huang, n'est-ce pas ?

Le jeune homme déglutit et hocha la tête, à bout de souffle et le cœur battant à ton rompre. Comment cet inconnu connaissait-il son nom ? Il était certain de ne jamais l'avoir croisé auparavant, et dans un quartier comme le sien, ce genre de loustic se faisait rare.

— Le fils de ce très cher Huang Jian, dit le deuxième homme.

Cette fois, tout s'éclaircit. Ces deux alphas connaissaient son père, et sans doute ce dernier leur devait-il encore de l'argent. Il avait tant joué et perdu qu'il avait des dettes faramineuses, mais Joshua n'avait rencontré de personnes qui lui en voulaient à part des huissiers. Là, à en croire leur style et leur façon de procéder, ils trainaient dans des affaires étranges et ne lui feraient pas de cadeaux. Son père n'avait pas côtoyé les personnes les plus honnêtes et respectables de Manhattan, il avait été dans des bars mal famés, avec des gens peu recommandables qui trempaient dans des histoires de gangs, de drogues et de blanchiment d'argent. Il avait joué avec des malfrats, s'était associé avec des escrocs pour jouer toujours plus. Et il avait tout perdu, tout le temps.

— Ta saleté de père nous doit encore un paquet de pognon, dit l'alpha en resserrant sa poigne sur son épaule alors qu'il le maintenait toujours contre le mur. Et malheureusement, j'ai entendu dire qu'il avait crevé avant de nous donner ce qu'il nous avait promis.

Joshua restait immobile. Tétanisé par ce regard froid et ces mots si durs qu'il en eut les larmes aux yeux. Il avait l'impression d'être dans un cauchemar et il ne demandait qu'à se réveiller. Comment ces types avaient pu le retrouver ? Le suivaient-ils depuis un moment ? Il n'avait rien remarqué d'étrange ces derniers jours, il avait juste poursuivi sa vie d'étudiant en pensant que tout allait finir par s'arranger. C'était d'ailleurs en bonne voie. Il ne manquait plus de rien, Roy était là pour le soutenir et il avait même réussi à tisser des liens avec de nouvelles personnes. Il voulait simplement tirer un trait sur un passé douloureux qui, aujourd'hui, lui revenait encore en pleine figure. C'était comme s'il était condamné à promener un boulet jusqu'à la fin de ses jours, un poids qui ne lui permettrait pas d'avancer et qui ne ferait que le traîner plus profondément dans les abysses alors qu'il essayait de sortir la tête de l'eau.

— Qu'est-ce que... vous voulez... balbutia-t-il difficilement.
— Le fric que ton père aurait dû nous donner !

L'homme qui le tenait le tira à nouveau vers lui pour le plaquer plus violemment contre le mur. L'oméga eut un sanglot et ferma les yeux aussi fort que possible.

— Combien, chouina-t-il, la tête renfrognée dans les épaules.
— Dix mille dollars.

Un autre sanglot le secoua. Il avait de l'argent de côté, mais pas une telle somme non plus. Et puis, même si Roy était là pour l'aider, il voulait se servir de cet argent pour vivre et ne pas avoir à lui en réclamer toutes les semaines pour faire des courses ou acheter ses suppressants. Tant qu'il pouvait subvenir à ses besoins les plus basiques, il préférait se débrouiller et s'il venait à manquer, il pouvait compter sur l'alpha.

— Je… je peux pas.

Un coup de poing s'abattit dans son ventre et il toussa dans un gémissement de douleur. Il gardait les yeux fermés et pensait à Roy, à Asher, et à ses camarades du club de photographie. Il s'accrochait à ce qu'il pouvait pour ne pas flancher. Mais il était terrifié. Il avait l'impression qu'il allait mourir tant il avait mal et pourtant, il savait que ce n'était pas grand-chose comparé à ce que ces hommes pouvaient lui faire.

— Tu vas pouvoir. Regarde dans quel bel immeuble tu vis. Et ce gars qui te raccompagne souvent, dans son beau Range Rover…

Il secoua la tête, ce simple mouvement lui valut un second coup au même endroit. Cette fois, les larmes inondèrent ses joues mais il ne lâcha rien. Il ne voulait pas lâcher et ouvrir les yeux. Il ne voulait pas voir ces hommes, se confronter à leur regard qui lui glaçait le sang. Mais savoir qu'ils étaient au courant pour Roy et qu'ils l'avaient épié lui donnait la nausée. Une sensation innommable l'envahit, à tel point qu'il se mit à trembler et à pleurer sans pouvoir s'arrêter. Mais dans son esprit, il ne voyait que ceux qu'il aimait.

La main de l'homme quitta son épaule pour glisser sur son cou qu'il enserra doucement, comme pour le mettre en garde.

— Si tu ne nous files pas cet argent, nous serons obligés de le prendre nous-mêmes. Nous nous servirons de ton statut d'oméga. Je suis sûr que d'autres beaux alphas comme le tien seraient prêts à payer pour ton corps. Après tout, ce ne sera pas la première fois, alors autant qu'on en profite aussi.

L'homme resserra son emprise sur sa gorge avant de rire. Joshua contenait ses pleurs comme il pouvait, soucieux de ne pas alimenter le plaisir que son bourreau ressentait de le voir ainsi.

— La semaine prochaine, on veut les dix mille dollars. On sera là à t'attendre, alors ne fait pas le con. D'accord ?

Joshua acquiesça et l'homme le lâcha. Il entendit les voix s'éloigner, mais il resta contre le mur, les yeux clos, jusqu'à ce qu'il soit sûr que ses agresseurs soient partis. Quand ses paupières se séparèrent, il observa à droite et à gauche, constatant avec soulagement qu'il n'y avait plus personne à part deux passants qui le regardaient curieusement. Il s'empressa de taper le code, les mains toujours tremblantes. Ses jambes vacillaient, il avait l'impression qu'il allait s'effondrer d'une seconde à l'autre. Il traversa le hall d'entrée d'un pas chancelant et rejoignit l'étage où se trouvait son appartement.

La porte close, il s'appuya contre et se laissa glisser au sol, les genoux ramenés vers son torse. Il pleura à chaudes larmes, le cœur fou et la tête encore remplie de ces mots si cruels qu'il en attrapa une migraine. Il avait honte, terriblement honte. Et il se sentait terriblement seul. Il pensa à appeler Roy, mais il était tellement désemparé face à ce qui venait de se passer qu'il ne le fit pas. L'idée même de devoir lui demander de l'argent pour rembourser les dettes de son père le rendait malade. Ce n'était pas à l'alpha de payer pour ses erreurs, et ce n'était pas à lui non plus d'ailleurs. Mais avait-il le choix ? Il ne voulait pas être vendu comme une vulgaire marchandise, mais il ne pouvait pas payer.

Il rassembla toutes ses forces pour saisir son téléphone portable dans la poche de sa veste et il se décida à contacter Asher. Les sonneries s'enchaînèrent et alors qu'il perdait espoir, le jeune homme décrocha. Sa voix le fit éclater en sanglots instantanément.

— Joshua ? Qu'est-ce qu'il y a ? Tu vas bien ? paniqua-t-il.

— Non, je… Ça va pas du tout.

— Attends, qu'est-ce qu'il y a ? Explique-moi.

Il prit quelques instants pour se calmer. Les larmes coulaient encore et il s'étrangla dans ses pleurs, mais il se sentait aussi reconnaissant que son ami ait décroché. L'entendre le rassurait et lui faisait du bien. Il savait qu'il pouvait tout lui dire, se confier, et il ne le jugerait pas. Au contraire, il serait là pour l'écouter et le réconforter. Il ne s'attendait pas à ce qu'il règle ses soucis, mais juste avoir une oreille attentive lui donnait de la force.

— Des gars à qui mon père devait de l'argent, ils… ils m'ont retrouvé.

— Et merde ! jura Asher. Ils t'ont fait du mal ? T'es en sécurité ?

— Ils m'ont menacé et frappé, et aussi ils veulent que je rembourse mais je peux pas. Et maintenant je suis chez moi mais j'ai trop peur.

— Tu as téléphoné à Roy ? Il peut sans doute venir te chercher et…

— Non, l'interrompit Joshua.

Ce n'était pas envisageable. Il était déjà tellement présent pour lui qu'il n'avait aucune envie d'abuser de sa gentillesse. Et cette situation le rendait trop nerveux, il ne voulait pas l'impliquer dans des problèmes familiaux qui pouvaient lui causer du tort.

Roy ne méritait pas ça, il n'avait pas à payer pour des bavures dont il n'était pas responsable.

— Vraiment, appelle Roy il...

Asher marqua une pause et Joshua entendit une autre voix dans le téléphone. Il comprit aussitôt que son ami n'était pas chez lui, mais chez Léonardo.

— Sois raisonnable et téléphone-lui. Il viendra te chercher, ce sera mieux pour toi. S'il te plait.

— Je peux pas, je m'en voudrais de le mêler à ça.

— Tu vas pas rester seul après ça. Je vais venir, d'accord ?

Joshua se mordit la lèvre. Il savait que son ami était avec Léonardo et il ne voulait pas qu'il le quitte pour lui. Il allait encore plus s'en vouloir s'il venait à écourter sa soirée. C'était gentil de sa part, mais il ne pouvait pas accepter.

— Non, c'est pas la peine et je veux que tu profites avec Léo plutôt que...

— Comment tu sais ?

L'oméga soupira et leva les yeux au ciel.

— Je l'ai entendu, et je suis pas stupide. S'il te plait, ne gâche pas ce moment pour moi, ça va aller, je t'assure.

Asher tenta une nouvelle fois de le persuader de le rejoindre, mais Joshua refusa. Il lui promit que tout allait bien, qu'il allait prendre une douche, manger et aller se coucher, et qu'il aviserait demain. Même si son ami n'était pas beaucoup plus rassuré, il capitula.

— Si tu as besoin de quoi que ce soit, tu m'appelles, d'accord ?

— Oui. Mais ne t'en fais pas.

Ils se saluèrent et Joshua raccrocha. Il bascula la tête en arrière, contre la porte d'entrée, et expira longuement. Son cœur s'était apaisé et ses tremblements aussi. Entendre la voix de son ami lui avait fait du bien et il n'avait pas besoin de plus. Enfin, il essayait de s'en persuader. Bien sûr, il n'était pas contre le fait que Roy le rassure, mais pas dans une telle situation. Alors il prit son courage à deux mains et se releva. Ses jambes étaient encore faibles, mais il réussit à tenir debout. Il posa son sac sur le petit banc à l'entrée et l'ouvrit pour vérifier son appareil photo. Il était lui-même dans une sacoche, mais il avait eu peur que le choc ne l'abîme. Heureusement, il n'avait pas une égratignure et Joshua soupira de soulagement. S'il avait été cassé pendant l'agression, il se serait senti coupable.

Il ôta sa veste et traina les pieds jusqu'à la pièce à vivre pour se laisser tomber dans le canapé. En fait, il n'avait plus aucune force. Même se doucher lui paraissait insurmontable. Il ferma les yeux, mais la sensation de la main de son agresseur sur sa gorge les fit rouvrir aussitôt. Il eut l'impression de suffoquer, de mourir à petit feu, et ses yeux se remplirent une fois de plus de larmes. Contrairement à ce qu'il voulait se laisser penser, il n'allait pas bien. Et son ventre lui faisait atrocement mal. Les deux coups de poing qu'il avait encaissés avaient été d'une telle violence... Il n'était pas épais, pas musclé, alors quand il souleva son sweat, il découvrit sa peau marquée. Il la dissimula à nouveau, comme s'il souhaitait oublier, mais la douleur ne le lâchait pas.

Les minutes s'écoulèrent lentement, comme si le temps s'était arrêté. Joshua ne pensait plus qu'à cet argent qu'il allait devoir donner s'il voulait s'en sortir, et il ne trouvait pas de solution. Enfin, il en avait bien une qui lui venait en tête, mais il avait promis à Roy de ne plus retomber dans cet engrenage qui l'avait tant fait souffrir. Revoir des alphas, coucher avec eux. Peut-être était-ce mieux que ce soit lui qui décide qui rencontrer plutôt que d'être jeté en pâture par deux hommes qui ne lui voulaient aucun bien. Un frisson d'horreur lui parcourut l'échine et il secoua la tête. C'était impensable.

Il avait des sentiments pour Roy, et il ne pouvait pas rencontrer d'autres alphas.

Bien décidé à se reprendre pour ne pas sombrer, il se leva et se dirigea vers la cuisine pour se servir un verre d'eau qu'il engloutit d'une traite. Prêt à rejoindre la salle de bain, son téléphone sonna. Le prénom de l'homme qui faisait battre son cœur venait d'apparaître.

Roy l'appelait.

Il déglutit et décrocha.

— Joshua, dis-moi que tu vas bien.

Il cligna des yeux à plusieurs reprises avant de comprendre que Léonardo avait dû l'informer de ce qui s'était passé.

— Oui, je suis chez moi. Et… ça va.

Il avait hésité, car en réalité il n'allait pas bien. Mais il ne voulait pas l'inquiéter davantage.

— J'arrive bientôt, je suis sur la route.

— Roy, ce n'est pas…

— Ne refuse pas mon aide, je t'en supplie. Je veux te voir et te mettre en sécurité pour cette nuit.

Les épaules de Joshua s'affaissèrent, comme si toute la tension accumulée s'était envolée. La voix de Roy avait le pouvoir de l'apaiser, et savoir qu'il arrivait lui permit de s'effondrer, car il savait que quelqu'un serait là pour le relever.

À SUIVRE…

Mes autres romans :
Lilith l'insoumise
Vanilla Porridge
Laisse les vagues m'emporter

Retrouvez-moi sur :
www.latelierdalssyu.fr
Instagram : @_alssyu
Wattpad : Alssyu